有爱的青春陪伴者

踩着星星奔向你

总攻
大人

zonggong
daren

著

中国致公出版社

图书在版编目（ＣＩＰ）数据

踩着星星奔向你 / 总攻大人著 . -- 北京 : 中国致
公出版社 , 2020
ISBN 978-7-5145-1656-2

Ⅰ . ①踩… Ⅱ . ①总… Ⅲ . ①长篇小说 – 中国 – 当代
Ⅳ . ① I247.5

中国版本图书馆 CIP 数据核字 (2020) 第 048425 号

踩着星星奔向你 / 总攻大人 著

出　　版	中国致公出版社	
	（北京市朝阳区八里庄西里 100 号住邦 2000 大厦 1 号楼西区 21 层）	
出　　品	大鱼文化	
发　　行	中国致公出版社（010-66121708）	
作品企划	大鱼文化	
责任编辑	李　薇	
特约编辑	高彦清　方　杏	
装帧设计	Insect　Cain 酱	
印　　刷	湖南凌宇纸品有限公司	
版　　次	2020 年 10 月第 1 版	
印　　次	2020 年 10 月第 1 次印刷	
开　　本	880mm×1230mm 1/32	
印　　张	9.5	
字　　数	262 千字	
书　　号	ISBN 978-7-5145-1656-2	
定　　价	36.80 元	

目录

目录

第一章

倪想

CAI ZHE XING XING
BEN XIANG NI

中午十二点。

浴室里传出哗啦啦的水声，里面弥漫着薄而温暖的水雾。

倪想关闭了淋浴，用浴巾裹住身体，光着脚走到浴室门边，站在上面的电子秤上，低头凝视着秤上出现的数字。

64.1kg，换算成斤的话，就是 128.2 斤。

这样的体重，在她混的圈子里，怎么也得一米八的身高才能勉强说一句不胖。

可实际是……她只有一米六出头。

当初出道的时候，公司往高报了几厘米，所以她对外宣称的官方身高是一米六五。

就算是一米六五，这样的体重也有点胖，但比起她刚出院的时候还是苗条了不少。

从电子秤上下来，倪想自己做了午餐，也就几片水煮白菜。

吃完之后换上牛仔裤和宽松的卫衣，随便把长发扎起来，她就背着大大的挎包出门了。

今天有一场综艺节目要录制，七年了，这是她难得的机会再上一线综艺节目。

七年前，她因为生病注射激素药物而发胖，虽然后来病好了，但身材也完全走了样，再也没办法继续留在偶像团体里面做少女歌手。

那些本来说着会不离不弃的粉丝，也因为她多年的销声匿迹而不见了。

这些都无可厚非，毕竟娱乐圈这个地方，一年都要换一个样儿，更不要说七年了。

现在她重新出现，凭着另一种形象再次有了一些小行情，但知道她当年是什么样子的人，已经很少了。

倪想的车就停在公寓楼下，是一辆开了好多年的红色马自达。当时治病花了不少钱，她又不想给父母增添负担，所以瞒了很久，病好了才告诉他们，自己也没剩下什么积蓄。这些年她不管做什么工作，一直都没再大手大脚地花钱。

跨上车，启动之后，倪想专注地倒车，她出门的时间是十二点半，恰好是中午的交通流量高峰期，去位于市中心的电视台，路上肯定有点堵。

算上堵车，去电视台至少需要一个小时的车程，她到达的时间应该刚刚好。

到了目的地，她一下车就看见路口那个一身白西装，打扮得精致又瘦削的男人。

他在等着她，她刚站住脚，他就搔首弄姿地跑了过来。

"你可算来了，我都在这儿等半天了。你说你，非不让我去接，一个人开着这小破车来，让别人看见多寒酸啊，误了彩排时间也不好。"

一边说着话，他还一边斜睨着车子露出嫌弃的表情，那副滑稽的样子惹得倪想不由得一笑。

"还有时间笑呢，赶紧跟我走！这次的节目是你重回公众视野的好机会，虽说你这些年靠着搞笑也拿了不少通告，但那都没法跟这次比。我上次不是告诉你了吗？这次的节目嘉宾是余宋，粉丝号召力不要太强，有他坐镇，你只要稍微露那么一下脸就能刷爆存在感，我也好找点机会炒作。"

说话的人正是倪想的经纪人大宽，别看他名字这么粗犷，心思却很细腻，最忌讳别人说他"娘"，自己却总是忍不住翘起兰花指。翘兰花指也是没办法的事，谁让他没做经纪人的时候是在横店跑龙套呢！那时他整天演太监，翘兰花指翘久了就有点掰不回来了。

听着他话里的意思，倪想边走边说："你可别再给我炒作了，现在大家都拿我当一乐儿，你还真以为我像以前一样有什么死忠粉？一旦你哪里炒得不合时宜，我立马就得归西。"

她打了个比方："就好比你吧，你现在肯带着我混，也是因为我当年红的时候，在横店给你找了一个有几句台词的太监总管演，要不然你怎么会费力不讨好地来带我？"她感慨颇多，"咱们大宽哥可真是个知恩图报的人。"

听着这些话，大宽眼神闪了闪，清了清嗓子说："好了，时间来不及了，别迟到了，快走两步。"

看他仓促地转移话题，倪想只当他是腼腆害羞，加快脚步和他一起进了电视台。

这一路倒是有不少人和她打招呼，有几个还是熟面孔，这么多年没来这个地方了，她看见他们还真是怅然又兴奋。

"就是那边。"到了一号演播厅，大宽指着不远处的门说，"你上次彩排应该来过的，你先自己过去，我接个电话。"说完话，他就低头看着手机，有点紧张地往一边走。

倪想也没当回事，点点头就自己先过去了。路上还听见有姑娘在远处小声议论她，大致意思是，当年那个倪想现在居然变得这么胖了，厚实得不行，像个习武之人一样。这形容听得倪想自己都忍不住笑了。

大宽站在远处，见倪想进了演播厅才躲到一个没人的角落接起电话，特别恭维地对电话那头的人说："何先生，您怎么这个时候给我来电话了？"

电话那头是个好听的男声，低低沉沉的，悦耳极了："我不太放心。想想上节目去了吗？现在应该到现场了吧？"

大宽赶紧说："到了，到了，刚才进演播厅去了，人齐了再过一遍流程就正式开始录制了，何先生您就放心吧。"

电话那头的男人缓缓地笑着说："那就好，你记得不要让她……"

他的话还没说完，大宽就抢着说："何先生您放心吧，我肯定不会让倪想知道她能上这次节目都是您帮的忙，等您什么时候愿意让她知道了，我再告诉她。"

被称作何先生的人过了几秒钟才说："如果她知道，一定不会来上节目的，现在我不能待在她身边，就劳烦你费心了。"

大宽殷勤地跟对方又寒暄了几句，这才紧张地挂了电话。看着那消失在手机屏幕上的名字，他心有余悸地四处看了看，觉得这特勤的工作还真是不适合自己，以后还是少干为妙。

至于隐瞒倪想的事，其实他也不愿意骗她，但何先生也是为了她好，他实在不忍心拒绝这次的演出机会，也不愿意看着她再继续到处走穴。

把手机收起来，大宽三步并作两步跑进演播厅，一进去就开始在偌大的演播厅里寻找倪想的身影。

按理说，倪想现在的身材，在这一众细胳膊细腿里面应该很好找的，但大宽看了好几圈都没发现她。

正纳闷的时候，就听见一个爽朗的声音说："没事，我顶得住，你们放心往下压吧。"

大宽浑身一凛，眯着眼睛朝西面角落处看去，果然，倪想在下面托着灯架，电视台的灯光师正在上面安装东西。

倪想旁边站着个瘦瘦小小的女孩，正盯着托灯架的倪想，眼底暗含探究，看起来似乎她才是本该托着灯架的人。

原本帮人家一个忙也没什么，可瞧瞧那姑娘的表情，仗着倪想这会儿无暇回头看她，便肆意打量倪想，尽管她可能努力克制着，但还是有几分优越感回荡在眼底，看得大宽火大。

大宽呵呵一笑，慢悠悠地走到了那个姑娘身后，然后漫不经心地清了清嗓子。那女孩一惊，赶紧回头看去，看到是在圈内还算有点名气的经纪人大宽，立刻换了副表情，乖巧极了地打招呼："宽哥好，您来了啊。"

小姑娘一说话，倪想也转过了头，站了这么一会儿，因为灯架太重，她都出汗了，但是腾不出手来擦，于是立刻说："大宽，你过来给我擦擦汗，这灯架怪沉的，难为那小姑娘拿不动，我就顺手给帮帮忙。"

大宽恨铁不成钢地看着倪想，她真没看见那姑娘变脸的样子吗？其实她可能有所察觉，毕竟人就在旁边，但她哪怕看见了也不会在意吧。她就是那样一个人，她不愿意把人想得太坏。她自己经历过不平，经历过痛苦，就不希望身边的人也像她那样起起伏伏，所以哪怕是个陌生人，她能帮就帮了。

想来想去，大宽白了那姑娘一眼。现在是关键时期，不能闹出什么耍大牌欺负工作人员的新闻，毕竟他们现在还没那个本钱。那姑娘的优势就在于她不是公众人物，倪想现在在圈内没什么地位，也摆不平媒体，万一那姑娘出去乱说话就糟糕了。

总而言之，现在还得忍耐，小不忍则乱大谋，成败就在今晚这一举了。

想清楚这些，大宽就拿出手帕上去给倪想擦了擦额头的汗珠，倪想傻乎乎地笑着，就跟许多年前他在横店第一次看见她的时候一样。

那时她穿着清宫装站在太阳底下拿着小风扇吹，瞧见大宽扮成太监不自在地朝她走来，眼神尊重地向他点点头，笑得和善可亲。那是大宽有史以来第一次感觉到，哪怕自己是个群演，只是个龙套，她也是将他当作演员看待的。

就在两人这边忙着的时候，演播厅后门的位置有了些骚乱，大宽和倪想下意识一齐看了过去，正看见后门的幕帘被人掀开。

先进来的是个模样俊俏的年轻男人，二十七八岁的样子，他进来后就谨慎地观察着四周，应该是一位助理。

他的右肩背着个大包，和一身西装怪不搭配的，但从那包的品牌来看，他的老板应该还挺有钱的。

很快，年轻男人侧身让开了路，笑着朝后望去，从他身后慢慢走出来一个个子很高的男人。

男人是真的很高，门在他面前都有些局限了，他稍稍低了点头走进来，哪怕只是个侧影，也让人错不开目光。

他穿着简简单单的黑色长裤和白衬衫，对于来参加综艺节目时总会打扮得很精致，甚至有点用力过猛的男星来说，他实在是太简朴了。

但贝嫂维多利亚说过一句话，"时尚，有时候就是简单"。

这个男人，在场众人恐怕没有谁不认识的，一时之间，不管是在忙碌的还是闲暇着的，所有人的目光都聚集在他的身上。

他并不介意被围观，修长的双腿迈开步子跟在助理身后缓缓走进录制现场，待稍稍站定，他平平静静、淡然而内敛地朝众人微微浅笑。

他就是今晚的主角，余宋。

对于余宋这个人，倪想的了解很片面，大多来自网络以及别人的道听途说，因为余宋开始红的这些年，恰好是倪想生病半隐退的时候。

从发现生病到治愈，到现在已经过去了整整七年，倪想检查出生病时是七年前一个早晨，当时她正和团内其他姑娘赶飞机，本来时间就不充裕，路上又遇见狂热粉丝的车子阻拦，到了机场又有很多粉丝来送机，她心里特别着急。

可再着急，她也不忍心辜负这些喜欢自己的粉丝，她担心保镖对粉丝太过分，所以一直回头去看走在外围的他们好不好。就这样回头看了几次，她忽然觉得头昏昏沉沉的，好像贫血一样，迷迷糊糊就晕倒了。

那时她才知道，自己一直以来精神不济不是因为太累，而是生病了。

甲状腺功能亢进症，简称就是甲亢，会引起很多麻烦的症状，例如突眼、眼睑水肿之类的，对于靠脸吃饭的偶像歌手来说，这是致命的打击。

好在当时发现得早，那些症状还没有出现在倪想身上，她马上开始了治疗，不想因此失去辛苦努力得来的成绩。但令人失望的是，在医院接受治疗的短短两个月时间，她就已经胖了二十多斤。

她的体重原本很轻，只有八十斤，之后因为服用激素药物慢慢变成一百斤、一百二十斤、一百五十斤，一直一直在增加。

每当她感觉自己身体不错了，已经好了可以不吃药的时候，医生就会拿出检查报告给她看，指标确实是在降低，但还没达到标准水平，想要痊愈就要继续吃药。

当时她的心情很糟糕，连一直陪伴在她身边的男朋友也有点无法面对了。

就跟好多女孩子看着自己一天一天变丑一样，她很难接受这一切，最后出院的时候，倪想已经长到一百八十斤了。

倪想那时候才十九岁，学业也还没完成，事业正红火，她接到了最爱的导演陈锋的试镜邀请。那部戏她做梦都想拍，圈里无数人更是挤破了头，只为挣一个能在戏中露脸的配角，但陈导给倪想的试镜角色却是女主角，甚至愿意为了迁就她生病治疗而推迟开机时间，这让倪想非常感动。

她深知能拍这部戏的话，不但可以圆自己从小到大的梦想，还会让自己的事业更进一步，达到巅峰状态，完成她的终极目标，但是……上天就是这样喜欢开玩笑。

漂亮青春的她变得肥胖自卑，那种从巅峰跌到谷底的落差感太大，被媒体用各种难听的话报道出来，倪想当时都差点想不开。

再后来，父母一直打电话来问她到底怎么了，她知道瞒不了才说了实话。那时她的病已经好得差不多了，就琢磨着自己得开始减肥，哪怕实在赶不上陈导的那部戏也不能再这样自甘堕落下去，她绝不能就这样认输。

可惜，就算她告诉自己要振作起来，外界的言论也让她备受打击，尤其是当时陪在她身边不离不弃的男朋友何如墨。

本来他们恋爱的时候是男才女貌，很拉好感度的，堪称是 CP 界鼻祖，但自从她生病变丑变胖以后，何如墨的形象也因此被拉低了很多。

他那时虽不如倪想机会多，人红，但也算是当红小生了，陪在这样丢脸的她身边实在不搭。他的粉丝每天都在各大社交论坛上面发布一些厌恶嫌弃倪想的帖子，即便那个时候还没有微博，倪想不会看到太全面的负面消息，却还是多少知道了一点，毕竟事关自己。

再后来，也不知道僵持了多久，倪想最终还是选择离开何如墨，和他分手。

记得分手的那天，何如墨在她家门口站了一整个晚上，说了一夜的话，她其实全听见了，就在门的另一边哭，但自始至终没有开门。

既然她已经失败了，没救了，何必再拉着喜欢自己的人下水呢？他们的感情只能走到那一步了，再继续走下去对两个人都是折磨。

再后来，他们分开的消息被媒体报道出去，何如墨的粉丝简直高兴坏了。毕竟倪想变得都不如一个普通粉丝漂亮，喜欢何如墨的人肯定意难平，总会幻想自己也能配得上他。不过如今他们分开了，她们那点小心思也就偃旗息鼓了，但还是会有意无意地在网上议论倪想。

倪想看着那些消息，把自己关在屋子里，半个多月没出门，直到父母来照料和看顾她。

想了这么多，其实都是没缘分。人们常说外表不重要，重要的是内在美，但当你本来外表形象很好，突然变得差劲的时候，那些一直以来的优待就会尽数消失。

还好，她熬过来了。现在的她虽然没法和巅峰状态时相比，年纪也大了很多，但最起码她的心态正了。

想当年她连门都不敢出，学校也不敢去，但现在她已经习惯了别人的目光，也把自己变得好了一些，再面对像余宋那样的大帅哥时，也能坦然地做一个花痴旁观者，不用再自卑地躲到角落里，觉得自己的存在污染了美好的人。

只是，仅仅做个旁观者的愿望这次好像没有实现。

当她收回视线打算赶紧帮灯光师把灯架布置好的时候，就看见灯光师朝着刚才余宋站的位置瞪大了眼睛，搞得她不明就里地又跟着转过了头。

这一转头不要紧，扭头看见的人却吓得她差点失手把灯架给掉在地上，好在对方一伸手，帮忙托住了。

"你……"倪想惊讶地盯着与她只隔了大约一指宽距离的男人，他一手就能托住灯架，因为身高原因，他看她时要微微低头，而从她的角度看，嘴唇险些就要亲到人家的胸膛上去。

你能想象吗？就好像潘安被东施给抱住了一样的场面，实在有点尴尬，倪想在脑海中描绘了一下，为了不恶心别人也不恶心自己，她快速后退一步，躲得远远的，并报以一个尴尬而不失礼貌的笑容。

大宽站在一边迟钝地看着眼前这一幕，也有点难以接受。半晌，他才快步走上前站到倪想身边，欲言又止地看着不远处的男人。

不错，能引起这么大震动的，在场的人除了余宋，也没有别人了。

"那个，余先生好。"

大宽干巴巴地开口，做了打破沉默的第一人。他一说话，大家都放松了一点，主要是刚才那一幕太让人惊讶了，像余宋这个地位的男星，干吗突然走到角落来帮一个其貌不扬的女人托灯架呢？

或许是看众人太迷茫了，余宋腾出手朝身后一看，站在一侧的助理马上上前帮他托住了灯架。他放开手，接过另一名女助理手里的手帕慢条斯理地擦了擦手，轻轻巧巧地瞥了一眼周围的人。

他脸上始终挂着温和有礼的微笑，不管你对他的行为有多匪夷所思，你都必须承认，相较于余宋的地位，他的品位、气场还有礼仪同样无可挑剔。

彬彬有礼、疏远又柔和，他把持着一个令人舒适又不觉得惶恐的度，一直都是如此。

除了刚刚那一刻——对倪想来说，似乎有些冒昧了。

良久，余宋将擦手的手帕还给女助理之后，才望向大宽，浅淡温和地说道："你好。"

他的话让大宽反而有点无所适从，尴尬了一会儿才说："谢谢余先生了。"

余宋微微颔首，算是接受了道谢，狭长的眸子带着笑意说："这种事还是不要找女孩子来做吧，有点危险，你们说是不是？"

他这样随和地解释了自己的行为，众人一听都明白了，心里都在想这位大明星可真是平易近人性格好得不行，他这样人畜无害的老好人是怎么在满是人精的娱乐圈混到如今这个地位的？那张和善的脸是真的，还是在后面隐藏着什么？

不管怎么想，工作还是要进行下去的，余宋这么早就来彩排，对于大明星来说可真是难得。编导和导演本来还准备晚点过来的，听见余宋到了，就全都赶了过来。

他在这边才和人见了面，说了几句话，前后不到五分钟，就被导演给热情地请走了。

倪想注视着他的背影，心里慢慢踏实了一点。

说实话，这么多年了，她还是头一次和年轻男性靠得这么近，行为还那么暧昧，刚才她心里奇奇怪怪地生出了许多麻烦的思绪，现在见他离开，颇有些逃过一劫的念头。

只是，她高兴得似乎有点太早了，余宋转过身走了没几步又折返回来，在导演不解的注视下回到了倪想身边，用那双深邃的眸子紧紧凝视着她，一点点描绘着她不修边幅的形象。他冷冷清清的外貌似乎在这一刻柔和了许多，连言语都染上了温暖的色彩。

他用和别人讲话时一样的柔和语气和她说话，可心明眼亮的人还是能听出来一丝不同。

他和她说话时，更诚恳，更认真，也更柔软。

"我看过你的小品。"这句话说出来，好像在他心里准备了很久一样，带着些异样的情绪，"每个都看过，你上的《欢乐人生》我每期都看，还给你投过票。"他微微歪了一下头，余光瞥见周围人忍俊不禁的表情，面不改色地问她，"倪想，你有在听吗？我想问——你能给我签个名吗？"

倪想顿时如被雷劈般愣在了原地。

《欢乐人生》这个节目她的确是上过，但喜剧节目目前不算太火，甚至只在江城娱乐频道播放过，都没上过卫视，余宋这样的人是怎么看到的？

还一期不落全看了，甚至给自己投了票？他在视频网站看的吗？

有那么多人叫过她的名字，声音好听的也有很多，毕竟她曾经红过。

可余宋叫她名字的时候，她就莫名其妙浑身一麻，神志几乎都有些不清醒了。

这可不是好兆头。

怎么办，明明只是来上个节目而已，怎么……怎么忽然就多了一位天王粉？

第二章

余宋

CAI ZHE XING XING
BEN XIANG NI

有句话怎么说来着？

鬼知道我经历了什么。

倪想手里拿着笔，艰难地在余宋递过来的本子上写下自己的名字。

写的时候还是很顺畅的，当年红的时候，她可没少签过，但最近几年，这还是第一次，也是头一次有这么大的腕儿让自己签名，怪尴尬的。

倪想签完就迅速把本子还给了余宋。余宋笔直地站在她面前，沉默地等待，不骄不躁、安安静静，像一棵缄默的树。

她把自己的名字写在本子的第一页上，余宋接过来之后微垂眼睑看了几秒，合上本子时似不经意地又看了一眼最后一页。那里似乎也写了字，还有点眼熟，但他合上本子的速度太快，她没看清楚。

余宋在这里逗留的时间有些长了，导演不可能等那么长时间，等他终于把本子合上交给了男助理后，导演便再次走上前把他带走了。

他一走，本来热闹的局面就安静了下来，大家四散走开去做自己的事，倪想也和大宽一起去彩排了。

"你说，余宋突然跑过来帮你托灯架，真的只是帮个忙而已吗？"

两人并肩往前走着，大宽压低声音发出了疑问，听得倪想忍不住笑了。

"不然呢？余先生性格不错，虽然很红，但一点都不骄傲，人很和善很有礼貌。就他目前的地位来看，他能保持着这份对人的尊重真的很难得。"倪想十分无所谓地说。

大宽白了倪想一眼说："你觉得余宋在娱乐圈里能混到今天的地位会有多单纯善良？他刚才的所作所为，要是现场有多嘴的人或者外部媒体，把你俩编排到一起搞个什么N姓女艺人事件，你吃不了兜着走。"

这话倒是让倪想记起了当年跟何如墨在一起时的事，那种被指责和嫌恶的状况可真是不想再遇见了。

"可他没有必要害我啊，这对他对我都没好处，他肯定只是好心帮忙而已，他不是已经解释过了吗？你实在没必要想太多，宽哥。"倪想无奈地拍了一下大宽的肩膀，"而且就算刚才的事情传出去，吃亏的也不一定是我啊，更可能是余宋。我现在名不见经传的，若是借余宋是我的'粉丝'，甚至还给我投过票这件事炒作，肯定能火一把。"她微微凝眸说，"他都没担心我会借他炒作，我却要担心被他牵连，这不是太杞人忧天了吗？"

这话说得有道理，大宽哑口无言，恰好这时工作人员喊了倪想的名字，她应了一声便过去了，他也就没必要再琢磨该说点什么了。

其实，倪想不担心是因为她什么事儿都不知道，她不知道今天上节目是何如墨费了心思给她争取的机会。何如墨当初和倪想分手后，就一直在暗地里关注和照顾她的工作，大宽会找到当时消沉不已的倪想，除了因为两人之间本就有的纠葛外，也是因为何如墨的授意。

最近何如墨正在争取一位知名导演的电影角色，对手恰好就是余宋，两人明里暗里斗得不可开交，余宋真的只是发善心来帮倪想吗？

大宽不知道是不是自己阴谋论了，但现在也不是想那些事的时候，还是得先把今天的节目圆满录制完成才行。

甩甩脑袋，大宽跟在倪想后面快步走过去，拿着台本开始跟倪想对今晚录制的内容。倪想认真地听着，稍微有那么点迟疑。

"这上面写，让我从那扇门里面出来，然后和余宋搭档一起出演电视剧的情节？"

倪想指着台上角落处准备开始做游戏时放上来的假门，门框是用一层报纸蒙住的，轻轻一捅开就能走出去，重点倒不是这个，而是……她从里面出去，和余宋一起出演电视剧的情节。

余宋前段时间有一部大热的电视剧，几乎席卷了所有有分量的男主角奖项，还是网络上的热议第一名。里面搭戏的女一号也是圈里知名度很高很有地位的女明星，恰好还是她熟悉的"朋友"——顾盼。

说起顾盼，就不得不回忆一下倪想当年的光辉历史。女子偶像团体里，免不了有成员表演位置的分配，每次出演节目时，会有很多粉丝通过谁站在 C 位来分辨谁是公司的"亲闺女"。

那时 C 位一直都是倪想的，顾盼永远是站在她身后的那个，要不是后来倪想生病发胖导致退团，也轮不到顾盼去站 C 位。

很多顾盼的黑粉现在还会拿当年的事来黑她，说她能有今天的成就全靠倪想让位，如果不是倪想退团，公司绝不会给她那么多资源。当年陈锋导演的电影也选了她做女主角，而那个位置本来该是倪想的。

顾盼此刻所拥有的一切，都本该属于倪想，她自己根本就没有努力过什么。偏生她在倪想退团后也没帮助过这位"老朋友"，占了人家的便宜也不给人家点好处，可谓十分刻薄了。

这样的言论，倪想也看见过，细细算来，这么多年下来，顾盼肯定也会因此而恨她。哪怕倪想只是黑粉拿来调侃她的手段，也不耽误她讨厌倪想带来的阴影。

"这不是要搞我吧？"倪想有点抗拒地笑了笑，"让我和余宋搭档本身就已经够奇葩了，今天来的嘉宾又不是没有和他旗鼓相当的女明星，怎么要让我上去呢？而且还是顾盼演的那个角色，我不行。"

她果断拒绝。这些年来她虽然还在圈子里混，但根本就没机会见到以前团体里的朋友，她们也好像约好了一样不和她联系，尤其是发展最好的顾盼。

她不想打破这种现状，大约就是不想让过去的自己被人重新翻出来，让大家发现原来那么好的人变成现在这样的想法。她不想面对可能要被揭伤疤这件事。

大宽怎么会不理解倪想的想法呢？他抿唇犹豫半天还是劝说："台本已经定了，事情摆在这里，让你上去可能只是为了节目效果。毕竟我们现在是搞笑艺人嘛，就是要和原本的女主角有些反差才好笑，而且……以我们目前人微言轻的地位，是不可能因为你的一句拒绝就修改台本的，还是这么重大的修改，除非……"

　　他话说到这里，倪想就直接接过话头说："除非是当事人的另一方，也就是余宋，除非他不愿意这样安排，那编导就一定会改台本。"

　　大宽瞪大眼睛看着倪想跃跃欲试的样子，咬着牙说："你别告诉我你打算去找余宋，让他去找节目组说这件事？"

　　倪想摸摸脸说："我的意图这么明显吗？你别太担心，我去找他试试看，万一能行呢？他之前不是说，他是我的粉丝吗？虽然那些话应该只是恭维和调侃，但不试试就放弃我有点不甘心，你就帮我拖一会儿，我去去就回。"

　　说完话，倪想就快步走开了，任凭大宽在后面怎么喊都拦不住。大宽一手拿着台本，一手拿着手机，十分纠结是否要给何如墨打电话说这件事，但最后还是放弃了。

　　倪想这边的事，他几乎每一件都要跟何如墨汇报，总让他觉得自己这样很对不住一心一意待他的倪想。他想来想去，如今这件事不算什么大事，不说……大概也没什么问题吧。

　　而另一边，倪想朝着余宋刚才和导演离开的方向找了一圈都没发现他的人影，想到自己的目的，她直接绕到了后台休息的地方，碰到一个工作人员就礼貌地打招呼说："您好，请问您有在这边看到余宋先生吗？"

　　工作人员一听就翻了个白眼说："你是粉丝吧？怎么进来的？快出去，别耽误我们工作。"说着就挥手要把倪想推出去。

　　倪想嘴角抽了一下，正笑着想要解释，就看见工作人员身后不远处的房门打开了，一个面熟的男人从里面走了出来，正是之前在演播厅见过的余宋的男助理。

　　他还穿着那身西装，但肩上的背包已经放下了，在走廊里看了一圈之后，他的目光落在了倪想和工作人员的身上。

"等一下。"男助理喊了一声，快步走过来，"这是怎么了？"他一边说话，一边拦住那个工作人员。

工作人员看见是他，赶忙换了个表情说："没什么没什么，就是不知道怎么进来个粉丝，我正准备请她出去呢。"他还不断做保证，"您放心，绝对不会让她打搅余天王休息的。"

闻言，男助理露出恍然大悟的表情，用一种很奇妙的表情打量了一下倪想，片刻后对工作人员说："你是这里的工作人员？我刚才好像见过你。"

工作人员赶紧点头说："对对对，我是电视台的工作人员，您有什么事吗？"

男助理微笑道："那你的工作可不合格了，这位小姐不是什么粉丝，她是今天节目的演出嘉宾，倪想。"

工作人员一愣，脑海里很快把"倪想"这个名字和人对上了号，他有点惊讶地看向倪想本人，半晌才尴尬地说："啊，还真的是……真不好意思，倪小姐本人和电视里面……有点差距。"

倪想懒得分析他的话到底是什么意思，是觉得她本人比电视里难看还是如何。她的主要目的是找到余宋，现在他的助理在这里事就好办了。

"您好，我就是想见一下余先生，他要是在休息的话，我可以等一下再过来，但请您务必告诉他我来过。"

倪想这么说的时候已经决定先走了，毕竟她也是艺人，知道人红的时候赶通告有多累，真的是抓住一切机会休息，被打扰会很烦，那时候别说是有求于人家的，就是送好消息的喜鹊也会被讨厌。

男助理闻言奇怪地沉默了一会儿，才换了一种和善的语气说："不用等一下再来了，余宋哥就在里面等你。"

"等我？"倪想收住要走的脚步，微微一怔。

男助理不再多言，直接侧身让开路，指着打开的那扇门说："倪小姐过去吧。"

倪想不由得拧眉，还有点搞不清楚状况。

怎么就这么顺利地被接见了呢？

还有，在里面等她是什么意思？余宋知道她会来？

带着种种疑问，倪想最终还是走向了那扇打开的门。

当她将手放在门框上，犹犹豫豫地打算走进去的时候，她明显地感觉到有不少目光落在自己背上。

她停顿了一下，最后还是义无反顾地踏进了房间，而为了避嫌，她稍稍关了一点点门，但还是留着不小的缝隙，这样既不至于被人多想，也不至于被偷听偷看。

做完这一切，倪想才抬眼去观察房间里的情况，无非就是艺人休息室的模样，有沙发、化妆台，还有一些生活需要的配置。

只是比起普通艺人的休息室，余宋的休息室中的设施要更加丰富和精致一些。

倪想是在沙发上看见余宋的。

他侧对着门坐在沙发上，仰头靠着沙发背，闭着眼睛好像在休息。

他那么安静，无声无息的，连带着倪想都被他感染得走路小心翼翼，不敢发出声音了。

然而，鞋子踩在地板上多少还是有声音的，显然余宋也是个睡觉很轻的人，他很快就睁开眼，偏过头安静地朝她望来。

倪想脚步一顿，对上那样一双眼睛，顿时不知所措起来。

大多时候，余宋对外所展示的，都是绅士而有礼的形象。

他一直十分低调温和，不事张扬，不管是在荧屏上还是在现实中皆是如此。

这是在今天见到余宋本人之后，倪想观察得到的结果。

他在媒体面前所营造的人设就是这样。

只是，当周围没有太多人时，他似乎又变了一副模样。

令人捉摸不定的眼神，高深莫测的气质，笑起来薄唇轻抿，唇形上翘像餍足的猫儿，黑白分明的眸子里神色诚恳又真挚，眼内波光粼粼。

可当他嘴角下压，敛起笑意时，又郁郁沉沉，像个神经质的、不可言喻的怪家伙。

倪想停滞了，本能地想要远离危险，掉头离开，但腿脚好像灌了铅，根本动弹不得。

恰好就在这个时候，余宋直起身，不再那么懒散，雪一样冷清寒凉的人一只手搭在腿上，另一只手朝她挥了挥，坦率又期待地说："倪想，过来。"

倪想现在感觉……万分尴尬。

在她的想象中，只有关系很亲密的人，才会这么坦然地用如此熟稔的语气喊她的名字。

她走到余宋身边的时候，觉得自己整个人都被他的眼神和声音支配了。

她下意识地按照他的要求行动，没有了自己的思想。

她恍然醒来时，就看见坐在沙发上的余宋笑得很澄澈，眼眸中映着她呆呆的又不赏心悦目的花痴模样，真是让人倒胃口。

一下子有点心烦，倪想绷住脸，没有表情地说："余先生，我来找您是有点事想和您商量。"

余宋很和蔼可亲的样子，直接点点头，张开手臂重新靠到沙发背上，摆出要和她促膝长谈的架势。

倪想一愣，赶紧补充道："不是什么重要的事，几句话就能说完。"

余宋闻言再次颔首，又换了一个姿势，这次干脆直接单手托腮，狭长深邃的眸子凝在她身上，一副很陶醉于听她讲话的样子。

倪想以前是歌手，嗓子是无可挑剔的，生病毁掉了她的身材，可没毁掉她的嗓子，余宋听着她说话，就觉得星星月亮都从天上落下来了，那种感觉难以言喻。

"你坐下来。"他伸手拍了一下自己身边的位置，嘴角始终勾着温柔的弧度，"坐到我身边来，你站得那么远，我要抬头仰视你，时间长了会很累。"

如果只说前面的要求，倪想百分之百会拒绝，但他加上了最后这一句，她再想拒绝似乎就有点难为人家了。

算了，谁让她自己有求于人呢。倪想抿唇思索半晌，还是坐了下来。

只是她没有坐在余宋身边的位置，而是坐在了他对面的沙发上。

余宋睨着她坐的位置，眼角微微下垂，似乎有些失望，但那一丁点小情绪很快就消失不见了。他放下手，轻声细语道："你找我是因为台本的事吧？"

倪想有点惊讶道："您知道？"

余宋没有言语，只是从桌子上拿起了节目组给他准备的台本。

他微垂眼睑，静默片刻，缓慢地说："我来时看了一路，想着可以和你搭戏，应该是很好玩的事情。但我觉得，按你的性格，大约是不愿意和我搭戏的，尤其是……"说到这里，他神情忽然一闪，话锋一转睨着她笑道，"没什么，我好像偏离话题了，真不好意思。"

倪想听得云里雾里，这话没头没尾的，到底是什么意思？不过时间紧迫，现在也不是深究这个的时候，在这里待久了也会引起不好的传言，所以倪想没多想，直接切入了主题。

"我不想按照台本上的安排来，哪怕是让我做一些恶搞自己的事情都比这样好。"倪想很坚决地说，"可以换别的女嘉宾和余先生搭戏，我觉得我可以装扮一下，哪怕是演一个路人来破坏你们的氛围，从而带出笑点也可以，您觉得怎么样？"

自倪想进屋以来，余宋一直都是非常温柔好相处的模样，但当她说完这些话时，余宋的神情一下子冷淡了下来，与之前的温柔形成强烈反差，把面对着他的倪想给惊了一下。

她这是让年纪轻轻的影帝不高兴了？

这是作死呢，作死呢，还是作死呢？

怎么人年纪越来越大，反而不会说话了？

想到这里，倪想立刻弥补道："我当然不是讨厌余先生，我只是……您可能不知道，您在那部电视剧搭档的女一号，是我以前的一个……朋友，我不希望我们扯上什么关系，也不希望媒体报道什么跟我们有关的消息，和余先生没有任何关系，您是我很欣赏的艺人。"

尽管她言词间撇开了余宋的关系，可余宋的表情还是不太好看，冷冷淡淡的，明明是朝着她，又好像不是针对她。

他微微抬手，从一边的外套里取出一盒烟，抽出一根，又在身上摸了摸，从裤子口袋里找到了打火机，淡淡地抬眼看她，礼貌地问："介意吗？"

倪想赶紧摇头，这时候要是说介意，估计他脸色会更难看吧，还是不要搞事情了。

然而，虽然她摇头表示了不介意，但余宋踌躇良久，还是放下打火机，只用修长的手指夹着那根烟，好像在怀念什么一样，许久才说："还是不抽了，我猜测你不会喜欢，只是怕我不高兴才表示不介意。"

被戳穿心事的倪想忽然有点费解，自己是不是和这位大明星曾是旧识？之前还不觉得，这会儿尤其明显，总觉得他的一颦一笑都包含着深意，连带着他那位男助理看她的眼神都有点不正常。

可是……倪想冥思苦想了很久，还是想不起来自己什么时候见过这位美男子。如果是余宋这样的人，就算是她当时再忙碌再没心思放在男色上面，也还是记得住的吧。

可就是没有，一点都没印象，这就说不通了。

难道是有什么别的原因？

倪想的表情变幻莫测，余宋全都看在眼里，见她思考到最后还是一脸茫然的样子，很难形容他的眼神是什么样的。他薄唇轻抿，放下台本，叠起双腿，转开视线看了一会儿别的地方，才慢慢收回视线重新落在她身上。

此刻，他似乎又变回之前那个礼貌又疏远的大明星了。

"关于你说的事情，"余宋漫不经心地回答着让倪想很在意的话题，结果还是让她失望了，"很抱歉，我现在有点累，台本已经看过，也走了流程，没必要也不好做出修改，你能理解我吗？"

他最后的语调那么委婉和诚恳，让倪想根本说不出拒绝的话，甚至连他遗憾又内疚的表情都不忍心看，匆匆地说了一句"没关系，可以理解"就起身告辞了。

在她走出去之前，余宋的眼睛一直定在她刚才落座的位置，直到关门声响起，助理肖楠走进来说"余宋哥，倪小姐走了"的时候，他才慢慢转动视线，将目光停留在门口的位置。

回想着她仓皇离开的样子，他慢慢地舒了一口气，端起桌子上已经凉透了的水一饮而尽。

倪想回到大宽身边时，后者从她颓丧的表情上便看出她被拒绝了。

他咬着牙迟疑许久，还是没有说出他对余宋今日"捣乱"初衷的猜测。他不想让倪想在余宋那儿吃亏，可想到说了之后还要解释他如何知道余宋和何如墨的片约之争就觉得麻烦，这件事还处于保密阶段，圈内人知道得甚少。他也是在很偶然的机会下才何如墨那里听到的，所以话到嘴边还是咽了回去。

"余宋没答应你吧？"大宽干巴巴道，"我说什么来着？人家怎么会有空搭理你，说喜欢你的小品也是抬举你，说不定还是恶作剧。你别看他一副好人的样子，心里面指不定多阴险呢，你还是离他远一点，知道了吗？"

倪想沮丧地说："不要因为人家没答应我就乱说，这样不好。而且，我的要求的确也有点无理取闹，人家凭什么要答应我呢？还要让节目组重新安排，节目组只会觉得他耍大牌事情多，对他一点好处都没有，他的确没必要答应我。"她抬起头叹了口气道，"算了，早就告诉自己要放下过去。如果还是介意以前的人和事，也不算真的放下了，那就从这一次开始吧，一个多小时的节目而已，熬过去就没事了。"

看着倪想再次振作起来，大宽真是有点哭笑不得，一直握在手里的手机都被汗给弄湿了。他匆忙地低头用手帕擦了擦，擦着擦着，就看见了一条未读短信。

因为手机是静音的缘故，他现在才看见这条短信。

是何如墨发来的。

今天节目的主要嘉宾是余宋，是何如墨在一个角色上的对头，他提醒大宽要看着对方，不要让余宋影响到倪想。这算是很委婉的说法了，估计也是担心余宋在倪想身上打什么坏主意，毕竟他与倪想曾是情侣关系，当年的分手也闹得沸沸扬扬，有门路的人总能查到他如今还总在为倪想寻求演出机会的事。

对于目前不管是演技还是地位都旗鼓相当的两个人来说，要打败对方拿到自己想要的角色，很可能会在彼此的生活作风上下手。娱乐圈不就是这样吗，即便是已经要跟你签约的合同，一旦你的形象受损了，对方也会马上放弃跟你合作。

何如墨的短信，让大宽更加确定余宋就是为了抢角色的事才靠近倪想的。

说不定节目录制完了还会更进一步，从倪想这里搞到一些了不得的消息之类的，或者拿倪想来要挟何先生。

确定了猜想的大宽严阵以待，随时准备对付余宋那个邪恶的化身，这让他整个下午都处于高度紧张的状态，好几次都把要给倪想准备的东西拿错了。

"我要的是那个颜色的假发……"倪想有点为难地说，"宽哥，你要是累了就去那边休息一会儿，我可以自己来的。"

大宽叹了口气，斜睨着她说："我这可真是好心被你当成驴肝肺了。算了，我不管你，我去休息一会儿，你先自己来。改天非得给你请个助理不可，这要我又当爹又当妈的，迟早活活累死。"

倪想笑了笑说："不用，不用，请助理多贵啊，我事情不多，就这次要多麻烦你一点，以前哪次不是我自己去上节目啊？好了，你别担心了，

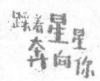

快去休息吧，我自己来。"

大宽看着倪想给自己化妆，然后戴上齐耳的假发。

他还记得第一次见到倪想的时候，那是个多好看的女孩子。

年轻，有朝气，身材好得不行，就算是清朝的旗装也掩盖不了曼妙的身姿。

她好像永远都是高兴的，不管天气多冷或者多热，拍摄环境多恶劣，她都笑呵呵的。

即便那时候她很红，也没有任何架子，无论是对群演还是导演，全都一视同仁。

其实，现在的倪想还是好看的，她五官本来就好看，除了最胖的那段时间之外，大多数时间只是有点太肉显得壮了一点，实在算不上丑。尤其是现在，虽然还是有些胖，但真的挺可爱的。至少大宽觉得，要是这样的姑娘喜欢他，自己做梦都能笑醒。

激灵了一下，大宽翻了个白眼鄙视了一下自己，这可是何先生的爱人，他这是胡思乱想什么呢。

他长叹一声，站起来继续上去给倪想帮忙。

因为要在节目里扮演恶搞的女一号和余宋搭戏，倪想不能打扮得太好看，不能像电视剧里顾盼演的女一号那样精致美丽，她要扮丑搞笑。

顾盼演的女一号是一名女警官，倪想化完了妆就准备去换衣服。大宽站在帘子后面等着，一件一件地把衣服搭在帘子上面，可是他在外面等了半天，倪想还是没出来。

"你没事吧？还没换好？"他站在外面担心地问了一句。

片刻，帘子里传出沮丧的声音。

"搞什么啊，给我 M 号这么小的尺寸，我怎么穿得上……"

这真是个悲伤的故事。

衣服不合身，肯定是不能上台演出的，倪想只得暂时换回了自己的衣服，让大宽去找节目组看看能不能换件大码的过来。

大宽拿着中码的衣服离开了休息室，找到道具组的时候他们正忙着准备节目演出时要用的道具，根本没时间搭理人，见大宽来了，也只是稍微停留了几秒，来听他的请求。

"这几件衣服太小了，我记得我之前有给过节目组我艺人的身材尺寸，怎么会送这么小的过来？"大宽有点不高兴道，"请帮我们换件大码过来。"

工作人员接过衣服看了一下尺码，不解地说："M码没错啊，你们当时说要大码的，所以就准备了M码，不合身？不可能吧！艺人不都特别瘦吗，我想着女艺人的衣服不是S就是XS，怎么这个M还不合身？"

大宽被气得牙痒痒，忍着脾气说："麻烦帮我换件XL码的过来，可以吗？"

然而，他耐着性子请求，对方却有点不耐烦了，挥挥手说："哎呀，这东西又不重要，就那么几分钟的时间，凑合穿就好啦。我这儿还有好多事情要忙，你们自己处理一下。"

说完话，工作人员就急匆匆走了，手里拿着的是一会儿主要嘉宾上台时要穿的道具服，先不说尺寸绝对是合身的，就说质量，都要比倪想这套保安服一样的衣服好很多。

大宽捏了捏手里的衣服，虽然生气，但也没有办法，谁让倪想现在只是个名不见经传的搞笑艺人，纯粹就是来蹭场子的，要是红了，这些人根本不敢这样对待她，也不会这样对她不熟悉，他们现在指不定觉得她能来上节目都是走了狗屎运，安安生生地待着就行了，居然还要求这要求那，很烦很烦呢。

无奈之下，大宽只得无功而返，倪想正在休息室里，一只手拿着台本温习，另一只手拿着手机。手机里正播放着余宋和顾盼主演的电视剧，就是她今天上台要和余宋合作的那一部。

见到大宽回来了，倪想高兴地说："宽哥，你还别说，这部电视剧真挺好看的，余宋演得可真好，怪不得那些小姑娘都喜欢叫他老公。顾盼也不错，我记得她只比我小一岁，但是电视剧里她看起来只有二十出头，保养得真好，不像我，都开始有皱纹了。"

看倪想心情不错，大宽真不忍心打击她，但衣服就在怀里，怎么可能不告诉她？

大宽一直缄默，最后直接沉着脸坐到了椅子上，倪想那么敏感，怎会不知道是因为什么。

她迟疑几秒，试探性地问道："是不是没有大码的衣服？"

大宽垮了脸，点点头，有气无力的。

倪想一笑，放下手里的东西走过去说："没事啊，小点就小点吧，桌子抽屉里有针线包，我看能不能改改。"

她好像真的一点都不介意，直接拿了衣服去化妆台那边找针线包。大宽抬眼注视着她将针线包找出来，坐在那里有模有样地改衣服，心里特别不是滋味。

"衣服大了改小一点容易，小了往大改要怎么改？"大宽凑过来，很不解地询问。

倪想也犯难地说："的确是不好改，M号有点小了，L号也好一点啊，我看能不能把衣服改短一点，剪下来一些布补到上面。"

这样说着，倪想就开始忙活。大宽实在看不下去了，直接转身又出去了。倪想瞥了一眼，微微叹气继续着自己的工作，可是试来试去，发现是自己异想天开了。拿布料补上去固然可以，纽扣却还是扣不上，要重新钉纽扣，改扣眼，然后锁边，麻烦极了，时间根本来不及。

正犯难的时候，门又被人从外面打开了，大宽喘着粗气走进来，把手里的东西往她怀里一扔，喘息着说："给你这个，我从电视台附近的超市里找女保安买的，你们俩身材差不多，应该可以穿，你把道具服上的臂章给弄下来贴在这件上面就不像保安服了。"

倪想接过衣服，十分惊喜道："宽哥你太厉害了，真是无所不能啊。"

这有什么无所不能？这种事换作别的艺人根本不可能遇到，她却遇见了不止一次，连他这个经纪人都觉得羞愧，她还能保持乐观心态，该说她不愧是经历过大风大浪吗？

大宽舒了口气，红着脸说："赶紧去换衣服吧，这都快五点了，马上就要开始录节目了，你衣服还没换，一会儿他们又该来找麻烦了。"

倪想点点头，立刻拿着衣服去帘子后面换，大宽站在外面等着，他们两人这会儿都不知道还有另外一个人正站在外面，透过虚掩的门缝隙，静静地注视着化妆间里的一切。

余宋本来正在忙着，恰好听见道具组那边有吵闹的声音，直觉告诉他声音来自倪想的经纪人大宽，便让助理肖楠去看了看。

肖楠回来一回复，还真的是大宽。

节目组给倪想准备的衣服小了，小点的衣服要改大很难，专业裁缝都不一定搞得定。如果没有合适的衣服，倪想一会儿录节目的时候就会出问题。

想到这些，余宋便让肖楠去帮忙找尺寸合适的衣服，还让道具组的人惊讶了一下，稍微有些手忙脚乱。

等肖楠准备好了衣服，余宋的事情也处理得差不多了，所以他便拿了衣服亲自给倪想送了过来。

然后他就看见了屋子里那一幕。

余宋微微低头看着手里的衣服，感觉已经没必要再送过去了。

对于倪想来说，他就是个陌生人，他准备的东西搞不好她犹豫半天都不一定会用上，何必再去给她添烦恼呢，反正问题已经解决了。

所以，还是走吧。

余宋转身离开，身影消失在走廊里不过一分钟，倪想就换好衣服和大宽有说有笑地一起走了出来。他们根本没发现有人来过的痕迹，直接朝演播厅的方向去了。

现在是下午四点半，还有半个小时节目就开始录制了，他们现在过去再熟悉一下舞台，倪想也好做一做心理准备，这么久没上过这么大的舞台和节目了，还真有点紧张。

等他们到了演播厅后台才发现，观众已经全都到了，位置坐得满满当当，大部分都是年轻妹子，手里举着余宋的灯牌和应援牌，看起来很是兴奋。

倪想站在舞台一侧，用眼睛测算着上台的距离，心里默念着她要准备的台词。

其实她上场的时间还早，之前也不是没彩排过，但彩排归彩排，那时候因为时间问题余宋没来，其他人来了也是走个过场就离开，反正录播节目有什么状况都可以后期剪辑，大概也只有把这档节目当翻身战的她会如此认真紧张。

就在她专心致志用功的时候，肩膀忽然被人从后面拍了一下，她吓了一跳，转过身去一看不由得愣住了。

"我刚才看背影就觉得是你，现在看来还真是。"说话的人笑得很好看，一头酒红色的长发，皮肤白而细腻，气质时尚又优雅，和穿着一身保安服改成警服的倪想比起来，真是一个在地上，一个在天上。

"怎么不说话？不认识我了？"女人笑了一下，漫不经心道，"也对啊，你以前都没把我放在眼里过，现在不记得了也正常。那我就自我介绍一下，我叫陆媛，现在在江城电视台做导播，刚调过来没多久，我听说你今天要来上节目，就特地过来看看。"

倪想回过神来，微笑了一下轻声说道："陆小姐，我当然记得你，刚才只是有点反应不过来，我原本以为……"

"原本以为我们一辈子都不可能有机会再见面了吧。"陆媛接过话茬继续说，"说得也是，从何如墨因为你跟我分手的那一天开始，我就盼着再也不要见到你们，可你们那时候多火啊，到处牵着手秀恩爱，我想躲都躲不开，要不是你最后……"说到这儿她顿住了，十分刻意道，"呵呵，你看我跟你说这些做什么，都过去那么多年了，你们也分手很久了，不是吗？"

倪想的表情自始至终都没有变化，一直都是非常平静的笑脸，听她说到这里就回应道："陆媛，虽然我这么说你肯定不相信，但这么多年过去了，我还是得重复一遍我说过很多次的那句话。何如墨和你分手不是因为我，他追我的时候已经和你分开半年了。"说完话，倪想朝后面张望了一下，笑着道，"啊，我的经纪人在叫我，我先过去了，不好意思。"

她点头致意，抬脚离开。

陆媛紧握双拳站在原地看着倪想的背影，自嘲地笑了笑。

其实她知道，倪想在当初那场三角关系里面是最无辜的那个，何如墨当时只是一厢情愿，倪想根本就没把他放在心上，可他却把人家装在了心里。

那时倪想年轻又漂亮，陆媛根本没法跟对方比，她当时的工作也对何如墨的事业没有任何帮助，不被摒弃才怪。

然而，女人要是真的可以在感情问题上完全理智看待，就不叫女人了。即便知道倪想没有错，可陆媛还是讨厌她、恨她，现在看见她，仍然嫉妒得发狂。

舞台上的灯光唰地亮起，节目马上就要开始录制了，陆媛收起自己有些阴沉的表情，整理了一下工作牌，抬脚朝导播间走去。

走着走着，她忽然笑了一下，把旁边路过的人吓了一跳。

有点，太吓人了。

第三章
七年前的女孩
CAI ZHE XING XING
BEN XIANG NI

节目正式开始的时候，观众们都非常激动、非常热情，掌声不绝于耳。

穿着勉强合身的衣服，倪想站在后台透过缝隙看着台上的场景，最先上台的是女嘉宾，个个出落得如花似玉、甜蜜可人，舞姿也很美，踩着恨天高都能随意自如地跳舞，真是让人羡慕又怀念。

余宋将是最后一个上台的，主持人先和女嘉宾们站成一排，男主持开了几句玩笑活跃气氛，让大家分别跟观众打了招呼，然后才开始神神秘秘地介绍余宋。

"今天我们还有一位神秘嘉宾没有现身，大家一定很想见到他对不对？"男主持笑着将话筒伸向了现场观众，"来，大声告诉我，他的名字是？"

几乎是一瞬间，观众们开始大声呼喊余宋的名字，他们举着余宋的灯光牌，当镜头切过来的时候就使劲挥舞，粉丝团那边还大喊着他们早就准备好的口号——余宋余宋，送你余生。

听见这句话的时候倪想还有点惊讶，其实她没有对余宋的名字做过什么解读，以为只是父亲的姓加上母亲的姓，所以当她听见粉丝的解读时，忽然就觉得这个名字不一样了。

我的余生，全都送给你。

倪想的心奇怪地跳了一下。舞台上的音乐也随之变得激昂起来，升降门开启，干冰的雾气散发出来，余宋依旧穿着那身简单的黑色长裤和白色衬衣，与来的时候相比，除了重新整理过发型、戴上了手表之外，几乎没有任何改变。

底子好，长得好就是有优势，当你极尽努力地想用彩妆和服装来掩饰自己的缺点时，他只须简简单单地穿着最普通的衣服，就能完全体现出他的英俊了。

余宋出场时，现场的尖叫声高得让倪想忍不住捂了一下耳朵，连带着自己的心情也被感染得有点激动。小姑娘们追星的热情啊，不管过了多少年都是那样热切，那时喜欢她的小女孩们在机场喊着她的名字，也是这样有感染力。

等出场仪式结束，余宋便和主持人还有其他女嘉宾站在了一起。主持人开始介绍余宋的履历，无非就是大家都知道的那些，演出过什么样的剧目，获过什么样的奖项，最关键的一点是，这次算是余宋出道以来的综艺首秀，选择了江城电视台，主持人们都表示了荣幸。

余宋本人很官方化地对此表示了谦虚，彬彬有礼的发言、得体的一举一动，都得到了主持人和嘉宾们的好感。

倪想站在舞台侧面看着这一切，算算时间应该要开始第一个活动环节了，她要等到第三个才上场。

大宽适时走上来，朝她低声耳语："大约要半个小时之后才轮到你，先去休息一会儿吧。"

忙了一下午，倪想的确有点累了，便没拒绝，点点头跟着大宽走了。

站在台上的余宋感觉到那道目光消失了，忽然侧头看了一眼，镜头恰好切到他，他只得很快又转回头笑了一下，装作什么都没有发生过。

接下来的时间连主持人也有那种感觉，明明是在节目当中，余宋的状态却明显不如刚出场时那样好，甚至有些心不在焉，很多地方都不算太配合。

主持人耐着性子解决问题，节目是录播的，有这种状况也没什么，有些艺人就是这样的，他们也习惯了。

抓住余宋不需要发言的时候，站在他身边的男主持人小声说道："马上要到第三个环节了，请您精神一点，节目效果会更好。"

第三个环节就是跟倪想搭戏了，如果余宋身上有一簇火的话，那这簇火现在正式被点燃了。男主持人惊讶地发现他浑身的气场一下子就变了，跟之前完全不一样，心里道了一声奇怪之后，便满意地继续主持接下来的节目。

当第三个环节真正开始，当那扇门摆在观众面前，倪想也站在门后面的时候，余宋的神情可以说是上场以来最为专注的。

甚至于，他握着话筒的手都有点出汗了。

"那我们来问问余宋，期待在那扇门后面看见谁呢？"女主持人笑着说，"啊，让我来猜猜，顾盼最近没档期，我们不知道有没有本事请她过来，如果打开门不是她，你会不会失望啊？"

之前问余宋一些问题，他大多回答得很随意，速度也不快，句子又短，不太好沟通的样子，所以这次女主持人也没抱什么希望。

可是，偏偏就是没抱希望的这次，余宋回答得很快，而且状态很好，眼神认真又沉静，本就动听的声音专注说话时的那种味道，让人根本抵抗不了。

"我倒不觉得是顾盼，她已经和我搭档过了，观众们也看过了，我觉得……"他望着那扇门，微勾嘴角，笑着说，"会是个很美好的女孩子吧。"

很美好的女孩子。

被余宋这种男人这样形容，后面不管是谁都该笑开了花。

现场坐在台下的粉丝们都已经开始捧着心口表示受不了了，不娶为何撩呢？

而站在门后面的倪想听完这句话的反应，应该是现场最冷静的。

虽然在她的台本里，余宋不应该这样说，但很多东西都是需要临场发挥的，也许余宋觉得这样说，节目效果会更好吧。

很快，主持人便示意她可以出来了，她一点点地捅开那层单薄的纸，从里面走出来。

现场的音乐在她迈出来时立刻来了个一百八十度大转弯，从舒缓感人变成了滑稽可爱，倪想笑着打开话筒和大家打招呼，众人也忍不住笑了出来。

"大家好，我是倪想。"她抬高手臂挥舞了一下，对于这种上场搞笑的嘉宾，观众们还是很给面子的，欢呼声不绝于耳，这样倪想已经很满足了。

女主持人将倪想引到身边，笑着说道："大家一定想不到上台的会是倪想，对不对？"

观众们很配合地大声回应——对！

倪想跟着笑了笑，不自然地看了一眼站在女主持人另一边的余宋，倒不是她不适应这样的场合，而是自从她上来之后，余宋的眼神就一直落在她身上，好像长在那儿挪不开了一样，换谁都要不自然。

这可是在录节目啊，还没开始搭戏就这么入戏，是不是有点不应该啊。

主持人又简单介绍了一下倪想，就开始撮合她和余宋搭戏了。倪想整理了一下衣服，后退了几步，主持人看了一眼余宋，两三秒后才说："现在请看大屏幕，我们先来回顾一下电视剧片段。"说完话，舞台上留下的人都侧开身让出了位置，给观众们看大屏幕。

这个时间舞台上已经没有其他女嘉宾了，只剩下主持人、余宋还有倪想。倪想第一次站在这种一线综艺的舞台上，除了一开始因为余宋看着她的眼神引发的不自在，还多少有一点紧张。当她看向大屏幕上的电视剧片段时，她想起自己要演出的细节，脸就开始红了。

大屏幕上播出的是余宋和顾盼的一段拥抱戏，顾盼饰演的女主角马上要去执行任务，特地来和男主角道别，男主角这个时候生了很重的病，自然想让女主角留在身边，但顾及她的工作，所以隐瞒了一切，很伤心地看着女主角离开，还要保持着笑容不能哭出来。

挺煽情的一段戏，两个人的表演都很好，看完片段之后大家的情绪都被感染了，女主持人说："很期待倪想和余宋会给我们带来怎样一段不一样的表演。"

说到这里，主持人就朝两位嘉宾伸出手，两人很自然地站到了面对面的位置上，然后主持人又说了几句话，就后退了几步，把空间留给他们俩。

光线暗下来，一切正式开始了。

倪想没忘记自己是来搞笑的，所以一举一动都有一些戏说的成分，不可能完全和顾盼演的女主角一模一样，那就没节目效果了。

倒是余宋，电视剧里是什么样，他现在还是什么样。他入戏特别快，音乐一响起来他眼圈就红了，手里拿着的话筒虽然碍事，可一点都不让人出戏。

"我、我要走了。"倪想有些无措，磕磕巴巴地说出了自己的第一句台词，余宋那样的眼神没几个女人能受得了。

余宋闻言慢慢举起话筒，轻声说："我知道。"他强笑道，"你要走了，是来和我道别的。"他上前一步，微微低头，看了一会儿地面，再抬起头时眼圈更红了，"一定要走吗？不能留下来对吗？哪怕只有那么几天时间。"

台本上设计这个的时候，倪想要有一些滑稽的表情，可余宋的状态让她根本就忘了自己该怎么做。

她愣住了，下意识地回应了台词："一定。不能。几天时间也不行。"略顿，眨眼内疚道，"对不起……"

主持人看见他们这样，互相对视了一眼，这和台本上写的不一样，他们在犹豫是否要插个嘴调节一下效果什么的，可最后都没动，因为……

怎么说呢，虽然没有按照本子来，但是演得很好，很有感染力。余宋不愧是影帝，他听见倪想说完台词之后那个伤心的表情，真让他们也跟着心里难受起来。

"这样啊。"余宋俊美的脸上带着遗憾的笑容，慢慢朝前走了一步低声说，"那你走吧，我也没什么事，你注意安全。我这段时有事要忙，你不要再打电话来了，我们各做各的吧，等你回来了再见面。"

电视剧里演到这里，男主角的生命已经没剩下几天了，但他还是让女主角走了。

这是他们最后一次见面，也是最终道别，他们没能再见面。

倪想这时终于想起了自己的用处，强迫自己笑了一下挠挠头说："感觉你在立 Flag 啊。"

这话一说气氛整个都被破坏了，在场的人都笑了出来，观众们都是年轻人，都知道 Flag 的意思，联想到接下来男女主角的确再也没能见面，大家都笑得讳莫如深。

只是余宋似乎并没有因此就被带出情绪。

他继续说着台词："你走吧，我会等你的。"

倪想怔了怔，看了一眼主持人，主持人微微点头，她才继续说："那你一定要等我。"她说完话，就转身一步三回头地离开，每一次转身，余宋都会距离她更近一点，然后在她最后一次要转身的时候，余宋从身后抱住了她。

那本该是一幅不怎么和谐的画面。

因为倪想的身材不好，她还穿着不合身的廉价服装。

可也不知道怎么了，大约是余宋演得太好了，大家情绪都上来了，看见他从后面抱着倪想，心情都很压抑。

导播间里的陆媛微微皱眉，吩咐道："把画面切到余宋脸上，特写。"

她这么做的目的是想打破这个美好的画面，因为她觉得余宋脸上肯定是嫌弃的表情，那样的男人什么美女没见过，倪想这种，如果不是为了节目他根本不会主动拥抱。现在她把画面切过去，一定可以让大家看见余宋的表情，从而感同身受地厌恶倪想。

可是她失望了。当画面切过去的时候，大家在放大的特写上见到的是，在电视剧里隐忍着没有掉眼泪的余宋，现在眼角有湿润的痕迹。

而他看着倪想背影的眼神，要比在电视剧里看着顾盼背影的眼神深情得多。

这可就有点奇怪了。

舞台上的这一幕连主持人都看傻了，反应过来发现场上出现了太久的空白，男女嘉宾抱在一起的时间也太长了，于是女主持人赶紧打趣地说："大家还看着干吗？起来鼓掌呀！"

一瞬间，所有观众都非常激动地站起来鼓掌了。倪想回眸看向身后依然抱着她的余宋，微垂眼睑克制地说："余先生，您可以放开我了，表演结束了。"

这句话她说得很小声，远离麦克风，连主持人都没发觉，只有余宋听见了。

她说完这句话，余宋才依依不舍地松开了手臂。他笑看着倪想，眼中有点失望还有留恋，让倪想很神经地觉得自己真穿越到电视剧里和余宋有了什么。

为了避免靠英俊小生太近引起粉丝的围攻和嫉妒，在余宋松开手臂的一瞬间，倪想后退一步跟他拉开了距离。这让导播间内想叫倪想出丑的陆媛非常不甘心，这时她忽然看到了什么，低声吩咐道："画面切到倪想的胸部。"

下属听见，奇怪地看向了陆媛，陆媛瞪回去："看什么，照做就是了，有疑问？是你懂节目效果，还是我懂？节目录好播出之前要炒热度的，你该不会想全靠余宋的人气吧？"

她这么一说，下属也厌了，立刻照做把画面切到了倪想的胸部，这个画面持续了大概五秒钟，倪想胸部的现状全都被看见了。

是了，即便是借和倪想身材差不多的衣服，她穿上也不能算是完全合身。比方说倪想的胸围，以前很瘦的时候胸就不小，现在肉感十足的身材自然胸也不会低调，这衣服的胸围还真是不太合身。

大胸的姑娘们肯定都有那种经历，穿上衬衫之后胸口会有一个裂口，即便纽扣系住了那里还是敞着，非常尴尬。

上台之前倪想就有心解决这个问题，所以在衬衫里面又穿了件打底的吊带背心。虽然这样不能从根本上解决问题，但至少不会走光，她那时是想导播不会那么没眼力见地把画面切到她胸部上，大家只要看脸和整体，没人会注意到这些细节。

但她失算了，她不知道陆媛就在江城电视台做导播。

余宋回眸和主持人交谈的时候，眼角正好瞥见了舞台边缘的电视屏幕上的画面，导播故意切过去的画面一览无余。

几乎是下意识地，他后退了一步将自己的话筒交给了倪想。倪想愣住，不解地看着他，他捂着额头说："不好意思，我有点头疼，麻烦帮我拿一下。"

倪想闻言立刻接了过来，有点担心地将两个话筒抱在胸前，朝前走了一步问道："你没事吧？"随后看向主持人，小声说，"要不要先暂停休息一下，余先生好像不太舒服。"

主持人也有点担心，不过最担心的还要数台下的粉丝，看偶像身体不舒服，他们险些就要冲上来了，幸好还有"粉头"在下面控场，让他们别给偶像添麻烦。

现在的粉丝比几年前理智很多，素质也更高一些，知道粉丝行为偶像买单的道理，不会乱黑和自己偶像谈恋爱的女明星，或者乱骂别的明星。要是倪想红在这个时期，说不定后来也不会混得那么惨，更不会和何如墨分开。

不过这会儿她根本没心思想这些，全身心都在身体忽然不舒服的余宋身上。余宋的经纪人今天实在太忙，直到节目开始录制了才赶过来，他一来就看见台上的余宋不舒服，第一个冲上舞台，和主持人一起围住余宋查看究竟。

余宋透过众人围绕的缝隙看了一眼站在外围的倪想，她把两个话筒抱在胸口，满脸担忧，那是为了他才担忧的，那一刻他甚至在想，要是他真的不舒服就好了。

"我没事，就是刚才忽然胸闷，现在好多了，我们继续吧。"

余宋有些遗憾地低声说了一句，大伙都松了口气，但经纪人还是很不放心。

他似不经意地瞥了一眼不远处抱着话筒的倪想，视线在话筒——也就是她胸前的位置扫了扫，微妙地沉默下来。

节目重新开始进行，台下的导演朝对讲机道："导播标记一下，从余宋和倪想表演结束之后到现在的这段录制全部删掉。"

导播间的陆媛透过耳机听见导演的要求，恨恨地咬了咬牙，她很不高兴，但即便再不高兴，导演都发话了，她也没有办法，只好不甘心地做了标记。

坐在她身边的下属看着今天很不正常的上司，心有余悸地拉开了一点距离。陆媛明显心情不好，还是不要靠太近的好，免得殃及池鱼啊。

节目再次开始录制，由于刚才的小骚乱，主持人对余宋的态度变得更加小心翼翼了。

而倪想呢，按理说节目表演到这个时候，主持人宣布一下感谢她的到来，她就可以"功成身退"了，可是她站在余宋身边，等了半天也没等到那句话。

倒是男主持人好像抓住了什么感兴趣的点，说起了台本上没有的话题。

"刚才我看见余宋表演的时候很投入，表演结束眼角都还有泪迹，演技真的是年轻一辈里面数一数二的。"男主持人在业内很有地位，他这样说别人肯定会附和，这个时候余宋只要谦虚一下就可以了，甚至都不需要过多言语。

男主持人见余宋不排斥这个话题，便继续询问："那我问一个私密点的问题，要是觉得不好回答也可以不回答的。"

余宋微微抬眸，瞥了一眼台下的经纪人。经纪人微微皱眉，但没有上台打断录制，余宋收回视线，朝男主持人点了一下头。

男主持人笑道："其实我的问题挺简单，我刚才看到你那么入戏，就有点好奇，在戏外的时候你哭过吗？不算小时候哦，小时候我也经常被我妈训哭。"

主持人先拿自己开了玩笑，气氛就轻松了很多，问的问题的确也不是什么关于恋情或者过于隐私的话题，经纪人便微微放松了表情，余宋却下意识地看了一眼站在身边的倪想，神情有些奇怪。

须臾，在主持人期待的注视下，余宋点头说："有。"

女主持人顿时星星眼了，就跟抓到大话题的记者一样没过脑子地快速问道："那你上次哭是什么时候？"

倪想作为一个局外人夹在女主持和余宋中间，只能尴尬地望天花板。而余宋在被女主持人问到这个话题时，竟然没有表现出什么不喜和反对，反而是……直接转头看了一眼眼观鼻、鼻观心的倪想。

那样扎人的视线倪想想察觉不到都不行，她一脸蒙地看向余宋，忍不住在心里咆哮：你老是莫名其妙地看我做什么？你是很帅没错，但是我们真的不太熟啊。

女主持人愣了愣，立刻收到男主持人的手势示意，表示她的问题有点过了，她正打算开口弥补，把话题岔开，但在她开口之前，余宋先开口了。

"上一次哭有些久了。算起来大约有七年了。"

"七"这个数字对倪想来说有很特殊的意义，七年前她生病是一个转折点，七年后她再次上一线综艺节目也是她生命的一个转折，所以当她听见余宋说出"七年"这两个字的时候，难免在意了一下。

她顺着其他人的目光一起去看余宋，本来觉得只是和大家一起看着他，不会有什么不恰当的地方，但她本人根本不会知道，余宋前几次忽然转过来的视线，已经让台下坐着的粉丝们全都抓住了，所以现在她看向余宋，大家心里的感觉是完全不一样的……

而对余宋本人来讲，也是意义不同的。

余宋的走红不能说是偶然。

他得天独厚的外貌条件，还有学历和风度，都是他必将拥有不凡人生的预兆。

说到学历，就不得不说到一点，余宋并不是科班出身的演员。

此时此刻，他站在舞台上，微微垂头，带着回忆的神情，轻轻缓缓地谈起自己上一次哭的经历。

明明已经过去了七年的时光，可仿佛就如昨天一样，让他记忆犹新。

如果这段真的播出，搞不好大家还会以为这是在台本上就存在的环节，因为他说得实在太自然，好像时时刻刻都想回味一番那一天一样。

"我不是科班出身的演员。"

他站在那儿，低声诉说着，脊背始终挺得笔直。

而他说到的事情，不管是主持人还是现场观众，当然都非常了解。

女主持人笑着说："我记得你是剑桥大学毕业的，当时念的是心理学专业。"

女主持人说完，台下观众就发出了非常佩服和羡慕的欢呼声，女主持人笑了一下，等大家声音低一点才又继续说道："非常厉害。"

男主持人也跟着说道："是的，真的非常厉害。那为什么你会在毕业之后进入娱乐圈呢？"他是真的有点好奇地说："我觉得以你的专业，如果继续深入学习的话会非常有前途，是另一种可以走很远的路。"

主持人这句话倪想非常赞同，但她现在还是很纠结自己要怎么做。在余宋第二次开口之前，倪想趁着镜头不在自己这里时对身边的女主持人使了个眼色，女主持人立刻了然，让了个位置，让倪想下台去了。等节目正式播出的时候，只要中间穿插一个广告，回来再录一个开场就可以了。

倪想一下台，余宋的情绪显然不如之前那般平和了，变化之快让台上的众人都有点惊讶，搞不清楚是不是自己的原因。

而大宽这个时候就坐在台下看倪想的演出，倪想下台之后就猫到大宽身边，大宽笑了一下小声鼓励她，让她暂时坐在自己身边的位置上，低声询问："我们现在可以走了，你是去后台换衣服，还是再看一会儿节目？"

按理说，这个时候回到后台换衣服比较好，因为时间已经不早了。但是不知道为什么，可能是有点八卦之心吧，她现在很想听听余宋那个七年是什么样的。

"看会儿再走吧。"倪想心思莫名地说了一句，便抬眼看向前面。因为位置比较靠后，前排坐着的都是粉丝，她这里视野并不太好。但余宋站在那里，就好像会发光一样，不管离得有多远都能看得清清楚楚。

大宽其实有点不太乐意，他刚才就随便说一句，怎么知道倪想真的会留下来看节目。

刚才在台上他都已经看见了，那个余宋真是无所不用其极地在撩倪想。倪想本人在台上卖力演出，肯定感觉不到，他们台下这些局外人可是看得清清楚楚。

其实余宋要是对每个人都这样倒也罢了，但偏偏不是那样。倪想一下台，余宋马上就不给面子了，等目光所及之处发现倪想坐在后排并没有离开，他又立刻恢复了情绪。

饶是大宽这种久经沙场的老将，面对余宋这样来来回回的弯弯道道，也有点搞不清楚他到底想怎么样了。

余宋如果真的只是为了跟何如墨争一个电影角色，没有必要做到这样吧？他现在人气那么高，在台上对一个形象很一般的女艺人那么照顾那么暧昧，等节目播出就不怕被女艺人的团队蹭热度炒作吗？倪想现在最需要这个了，即便不是什么好名头，但公关发一些软文和通稿把舆论推向有利于自己的方面，再买一点水军和营销号，操纵话题不在话下。

余宋……完全没必要把自己卖给别人捆绑营销吧？大宽想不明白了。

而这个时候，台上的余宋还真的按照主持人询问那样，开始讲述自己七年前的事情。

"那时我刚上大学没多久，还不熟悉剑桥的环境。"

余宋声音压得很低，带着些怀念的意味，配上舞台上放出的抒情音乐，很有感染力，让人不自觉地跟着走进了他编织出来的美好却沉郁的回忆里。

"当时家里没什么钱，在那边生活比较拮据，因为文化差异，一开始和同学接触也少，过得并不太好。"说到这里，他微微抬眸看着台下，眼眸深邃，像是专注地看着某人，又好像谁也没看，"恰好就在这个时候，国内有一档节目到剑桥大学来取景，那时我正好没课，就坐在距离节目组不远的椅子上随便看看，然后我看到了一个人。"

女主持人听到这里问道："是节目组的人？华人吗？"

余宋微微颔首，嘴角似不经意地带着笑容，看起来那个人给了他很美

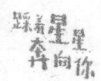

好的回忆。

"是。过了这么多年，其实我应该是记不清楚的，但那时的画面，现在脑海中还清清楚楚地浮现出来，说来也奇怪。"他似自嘲般轻笑一下，随后语调淡淡道，"是个女孩子，很好的女孩。我那天心情不好，他们来录的是综艺节目，那个年代的综艺很简单，但看着她在那边高高兴兴的样子，好像我的心情也跟着好起来了。"

女主持人恍然大悟，微笑着说道："我知道了，坠入爱河的前兆是不是？"

余宋这个时候已经不再去看经纪人的眼色了，毕竟是七年前的事了，说说也没什么，更何况他现在真的非常想说出来。

"是。但其实我们一句话都没说过，自始至终都是。"余宋琥珀色的眸子带着冰冰凉凉的感情，握着话筒的力道不由得紧了一些，他好像很担心谁会突然离开，怕自己要说的话说不完，所以也不需要主持人的引导，连贯地说，"节目组来录制的那阵子，我每天都会抽时间过去看，每次都拿着一本书，装作在看书的样子，其实一页都没翻过。"

说到这儿，台下的粉丝已经感动得落泪了，其实余宋也没多说什么，但作为喜欢他的人，仿佛可以感受到他当时的心情一样，内心深处所有的期盼都涌现了出来。

"后来呢？"女主持人也被打动了，从一开始的抓话题变成了真好奇。

这个问题让余宋沉默了一会儿，他过了许久才说："后来节目录制完了，他们就走了。我当时不知道，仍旧每天都过去，但是再也没有见过她了。回到宿舍之后，我就开始上网搜索那个女孩的消息，一直关注了她很久。"

女主持人立刻问："你有联系过她吗？后来有再见过面吗？"

余宋缄默良久才摇了摇头，略微笑着说："没有，没有见过。"

当年娱乐业远不如现在这么发达，粉丝和偶像的距离是很远的，即便再着迷，宿舍里挂满了对方的海报，但想要见上一面还是很难的。那时也不兴办什么粉丝见面会，就算举办，以余宋当年的家境，在剑桥念书的学费都是借来的，哪里还有钱给他用来追星？

反正后来就是不了了之了吧。

其实主持人和观众们都很想知道那个女孩到底是谁，现在是不是还活跃在娱乐圈，怎么着也该是一线了吧？但是大家都知道这个问题太过敏感了，就算问了余宋也不会回答。

男主持人适时地开口把话题转回到一开始的方向："那这件事就是你最后成为演员的契机吧？真是很美好的故事，和自己曾经的偶像一样成了偶像。我听说你在最新一部电影当中所饰演的角色和你的专业一样，是心理医生，而且还是惊悚片类型。这是你第一次尝试拍摄惊悚片吧？会有什么期待吗？"

话题转回了正题，各家经纪人和观众也都从遗憾的情绪里走了出来。大宽看看身边的倪想，从余宋开始说的时候，她就处于一种脸色难看的状态，等余宋开始聊他的新电影了，她的表情还是不太好看。

"倪想，你没事吧？"大宽有点担心地问。

倪想倏地回神，眨了眨眼说："没事啊。时间不早了，一会儿节目就该结束了，我们也回去收拾收拾离开吧。"

大宽求之不得，立刻弯着腰和倪想一起离开。

倪想这次几乎是仓皇逃走的，她根本不敢也不想去看台上某人的眼神，所以也没注意到他跟着她离开现场的视线。

走出了演播厅，倪想还处于一种奇怪的沉默状态里，大宽看得担心，克制了半天还是没忍住，拉住她的衣袖问道："你真的没事？我怎么觉得你魂不守舍的？"

倪想抿了抿唇，顺了一下有点乱的头发笑道："其实也没什么，就是觉得这个世界挺小的，有些事也挺巧的。"

真的是太巧了。

原来余宋是剑桥毕业的。

看起来年纪还和她差不多。

不过她出道早，本该在念书的年纪去被安排了很多演出。

那时她还特别巧合地去剑桥录制过一档综艺节目。

这一切应该只是巧合而已。

不，肯定是巧合。

第四章
谢谢你，余先生
CAI ZHE XING XING
BEN XIANG NI

倪想回到休息间就开始卸妆、换衣服。

她换衣服的速度很快，不合身的衣服已经快要把她折磨死了，脱掉之后真是身心舒畅。

从帘子里出来，她把衣服扔到沙发上，坐到化妆台前卸妆。她有心想要快点离开，所以很快就收拾妥当了，围上围巾准备走。

大宽拎着两个袋子看着她的脸无奈说道："不去洗一洗？妆都没卸干净呢。"

倪想催促道："还是先走吧，别人马上要下来用休息室了，占用太长时间不好，我自己回家慢慢卸，来得及的。"

大宽真是拿她没办法，只能任由她走在前面带路。

其实倪想走得这么着急还有一个原因，那就是不想再和余宋打照面了。毕竟两人之前的相处实在让人有点不适应，再加上剑桥事件，即便她觉得百分之九十九不是自己，但还是会尴尬啊，所以最好不要再见面了，省得大家都窘迫。

然而老天爷好像就是想看她遇见困境，就是喜欢以折磨她为乐。

她和大宽到了停车场，把东西放到车上就让大宽先离开了，后面有事再随时电话联系。

大宽和她是一人一辆车过来的，所以他也没多说什么，直接开车走了。

然后剩下倪想一个人在停车场，问题就出现了。

她发动了半天车子，发动机一点反应都没有，她心里"咯噔"了一下。

其实这种事也不是一次两次了，车子太旧了就是这点不好，今天这儿出点毛病，明天那儿出点毛病。要是这次录节目之后她的通告可以增多一点，价钱高一点的话，那她就咬咬牙换一辆车吧，老这样不仅耽误时间还让人着急。

看看腕表，已经夜里八点多了，眼看就要九点了，电视台门口已经出来了很多观众，节目应该也录完了，她得赶紧想法子走人才是。

她从车上下来，靠在一边准备给大宽打电话，这会儿他应该还没走远。

电话还没拨出去，一辆保姆车就停在了她面前，她心里一慌，隐约猜到是谁，却没敢确定。等车门拉开，余宋从车上下来的时候，就算她多不想承认，也得承认了。

"车子坏了？"他戴着墨镜和口罩，比在演播厅时多加了一件很长的风衣，即便这样也完全掩盖不了他身上的气质，有的人天生就该被人关注，天生就有着引人注目的资本，不管他再怎么隐藏，你还是会不由自主地把目光放在他身上。

简单点说，余宋这个人天生就该是个明星。

见倪想只是傻站在那儿不回答，余宋继续说："刚好我今晚没有别的安排，不如送你一程。"

这话让倪想回过神来，她立刻说道："不了，谢谢余先生的好意。我车子坏了，我现在打电话给经纪人，他应该还没走远，能赶回来的。"

倪想说着话就开始打电话，手指按错了号码好几次，但最后还是成功地把电话打了出去。

站在余宋面前，她有些不自然地笑了一下。

尽管被倪想拒绝了，但余宋丝毫没有要走的样子。

他如一棵树般安静地站在那里，经纪人坐在车子里不耐烦地看着手机，男助理朝窗户外面警惕地观察着四周，这是担心被狗仔拍到吧？

看女助理瞧自己的表情，估计会觉得她有点不识好歹吧。余宋在外面站的时间越长，被拍到的机会就越大，到时候他俩一起入镜，再来个捆绑炒作，余宋就更逃不掉了。

说到底，倪想现在这样的地位，不管做什么或者什么也不做，都容易被人诟病。

还好电话很快就接通了，大宽那边的环境很安静，他说话语速很快，听起来似乎有些紧张："倪想，找我有事吗？"

倪想这会儿心里也紧张，所以没发现他的异常，直接说道："我车子坏了，现在没法走，你能过来接我一趟吗？"

大宽一听不由得道："又坏了？我早就告诉你该换辆车了，你就是不听，一辆破车开好多年，真是……唉，你要不打个车吧，我现在和朋友在一起呢，可能一时半会儿过不去啊。"

倪想闻言有点失望地"哦"了一声，匆匆挂了电话，抿唇望向身边的余宋。

余宋面上的表情一丁点都没变，依旧温温和和，仿佛一点脾气都没有。

"看你的表情，他大约有事缠身没办法过来，还是我送你吧。"他开口说话，语调轻轻慢慢，闲适温暾。

说完话，他便回到了车上，让出自己身边的位置，微微抬手道："上车。"

倪想看看周围，好像已经有粉丝认出了这是余宋的保姆车，开始朝这边跑过来。为了不给余宋添麻烦，她也不好再磨蹭，只得拎着背包上了保姆车，至于自己车上的东西，还是等明天打车来拿吧，要她带着大包小包上余宋的保姆车，她还没那么厚脸皮。

上了车，司机很快就把车子开了出去。余宋坐在倪想身边，似乎心情很好，还哼了一会儿歌。

不知是不是倪想的错觉，歌的音调有点耳熟，她仔细分辨了一下，好像是……好像是她之前在偶像团体做歌手时唱过的歌。

奇怪地看了余宋一眼，倪想告诉自己可能是错觉，音乐这东西相像的也不少，千万别自作多情。

而另一边，拒绝了倪想要求的大宽挂了电话就后悔了，因为坐在他对面的何如墨表情不太好看。

"她车子坏了你应该先去接她，为什么不答应？"何如墨冷着一张脸道，"现在打电话回去，告诉她你马上去接她。明天我会让人送一辆新车过去，你就说这是某个赞助商送的，不要解释太清楚，她追问的话，就说会从她的收入里扣除一部分。"

大宽哪敢拒绝，立刻照办，但再次联络上倪想后，得到了她已经有车回家的消息。

"那个，我已经上车了，一会儿就到家了，你不用担心，明天把车子送去修，顺便帮我把东西拿回来就可以了。"

她如此解释了一下，没多说就挂了电话，搞得电话这头的大宽里外不是人。

"何先生，倪想说她已经坐上车了，不用我过去了。"大宽硬着头皮对何如墨说。

何如墨坐在桌子的另一边，与大宽面对面，穿着一丝不苟的银灰色西装，脸比起七年前虽有些岁月痕迹，但依然英俊非凡。在小鲜肉辈出的娱乐圈里，这样的高层次美男也是非常有竞争力的。

"那也好。"何如墨的表情稍稍缓和了一些，笑着说，"抱歉，刚才是我太着急了，语气有些不太好。你知道的，每次遇上想想的事，我总是容易着急。"他微微颔首道，"你把她照顾得已经很不错了，车子的事我会替她安排好，你只要替我做个遮掩就行了。今晚也不耽误你时间了，你可以走了。"

大宽闻言立刻站起来说："好的，那我先走了，何先生您慢慢吃。"

何如墨点了一下头，注视着大宽离开，垂下视线看着满桌子的菜。

其实两人从见面到现在也就十来分钟，饭店在距离电视台很近的地方，何如墨的经纪人和助理正在外面的车里等着。

他们待会儿还要去见制作人，虽然时间排得有点晚，但为了能签下何如墨，对方也愿意多等一会儿。

何如墨微微转了转头，拿出手机看着上面的壁纸，仍然是许多年前他和倪想的那张合影，放在现在的手机上多少有些模糊失真。

那时倪想还没生病，也没有后面那些乱七八糟的事，他们之间的关系非常好。

这些年，时不时地，何如墨会怀疑自己当年的决定是否正确，他明明是希望那么做之后可以让倪想永远好好留在自己身边的，怎么就把她越推越远了呢？

他一直觉得，要想让一个人永远离不开自己，那就要把她的腿打断，让她永远离不开自己这根拐杖，让即将可以飞得更高的她再也飞不起来。

可是现在看来，他对倪想的了解还不够全面，也太小看倪想当时对他的感情。

她是不会让自己成为他的累赘的。

不过没关系，现在这样也好，既然她用了这么多年的时间终于解开心结，再次开始了演艺事业，那他还是愿意支持她的。

他们有足够的时间来改善目前的关系，他也有足够的耐心等她再次变好后回到他身边。

不过这种"变好"还是得在他的掌控之中。

不能再像当年那样任她发展得那样快，眼看着她就要成为他高攀的存在，让他踮着脚都够不着，也有更多异性将目光定在她身上，他怎么赶都赶不开。

她需要被他掌控着，不需要太出名，维持着她热爱的演艺事业即可，这样他才有安全感。

这七年间，他的确是这样做的。他织了一张网，她的一切都在他的网中，他在她看不见的地方改变着她的生活，悄无声息地关注着她，她可能有所察觉，但也不敢确信。

慢慢来……不着急的，收网的时间还没到。

何如墨想到这里，深深地吸了口气，脸上露出愉悦的表情。

随后，他微微起身，收起东西离开了包间。

今晚，他还有很多事要忙。

余宋的保姆车很豪华，很宽敞，坐在上面的人说多也不算多，但对于几年来只有一个大宽在身边、连个助理都没有的倪想来说，的确是很隆重了。

坐在别人的车上，还是不熟悉的人，倪想连呼吸都控制着节奏，眼睛也不敢乱看，一直盯着窗户外面。

倒是坐在她身边的余宋不知道是有意还是无意，始终和她保持着很近的距离，暧昧得让人有点窒息。

倪想尽力地往外挪，以为自己掩饰得很好，但那些小动作其实都被余宋发现了。

他微微侧头看着她，装作没有发现那些小动作，忽然轻轻咳了一声，她直接被吓得浑身哆嗦了一下，好像一只受惊的兔子。

余宋微微勾唇，靠到椅背上，叠起双腿对坐在另一边的助理肖楠说："拿条毯子过来。"

肖楠正在看手机里的行程安排，虽然早就铭记于心，但他还是习惯核查确定，做到万无一失。

听见余宋的吩咐，肖楠立刻拿来一边的背包，就好像哆啦A梦的口袋一样，什么东西都可以从中掏出来，一条毛茸茸的毯子更是不在话下。

"余宋哥，毯子。"肖楠一边递过去，一边笑说着，"你怎么知道我带了毯子？我看最近天气越来越凉了，怕你赶通告的时候会冷，就给你带了一条，还是上次你去参加活动的品牌送你的定制款，其实应该叫披风更合适。"

肖楠老妈子一样絮絮叨叨，倪想听着觉得挺窝心的。

有这么好的助理真是让人羡慕，不过……这是怎么回事？为什么那条印有定制的 YS 字母标志的披风会到自己身上？

倪想错愕地转头望去，余宋旁若无人地将披风搭在倪想的肩头，看了一眼还微微颔首，面不改色道："很适合你。"

倪想嘴角狠狠一抽，下意识地就把披风往下扯，嘴上说着："我不冷呀，你怎么给我了？余先生自己披着就可以了，车里有空调，挺暖和的。"

她一边说话一边往下扯，除了前面开车的司机之外，后面坐着的所有人都把目光锁定在她身上，尤其是余宋的经纪人。

从余宋拉倪想上车开始，他的经纪人李戈就脸色很难看，这会儿已是难看到了极点。

他盯着倪想的目光好像恨不得把她吃了，仿佛她是勾引他儿子的狐狸精。

这么多年了，倪想头一次被人用这样的目光注视，不知道应该感到惶恐，还是受宠若惊。

而那披风根本没能扯下去，因为余宋的手压着披风一角，重重落在她身上，任凭她怎么拉扯，都无法把它从自己身上摘下去。

最后她朝余宋投去无奈的视线，保姆车内蜜色的光晕下，他好像画一样好看的脸上似乎带着笑，又似乎没有。

在她放弃挣扎之后，他慢慢收回了手。

"刚才见到你在发抖。"他缓缓说着话，音色悦耳低沉，像清晨古寺的钟鼓声，并没有多洪亮，却有着安定心神的力量。

"我们现在算是朋友，你坐在我的车上，我不能怠慢你。"

这算是解释了给她披风的原因。但这真的是个乌龙，她可不是因为冷才发抖的，纯粹是被他吓的。

有点尴尬地笑了一下，倪想也不解释了，这种时候说多错多不如不说。她忽然想起车子开出这么久都没告诉司机自己的住址，思索了一下还是对余宋说："把我送到朝阳路红杉小区门口就可以了，要是不方便的话可以从南山路绕到后面的入口，那里人少车也少。"

她很周到，给了多个选择。余宋斜靠在椅背上，目光淡淡地望着她，说不清楚他的眼神是什么意思，好像看她披着他的披风就很高兴一样，让她有点惶恐。

"肖楠，告诉司机。"余宋并不亲自与司机对话，而是吩咐助理。

女助理坐在肖楠旁边，瞥了一眼满脸憋屈和不适应的倪想，忍不住"扑哧"一声笑了出来。

肖楠见状，立刻瞪了女助理一眼。女助理有点委屈地撇撇嘴，后缩一下埋头下去。

倪想注意到这一幕，假装咳了一声，再次专注地看向车窗外，心里想着自己怎么就这么糊里糊涂地上了车呢？

明明应该坚持打车的，偏偏担心别人觉得自己不识抬举而上了车。现在好了，做什么都好像不对，做什么都在身边这个神神秘秘的男人的注视之下，他好像对自己很关注、很关心，可这种感觉让她不太舒服。就好像一车子的人都知道有什么原因，只有她自己被蒙在鼓里。

她讨厌让自己看上去那么无知的一切。

还好现在时间不早了，过了晚高峰，路上好走很多，司机开得也很快，对路也熟悉，没多久车子就停在了倪想住的小区后门。

倪想二话不说就拉开车门跳下了车，甚至都不想跟余宋道别就要直接离开。

走了几步，她才想起这样很不礼貌，人家到底是帮了自己，所以她僵硬地停住脚步，回过身来，硬着头皮说了句："今天谢谢您了，余先生。"

恰好就在这个时候，保姆车的广播里正在放一首歌，是王菲的《矜持》，第一句歌词就是——"我从来不曾抗拒你的美丽，虽然你从来不曾为我着迷"。

这样的歌词，配上此时余宋的表情，让站在路灯下等待回应的倪想有些迷失理智，几乎忘了自己接下来应该做什么。

还好只是几乎，不是完全，她始终还是没被余宋那张英俊的脸以及他脸上欲言又止的表情给迷惑住，她后退一步，笑得自然又爽朗道："很晚了，不耽误余先生时间了，有缘再见。"

她微微鞠躬，直接转身离开，丰满的身材在夜幕里灵活地穿梭着，很快就消失在了余宋的视线里。

肖楠绕到余宋这边把车门给拉上，经纪人李戈一声令下，司机立刻发动车子离开，之前倪想在这里时发生的一切就好像一场梦。

李戈坐在后排座位上，等车子重新开始行驶一段时间，他才清了清嗓子说："余宋，你今天做得有点过了，下次不要这样了。"

余宋好像还没从倪想的离开这事中回过神。他侧头看着身边的位置，那里现在坐着的是肖楠。肖楠被他看得浑身不自在，尴尬地弯着腰回到了刚才的位置上，这下可舒服多了。

余宋挑挑嘴角，似乎觉得肖楠的反应很有趣。

等了许久许久，李戈才等到余宋的回答。

"不行。"

两个字，果断又利落，就是不行。

李戈瞪大眼睛看着他，有点不解道："为什么不行？难不成你下次还想和女艺人这么玩？你要是想谈恋爱了就告诉我，咱们没签过什么禁爱令。你可以谈恋爱，我保准给你找一个不但可以恋爱还能给你形象带来帮助的对象，你就不要再拿这些小艺人胡闹了。"

"胡闹？"余宋并没直接回答，而是重复了李戈最后说的两个字。

片刻之后，他在李戈瞪大眼睛的注视下凝着眸子肃然道："我没有胡闹，我是认真的。"

李戈当时就蒙了，好半天没理解他的话到底是什么意思。

等车子到了余宋在江城的住处，当余宋下车时，他才回过神来。

他难以置信道："我是不是理解错了，你该不会是跟那个叫倪想的喜剧演员来真的吧？"

余宋本来已经下车准备上楼了，李戈的话成功地让他停在了原地，他背对车子，因为戴着口罩，声音有种磁性的变化，听在李戈耳中却一点都不悦耳，简直像刀子一样。

"来真的不好吗？"

他不咸不淡地反问了一句，抬脚便走了。

李戈表情错愕加震惊地望着余宋消失的地方，好半天没反应过来。

肖楠克制了一下，等待了很久，终于还是没忍住，在李戈的眼前挥了挥手，咽了咽口水说："李哥，你没事吧？"

李戈被这么一问彻底不爽了，大声喊道："这个问题应该来问我吗？你应该去问你的余宋哥！我的老天爷，他到底想干什么？不打算让我活了还是怎么的？我出来和他一起搞工作室这么多年，一直尽心尽力，他就这么对我？"

肖楠见李戈发飙，赶紧安慰道："李哥，你消消气，余宋哥那脾气你又不是不知道，你别和他一般见识。他不是第一天在这个圈里混了，什么能做什么不能，他肯定知道。"

李戈还是很暴躁，拉上车门吼道："我怎么消气啊我！他脾气还不好？瞧瞧刚才对人家姑娘那叫一个温柔，还送披风呢，不要太体贴啊！我怎么就没看出来他眼光这么差劲呢，找谁不好，看上个那样的，我真是……"

李戈气得都不知道该说什么好了，肖楠一直在给李戈顺气，他也搞不清楚余宋到底怎么回事。

他一直觉得像余宋那样不食人间烟火的人是不会谈恋爱的，毕竟这么多年余宋对任何女孩都没有过什么暧昧，完全不近女色。

偏偏就在今天，余宋在第一次见到那个叫倪想的姑娘却破例了。

这个姑娘……其貌不扬，人倒是蛮可爱，也挺知进退，就算看出来余宋哥对她很好很温柔，也没有什么不恰当的想法，很清楚应该把自己摆在什么位置上，这一点倒是比以前那些上来倒贴的女明星强多了。

可是……倪想和余宋，这两人不管是外貌还是发展路线上，都有点相差太远啊。

算了，老板的事他操那么多心做什么呢，人家最后要怎么样也不会征求他的同意嘛。

倒是李哥，恐怕以后有得受了。

想到这些，肖楠看着李戈的眼神不由得带了些怜悯，李戈瞧见直接抬手敲了一下他的脑袋，哼了一声道："轮到你小子可怜我？赶紧让司机开车回家睡觉，气死我了！"

肖楠唯唯诺诺地"哦"了一声，无奈地吩咐司机开车离开。旁边的女助理全程围观了这一幕，想起老板对倪想的态度，同样不理解地叹了口气。

第五章

何如墨

CAI ZHE XING XING
BEN XIANG NI

失眠，倪想已经好多年没有过了。

自从重新开始奋力工作，完全放下过去的感情和经历之后，她的睡眠质量一直都很好。

但今晚不知道怎么了，明明已经十二点了，可她躺在床上翻来覆去怎么都睡不着。

只要一闭上眼睛，她就会看见余宋那双好看的眼睛，还有他嘴角似有若无的笑意。

怎么会有这么撩人的男人呢？

他自己应该多少知道一点，甚至可以说是深谙迷惑女人的方法，这些混娱乐圈的男人哪个不会勾搭妹子？他的一颦一笑，好像是在刻意让她记住他一样，不遗余力。

可是转念想想，他图她什么呢？她一穷二白，说不定还得借助他来搞点小动作好一夜成名，他自己却伸出脚来给她垫着，这完全没有理由啊。

他们萍水相逢，就算一见钟情，也不该是对长成她这样的钟情啊。

实在睡不着，倪想干脆放弃了，睁开眼下床打开灯，耳边似乎还回响着录节目时余宋叙述的那件事，那件发生在七年前的一个关于初恋的美好故事。

她想起自己七年前最后一次录节目，就是去英国剑桥录制的。那时围观的人不多，不像现在什么大学都满地华人，国内明星去录个节目就有好多学生围着照相要签名，那时还是比较安静自在的。

不会那么巧，余宋说的真是自己吧？

想想这种可能性，倪想赶紧抓了抓头发让自己冷静一下，不要再做梦了。都这么多年了，就算真是她又能怎么样，她现在这副样子肯定已经让以前奉自己为女神的人幻灭了，更不要说阅尽娱乐圈无数美女的余宋了。他还愿意说这件事，肯定是因为那个人不是她，不然他怎么还能对着自己现在这副样子说出那一番动情的话呢？

而且，说不定只是他随便编的，谁规定在节目里一定要说实话呢？也许是他的经纪团队想为他加一个深情人设，所以才编了这么一段，听起来也比她是其中的女主角来得合理。

"所以你就赶紧睡觉吧，不要再因为别人的几句话心慌意乱了！"

对着镜子里的自己认认真真说了这句话，倪想终于平复了心情，从卫生间里出去打算继续睡觉。

可好巧不巧，她看见了放在沙发上的披风。

坏了。

下车时走得太急，她把身上的披风给带回了家，忘记还给余宋了。回到家之后光顾着胡思乱想，她压根就没把这东西当回事，现在清醒过来是不是有点晚了？

糟糕！余宋该不会以为她是故意把这东西带走，好让他们下次有理由再见面吧？

倪想猜测着余宋的想法，简直恨不得扇自己两巴掌，怎么就这么傻呢？

瞬间，刚有一点的困意全都荡然无存，倪想打开灯坐到沙发上，看着那烫手山芋一样的披风，咬着唇摸出手机，琢磨着要不要给大宽打个电话。

这种品牌定制的东西肯定很贵重，说不定人家以后还有用，但这么晚了，大宽肯定睡了，再怎么急也得等到明天了。

其实，倪想不知道的是，当她打开屋子里的灯的一瞬间，大宽就知道了。

倒不是大宽在这里装了监控，也不是他本人就在附近，而是在倪想所住的公寓楼下面，一个很不起眼的没有路灯的角落里，停着一辆很低调的黑色轿车。

并不是什么奢华的车子，车型也有些旧了，应该开了几年，这样的车子停在这儿，才不会引起人的关注。

只是，普普通通的车子里坐着的却不是普普通通的人，车子里弥漫着一股酒气，司机当然没喝酒，喝酒的是坐在后面的人。

倪想开灯的第一时间，何如墨就看见了，他已经在这里待了很长时间。

因为倪想打车回家的时间有些晚了，他有点不放心，所以把后面的饭局全都推到了明天，直接找了一辆旧车，让司机开车带他来到了倪想家小区门口，停在一个他常常停着的位置，一直默默地等着她回来。

只是他怎么都没想到自己等到的会是那样一幅画面。

倪想有个走小区后门回家的习惯，这是她当年还很红的时候养成的，何如墨最清楚不过。

所以他把余宋用保姆车送倪想回家的那一幕完完全全看在了眼里。

本来他打算看她安全回家之后就离开的，但发生在小区后门的那一幕的刺激实在太大，让他只想直接冲上去问清楚他们到底是什么关系。

可他得忍着，他现在不是倪想的男朋友了，如果他忽然出现，还跑去质问倪想，说不定就会暴露自己这几年来对她生活的干预，结果一定不会太好。

何如墨一直是很理智的，这时候也不例外，即便他已经处在理智崩溃的边缘。

他让司机买了罐装啤酒，就一直这么喝着，司机不敢多说，只能尽量降低自己的存在感。

他们就这么一直待到了夜里十二点。

当倪想的屋子在十二点亮灯时，他就拿起了手机给大宽打电话。

大宽这时已经睡着了，接起电话迷迷糊糊地问"谁啊"，何如墨冰冷的声音说了一句"是我"，大宽顿时什么睡意都没有了。

"何先生？"大宽从床上坐起来，结结巴巴道，"这么晚了，您还没休息啊？"

何如墨那边回答得很快，语调轻柔，但听起来让人觉得可怕："现在的确已经很晚了，但我看到想想家的灯还亮着，你能来看看她怎么了吗？另外，我看见她是坐余宋的保姆车回来的，这中间发生了什么事，你可以给我一个解释吗？"

何如墨的话让大宽浑身一抖，立马想起了在电视台时余宋对倪想的诸多照顾和暧昧，但他又不敢直接告诉何如墨。何如墨大多时候都是一个稳定冷静的人，但他现在的状态仅仅只听声音就知道不太好，要是大宽说了，恐怕对倪想不利。

所以大宽什么也没说，只是替倪想解释了一下："是吗？那时候倪想的车不是坏了嘛，可能是刚好遇见了，正好他们之前一起录节目，所以就帮个忙顺路带一程吧。"

这个解释很合理，如果属实的话，的确没什么值得在意的，可何如墨接下来的问题就让大宽感觉很棘手了。

"那为什么我看见她披着一条男式披风回去了呢？她下车的时候还和车上的人依依不舍地道别。"

何如墨的用词让大宽通体发寒，他是了解倪想的，也相信倪想当时绝对不是依依不舍，估计是被说了什么话的余宋搞蒙了，可在何如墨眼里，恐怕就成了依依不舍。

这可糟糕了。

何如墨这人生起气来不动声色，但不管说话还是做事都十分可怕又让人痛苦。大宽现在都有点搞不清楚自己到底该不该继续做何如墨和倪想之间的桥梁，如果不做，何如墨会不会对他赶尽杀绝？

"何先生，我现在就起来，去倪想那儿看看到底怎么回事，我一定会给您一个满意的答复。"

大宽只得如此回答。

何如墨的语气终于缓了一些，挂断电话前限他半小时内赶到。

看看挂断的手机，再看看表，大宽愁闷地想，也许是该找个机会断掉跟何如墨的联系。可是，如果真的断了，对倪想后面的演艺路会不会有影响？对他未来的经纪人事业呢？

何如墨现在就好像一根刺一样卡在他心中，让他不上不下。

倪想深思熟虑之后，还是忍着没有给大宽打电话。

她准备上床继续睡觉，就算睡不着，也闭着眼睛假寐，若是休息不好，明天赶通告会显得自己精神不好很难看。

她刚躺到床上没一会儿，门铃就响了起来，她愣了一下，下床开了灯，把长毛衣搭在睡衣外面，轻手轻脚地来到门口透过猫眼朝外看。

原本还以为是什么不速之客，毕竟这么晚了，谁还会来她家呢？

谁知从猫眼里看见的却是一脸菜色的大宽。

倪想立马把门打开了，不解地问："大宽，你怎么这么晚过来了？"

最近天气挺冷的，楼道里都是冷空气，大宽冻得鼻子不太舒服，直接挤进来说："你别问我为什么来了，先说说你今天的事儿吧，你晚上怎么回来的？"

倪想先关了门，随后走进来说："就是坐车回来啊。"

大宽翻了个白眼道："我当然知道是坐车！关键你坐的是谁的车？"

倪想脸色有些发白："该不会是被拍到了吧？我车子坏了，正准备给你打电话的时候，余宋的保姆车过来了，非要送我回家。我没答应，当时就给你电话了，你没时间过来，我一时没办法，稀里糊涂就上了他的车。"

果然和大宽想的一样，其实什么事儿都没有，可是楼下那位不那么想啊，何先生都快要爆炸了，恨不得现在就上来兴师问罪，这可要怎么办才好？

有点为难地看了倪想一会儿，大宽叹了口气说："拍没拍到我不知道，你下次可别再那么干了，你要是真对那个余宋有想法还好，没想法千万别走得那么近，对大家都不好。"

大宽的意思其实是，再让何如墨知道这么一出事儿，恐怕他们俩都得吃不了兜着走，何如墨做出什么事来大宽都不惊讶。

可倪想根本不知道这些，她所想到的只是，大宽担心自己和余宋闹绯闻。要是两人真的在一起了还好，没在一起的话就容易被粉丝和媒体搞成"倒贴"，对她的形象是非常不利的，说不定要被一生黑，还要被余宋的团队打压。

想到这些可能，她立刻摇头说："我当然不喜欢他，我今天第一次见他，怎么会喜欢他？今天就是凑巧坐了他的车，下次绝对不会有这种事。"

大宽欣慰地点点头，叹了口气说："你知道我也是没办法，我必须考虑得周全一点，咱们现在走的每一步都得小心，你……毕竟不比以前了。而余宋可比当年的何如墨还要火，你想想当年是什么样子，如果和余宋扯上关系，估计只会比当年更惨。"

一提到何如墨，倪想的表情就不好看了，她慢慢转开了头，看上去有些抗拒。

也是，这些年来何如墨一直都发展得不错，虽然一直都很关心倪想，一直在帮忙，但都是通过大宽，一次都没正面出现过。这些年里，公司还为他安排了一些炒作的恋爱对象，每到电影宣传期间就会有一些亲密的照片出现，完全是为了噱头和热度，其实根本没什么，但倪想不知道这些。

在她眼里，他就是原原本本地在这七年里换了三个女朋友。

"好了，是我的错，我不该提他，我只是打个比方。"大宽咳了一声转移话题，"对了，你这么晚了怎么还没睡觉啊？"他打了个哈欠，扭头随意一看，就看见了一个了不得的东西。

"这个……"不就是何如墨提到的男式披风吗？大宽拿在手里，看着披风角落处"YS"的字样，叹了口气说，"这是余宋的吧？你怎么给……拿回来了？"

倪想苦笑了一下："你不是问我为什么这么晚了还不睡吗？这就是原因。"她对自己十分无语道，"我真是蠢死了！在车上的时候想和余宋拉开点距离，然后他一咳嗽我就吓得抖了一下，他以为我冷，非要给我披上这个，我都拒绝不了。后来下车时我光想着跑了，压根忘了身上还有这个，这下好了，我怎么还回去？他们该不会以为我是故意的吧？"

大宽表情空白了几秒，抬手把脸上"你这个傻狍子"这几个字抹掉了，平静了一会儿才说："我觉得人家以为你是故意的才比较正常，不以为才是奇怪。余宋那样的人，就连何……都只能勉强较量一下。你有机会接近他，想着和他有点纠葛，他们也是可以理解的。"

听着大宽言词间的调侃，倪想的脸色越发难看，大宽见此叹了口气说："好了，不逗你了，我会想办法还回去的，你早点睡觉吧。"

倪想闻言眼前一亮："你真有办法还回去？"

"我不想办法，难道还真要你去还？你以为你们俩是白娘子和许仙啊，还跑去'还伞'？"

倪想赶紧挥手说："不是，不是。我还是有自知之明的，我现在这样顶多算是个没变身之前的胡媚娘，怎么敢跟白娘子比？"

大宽被她这话逗笑了，把披风抱在怀里站起来说："得了，少跟我油嘴滑舌的，我走了，你赶紧睡觉，可别再给我找事儿了。"说着话，他就抬脚朝门口走。

倪想站在门边跟他道了别，才吐了口气关上门。

她靠在门上想了想，这件事大约算是解决了吧，让大宽想办法把披风送回去，不通过她本人，她今后见到余宋就不用尴尬了。

只是真的还能有机会再见面吗？

估计没有了。

倪想抓抓头发，很快熄灯睡觉。

而大宽呢，他下了楼就小心翼翼地凑到了那辆黑色轿车旁边，拉开门坐上去，把手里的披风交给何如墨，解释了披风的来历。

大宽诚恳地说："何先生，倪想真的什么想法都没有，您就放心吧。"

从大宽上车开始，何如墨就一直没说话，只是冷淡地看着披风。当大宽说完话，他的神色似乎很平和，周身的气场却还是让人毛骨悚然。

"我知道了，辛苦你了。"他开口说话，依然是那么有礼貌，似乎与之前勃然大怒的他不是同一人，"这东西就留在我这儿吧，我会替你把它还回去的。"

大宽一愣，迟疑了几秒道："这不太好吧……"

何如墨倏地望向他，一字一句道："这有什么不好的？你话里其实有很多破绽，比如余宋的车里难道没有空调吗？怎么会冷？想想下车的时候还在那儿站了一会儿，我怎么没看出她有多着急离开？"说到这里，见到大宽表情尴尬，何如墨忽然话锋一转换了一张笑脸道，"好了，时间很晚了，你回去休息吧，我也该走了。"

大宽几乎是逃似的下了何如墨的车，目送他的司机将车开走，本来还在心里有些犹豫地计划着跟何如墨断绝联系的想法，这个时候已经上升到了必须要完成的高度。

跟这样的人继续来往，很考验他的抗压能力啊。

大宽走后，何如墨的笑意瞬间消失不见，他盯着那条披风，想到余宋，想到倪想，用只有自己能听见的声音喃喃着："都这样了，你还是不能让我少一些危机感，我该拿你怎么办呢……"

荆莎时尚举办了十分盛大的公益慈善晚宴。

接到邀请的明星多是圈里举足轻重的人物，都以受邀为荣。

为了能够在晚宴上大放异彩，他们不但捐出巨资，还精心打扮，购置最适合自己的高定来迎接晚宴。

这样的宴会，余宋作为圈内正当红的男明星，自然接到了邀请，并且确认会出席。

除了他，和他一起合作过电视剧的顾盼也在受邀之列。这两人说起来都和倪想有点关系，而和倪想关系更加密切的另一个人，也在这次宴会的邀请名单中。

那个人就是何如墨。

这其实并不难猜到。

不过巧合的是，这三个人的座位今天被宴会举办方安排在了一起。

顾盼和余宋合作过电视剧，两人的 CP 粉如今在网络上依然非常活跃，他们坐在一起无可厚非，倒是何如墨和他们没什么关联，会被安排在一起，可能是觉得他们咖位比较相近吧。

如果不是这个原因，那就只能是……三人之中有一人授意过。

宴会开始，大家进场落座之前要走红毯，余宋坐在车子后座上，车子缓缓驶入红毯入口处。他一身黑色西装，系着同色的领结，内搭白色衬衣，袖口上是精致悦目的黑钻袖扣。

他侧头去看车窗外的场景，那张侧脸足以让所有女人动心。

正坐在他身边，即将与他一起携手走红毯的顾盼更是其中之一。

她有些出神地看着余宋，手紧张地交握着，这是她与其他男演员合作时绝不会有的情况。

其实从知道自己要和余宋合拍电视剧，她就开始紧张了，虽然她自己是个偶像，但也不能免俗地有自己喜欢的男演员。

那个人就是余宋。

余宋所有的作品她都看过好多遍，还在电影院包场支持，请自己的粉丝团去看。

每次余宋有新电影上映，即便没联系过让她帮忙宣传，她都要发条微博专门支持一下。

他们真正开始有接触，就是上一部合作的电视剧。一共四十集的电视剧，顾盼可以说是从头到尾捧着一颗少女心完成的，每天去剧组拍戏是她最快乐的事。她以前总爱迟到，大牌嘛，多少有点架子，但和余宋拍这部戏的时候，她每天都早到，连早就听说过这位女演员不好伺候的工作人员都很惊讶，觉得那些"谣言"真是不可信。

现在她还可以和余宋好像情侣一样手挽手走红毯，甭提有多高兴了。

"顾小姐？"

熟悉又悦耳的声音在唤她，顾盼倏地回神，有点脸红地看向身边，说话的人却没什么表情地望着她，显然已经等待她的回应很久了。

"不好意思，走了个神。"顾盼拘谨地笑着。

余宋微微摇头，表示没有关系。他整理了一下西装外套，肖楠从副驾驶下去，拉开车后座的门，他便头也不回地跨下了车。

而顾盼这边，则由现场另一位工作人员打开车门。她紧张地握着手包，踩着恨天高对着转过来的镜头优雅笑着，然后小心翼翼地走向正在等待她的余宋。

当两人面对面时，余宋露出了观众常常看到的儒雅笑容，他屈起手臂，目光那么柔和，低头看着顾盼的时候仿佛全世界只剩了他们俩。顾盼心猿意马，却也知道现在应该做什么，手臂自动地挽住余宋，由他领着一起走向红毯。

俊男美女自古以来都是最养眼的配对，他们一起走在红毯上吸引了所有摄影师的相机，走在他们前面的那一位可真是倒霉，明明还没有走完，却已经没有了镜头。

在电脑前面百无聊赖的倪想刷着微博，作为娱乐圈的一分子，她当然知道荆莎举办的这场慈善晚宴。这场晚宴史无前例地在微博上进行了直播，余宋和顾盼一出场，微博上就已经刷爆了话题度，CP粉们简直要振臂欢呼了。

因此，倪想不可避免地看到了直播的画面，她的手不自觉地点了一下鼠标，画面就开始播放。她托腮看着，余宋那样的人，根本不需要言语，也不需要像其他明星那样做些博眼球的事，他只要站在那儿，镜头就全都对准了他。

而他看着身边女伴的眼神，不免让倪想回忆起他们一起录节目时他看她的眼神。

一样吗？有些类似，可是不一样。

心莫名地跳了一下，倪想赶紧把视线转到了和余宋手挽着手的顾盼身上。看见顾盼，倪想就什么春心都没有了。

瞧瞧人家，红唇长发，穿着Valentino最新高定，戴着昂贵得足以媲美倪想目前积蓄好多倍的珠宝，一颦一笑都妩媚又风情，哪儿还看得出来当年她们一起做组合时的青涩模样？

那时每次录节目导演都怎么说的来着？顾盼啊，你要学学倪想，笑得自然一点，不要老是绷着，观众不喜欢你绷着脸好像教导主任的样子。

时间过得可真快。

这一晃什么都不一样了，顾盼可以有今天的成就，倪想也替她感到高兴，那是她应得的，她有多努力，只有那时一起跑通告的四个人知道。

只不过，画面上顾盼看余宋的眼神，那爱意都要溢出屏幕了，遮都遮不住，她对余宋抱有什么样的感情，即便不说，大家也能看出来。

倪想关了视频，看了看评论，果然和她预想的一样，评论都在说顾盼和余宋假戏真做了。

如果这是真的就太好了，她就不用再纠结剑桥那件事到底和自己有没有关系，因为那次录节目，作为组合成员之一的顾盼也去了。

也许那个女孩就是顾盼，那天晚上在节目里余宋对自己表现出来的诸多不寻常，只不过是她想太多而已。

想明白这些，倪想瞬间觉得轻松了，关了电脑哼着歌去看自己的日程安排表。虽然她和余宋一起录的那期节目还没播出，但消息已经放出去了，来找她的节目组已经多了不少，大宽都开始挑三拣四了。

倪想本来看得挺乐呵，但渐渐就笑不出来了。

她看向大宽的眼睛有些失神，大宽发现后闭上了嘴，观察了她一会儿，小心翼翼地问："你没事吧，怎么无精打采的？"

他抬抬屁股凑到倪想身边，稍稍歪着头关切地看着她。

倪想失笑道："我没事，就是忽然有点感慨，我曾经以为我一辈子就那么回事了，没想到还可以有今天。"

大宽很想说，你有今天全都是靠你自己的努力，可想起上次的节目完全是何如墨给的机会，又怕以后她知道了会难受。

他是了解倪想的，就算想东山再起，她也希望靠自己的努力，虽然她已经没有了昔日的美貌和身材，但还有才华啊。

也不知他暗地里接受何如墨的帮助，对倪想到底是好还是坏。

看大宽本来想安慰自己，反而被自己带得惆怅起来，倪想有点无奈道："你那是什么表情？是我错了，不该说这些话，我其实也是高兴才这样说，这是值得庆祝的事，我们都别苦着脸了，行吗？"

大宽僵硬地笑了笑，其实倪想什么都不知道，要是知道了，恐怕就不会像现在这样安抚他了，搞不好还会把他打一顿。

不敢想象那个后果，大宽赶紧站起来说："跟我下楼吧，带你去看个好东西。"

倪想奇怪地问："什么好东西？你给我买好吃的了？"

大宽直接不搭理她了，等她穿好了鞋子就拉着她的胳膊下楼去。倪想一路上都在猜测会是什么好东西，给她找助理了，还是在楼下种了她喜欢的花？反正她猜了很多，但没有一种是接近真实答案的。

她万万没想到自己隔了一天下楼，会看见楼下停着一辆红色的大众轿车。

车子是崭新的，上面还系着蝴蝶结。大宽站在车子边，让倪想忍不住说："别这样，我会以为你给我看的好东西就是这辆车。"

大宽这下可算笑了，乐呵呵道："你还真没想多，这就是给你的，看看喜欢吗？知道你喜欢红色，特地给你选的红色。"

倪想瞪大眼睛看着他："你居然给我买新车了？"

想起何如墨的嘱咐，大宽咳了一声说："是赞助商送的。你之前不是录了江城电视台的节目吗，人家是冠名商，我就给你弄了一辆。"

他说完就观察倪想的表情，看她会不会相信。

倪想果然不信，轻蔑一笑道："你别逗我了，那么多人恨不得自掏腰包去上的节目，人家冠名商能舍得送车给我？"

大宽早就知道糊弄不了她，于是摆出无奈的面孔解释说："果然瞒不了你啊，我是实在看不下去你开那辆破车了，这才给你置办了一辆。刚巧我在4S店有朋友，打了个折，从你的酬劳里面扣了一部分，剩下的算是我贴给你的，以后可得给我好好干。"

倪想这么一听，信了百分之九十，不免有些感动，拉着大宽的衣袖欲言又止，眼圈通红。大宽一见，内疚得不行，赶紧甩开手说："快试试吧，看看喜不喜欢。"

其实倪想不懂车，在她的印象里大众的车子遍地都是，比较亲民，价格不会太高，这辆看起来也没什么太特别的地方，应该不贵，所以心理负担和怀疑都很少。

如果她知道她面前这辆长得和大众迈腾甚至是帕萨特差不多的车子是辉腾的奢享版，入手得一百多万的话，肯定会发疯。

大宽站在旁边看着倪想兴冲冲地试新车，脑海中不由得浮现出何如墨打电话时说的那几句话。他是那么了解倪想，知道倪想不懂车，送常见低调的牌子最好，一切都安排得妥妥当当，把倪想每个步骤的反应甚至说的话都分析得不差分毫，心思深沉得有点吓人。

其实，有一个像何如墨那样的男人辛辛苦苦为倪想付出，按理说他该高兴的。

他以前也是这么想的。

可时间越长，他越想远离何如墨。

也不是说何如墨有什么不好，只是觉得，这人的控制欲大到让人毛骨悚然。倪想这种心大的，能从当年还不成熟的他手中逃脱是幸运。要是换作今天，还不知道她要被折磨成什么样子……

不过，何如墨变成现在这个样子，也许在七年前狠心抛弃他的倪想并不无辜。

哪怕她当年的抛弃都是为了他。

荆莎慈善晚会现场，嘉宾们走完红毯，就陆陆续续在自己的位置上就座了。

余宋是最后一个到的，顾盼早他一步坐下，看见他过来还招了招手，笑着说："余宋，这边，你的位置在这儿呢。"

余宋看了她一眼，没有说话，慢慢地走了过去。

他落座后便转开视线看向周围，似乎并没发现顾盼跃跃欲试地想和他聊天。

顾盼有点失望地扯了扯嘴角，看了一眼桌上的其他明星，稍有些尴尬。但她很快就调节过来了，余宋只是无意间转开头而已，又不是不想理会自己，他们一起拍戏的时候相处得很和谐不是吗？刚才他们还一起走红毯呢！

这样想了想，顾盼就高兴多了。她发现余宋一直望着一个方向没有收回视线，于是就跟着望了过去，这一望，就瞧见了正缓步朝这里走来的何如墨。

何如墨的位置就在余宋的右手边，顾盼坐在余宋的左手边。

很奇怪的是，在场的男明星都是盛装打扮，手上什么东西都没拿，手机也隐秘地放在西装里侧口袋，何如墨却不是。

他虽然也穿着体面妥帖的西装，但他手里提着一个袋子，黑色的，外面什么标志都没有，质地很好的感觉。大家都好奇难不成是某个品牌出新款了，请何如墨做代言？

可等他走近了看，其实是很普通的袋子，完全是被他的气场给衬得好像大牌背包。

他出席这种场合，拿着这种袋子进来干什么？这下不只余宋，顾盼也来了兴趣，她认为自己对何如墨要比余宋熟悉多了，因为当年……何如墨可是倪想的男朋友，作为倪想的队友，在何如墨没工作安排的时候，几乎天天可以见到他。

但顾盼好像有点太自作多情了，待何如墨靠近了打算落座的时候，她都已经准备好要跟他打招呼了，他却直接把手里的袋子递向了旁边的余宋。

余宋垂眼望着那个袋子，上面的拉链拉着，看不出来里面是什么，但他已经隐约猜到了。

"这个我替倪想还给余先生，多谢那天晚上你对她的关照，但今后还是麻烦余先生离她远一些。"何如墨压低声音缓缓说话，面上带着友善温和的表情，就像在跟一位老朋友聊天一样，完全没有他字里行间的锋芒。

纵然他表现得如此友善，对方却不打算领情。

"我很意外。"余宋看着那东西并不打算接过来，"何先生是怎么拿到它的呢？据我所知，你们很多年之前就没有关系了。"

两个男人只不过两句对话，一边的顾盼脸色就变了，本来温婉的模样瞬间狠戾起来。

"倪想"这个名字她可真是好多年没听过了，前阵子听说倪想和余宋一起录节目，她并没放在心上，因为倪想现在的样子她很清楚。

她比任何人都关注倪想的变化和动态，因为她对那个曾经处处压自己一头，拿自己当陪衬，如今又一直带给她阴影，给黑粉无限理由黑她的女人恨之入骨。

七年过去，倪想在她这里已经完全构成不任何威胁了，可是……怎么今天，在这样的场合下，倪想的名字竟然会出现在何如墨和余宋两个男人的交谈中？

然而不管她有多纠结，这两个男人都当她不存在似的，半点眼神都没施舍给她。

被余宋挑衅似的对待，何如墨非但不生气，还笑得越发温和友好了。

他特别自然地说："那只是给外界看的。余先生那么多门路怎么会不知道我们还有什么关系呢？否则我会拿到这个东西吗？我不想在这样的场合说太多废话，如果余先生想要那个电影合约我可以让给你，但是我的女人，你最好还是不要打主意。"

余宋会打倪想的主意？别开玩笑了！早就对余宋芳心暗许的顾盼根本接受不了何如墨这么说，不理智地插嘴道："何先生你不要乱说，余宋怎么可能对倪想有什么想法，你真是太多虑了，倪想现在什么样子，你自己不知道吗？不要你自己觉得她好，就以为全世界都对她有企图。"

倪想是顾盼心里的一根刺。她为倪想做了那么久的伴舞，又因为倪想的退团背上了夺队友资源的名声，这些年无人看到她的努力，都说她是借了倪想的东风，代替倪想火了起来，令一向自尊的她痛不欲生。

好不容易把那些过往压下去了，除了黑粉之外少有人提起，如今却再次陷入关于倪想的魔咒里，顾盼会一时失去理智也可以理解。

她说完才反应过来，立刻转头看向同桌的其他几个明星，他们坐得有点距离，隔了一张圆桌，这会儿正交头接耳地在说别的事。台上有很大的音乐声，他们说话的声音不算大，除了靠得很近的三个人，其他人应该听不见。

想清楚，她松了口气，再去看另外一位当事人。何如墨正面无表情地看着她，他的眼神把她吓了一跳。

"倪想好不好，我自己很清楚，还轮不到顾小姐一个外人来评判。"何如墨的话冷得都掉冰碴子了，说完了就转头继续对余宋道，"不知我的提议，余先生意下如何？"

少有人知道余宋和何如墨在竞争一个角色，还是知名导演张敬的新片子，这部片子未拍先火，又是现实题材，拍了肯定是可以去拿奖的。

他们俩演技都不错，只看谁试镜的时候更适合那个角色，更能得到张导的青睐。

如今何如墨把这个他志在必得的角色拱手相让，要是余宋的目的真是这个角色的话，现在就该是一个皆大欢喜的结局。

可惜，余宋的目的根本不在此。

对于何如墨的提议，余宋只是浅淡一笑，眼角流露出几不可察的玩味，低声说道："何先生不必多费心了，那个角色我已经放弃了。没人告诉你吗？我接了一部电视剧，接下来三个月都要在江城影视城进行拍摄，没档期去拍那部戏了。"

这已经属于变相拒绝了，何如墨脸色不变，继续笑着问："不知道是否有幸知余先生接了什么戏？我倒觉得张导那边的角色更适合余先生目前的状况。"

何如墨出道早，影帝拿了不少，余宋虽然也拿过，但出道晚，数量没法和何如墨比，所以何如墨的意思是，余宋需要奖项来肯定自身的演技，更需要张导的作品来丰富他的个人履历。这个角色如果可以拿下来，是再好不过了。

然而余宋这人油盐不进，任凭何如墨如何费尽口舌，他都一副云淡风轻的样子，不透露自己接下来要去拍哪部戏。

在宴会的最后，余宋还是没有拿走何如墨带来的黑色袋子，跟经纪人匆匆离去。

顾盼也不想在这里跟阴阳怪气的何如墨继续待着，追着余宋走了。

这时的他们都没有想过，即将有那么一个机会，会让倪想、顾盼还有余宋这三个人，紧密联系在一起很长一段时间……

近日来，各大媒体上都出现了关于何如墨的通稿，爆料他曾与余宋争夺张敬导演新电影的男一号，而现在是他拿到了这个角色。

按理说，何如墨要比余宋有资历，最后拿到这个角色无可厚非，余宋的粉丝也能自我安慰一下，毕竟竞争者是前辈嘛。

但在何如墨方发的通稿里，字里行间都透露着张导对余宋的不守信用和耍大牌十分不满，这就是个问题了。

原来何如墨现在不但要拿走角色，还要踩人一脚，这就有点恶毒了吧？

余宋的粉丝不可能坐视不管，但为了不给余宋招黑，他们的发言都很克制。

倪想这天要去见一个副导演，有一部小说改编的大 IP 要进行拍摄，是一个美食题材，倪想的身材和颜值正好和女二号比较契合。

她在车上捧着这部要被改编的小说看得津津有味，手机顶端的微博忽然闪现，提示有热门消息可以查看，内容正好是余宋粉丝回击何如墨的抹黑通稿。

先不说何如墨和她有过什么关系，就说合作过一次的余宋，也足够吸引她的注意力了。她微微皱眉，点进去看了一下，这一看可了不得。

原来，余宋和何如墨之前一直在争夺电影角色？现在何如墨拿到了角色，在通稿里还对余宋进行了抹黑，余宋的粉丝这是在替偶像抱不平。

倪想将粉丝发布的文字和图片全都看了一遍，其中最有力的证据非一张截图莫属了。

那是粉丝到导演微博底下留言询问事情原委时张敬的回复，他明确表示，他从来没有指责过余宋不守信用或耍大牌，只是本来余宋约好来试镜，但因为一些个人原因最后放弃了，让他有些失望而已。

他原本很看好余宋，觉得比起何如墨，余宋的可塑性更强，没想到会被人误会。

余宋粉丝对导演的发言感到十分欣喜，微博热评第一更是说"我家不惹事儿，但来了事儿也不怕事儿，某家粉还有团队既然已经拿到了角色就不要再乱黑人了，那是我家不要才轮到你们的"，外加一个嘲讽的表情。

倪想看着这些，心情特别平静。

记得刚跟何如墨分手的时候，她根本不能看见一丁点和他有关的消息，一看见就想哭。可是现在，即使看到对他不利的消息，她也没有一点感觉了。

看来人真是会变的，再深厚的感情经过时间的打磨最终都会消失不见。

自嘲地笑了笑，倪想收起手机闭起眼，在脑子里回想着刚才看完的小说剧情。

这个女二号的角色，她还挺想要的。

这个角色是胖胖的吃货人设，台词可爱讨喜，和男主角的互动也很萌，不是传统意义上的恶毒女配。她从头到尾都在撮合男女主，自己默默喜欢男主，但谁也没告诉。

倪想思忖，饰演这样的角色，应该能为自己带来一些正面评价吧。

在到达酒店包间之前，大宽一直都在嘱咐倪想，跟她说要怎么做怎么说才能讨副导演喜欢。

倪想听得忍不住掏耳朵，笑着问他："你第一天认识我啊？虽然我以前做事挺任性的，但我也知道自己今非昔比了，我会慎重的。"

闻言，大宽放心了不少，松了口气道："那就行。这个机会难得，和你搭戏的男一号女一号虽然还没公布，但绝对是一线，且女二号戏份多，你能上这个戏的话，对你未来的发展非常有好处。"

倪想也深以为然，所以点头附和，两人准备了很久才踏进那间包间。

而事实上，他们其实太紧张了，那部戏的导演组早就定了让倪想演女二号，其一是因为她的形象比较合适，体形方面无可挑剔，相貌也不算难看，这样既不会抢了女主角的风头，也不会影响电视剧的整体颜值。

　　其二……其实他们会来找倪想，是因为女一号亲自做了推荐。

　　这部戏的女一号和男一号暂时没对外公开，但已经开始制造噱头了，必然是圈内的一线演员，又是曾经一起出演过一部很火的电视剧的CP，大家猜来猜去，其中最热门的就是顾盼和余宋。这一对CP粉力量无穷大，不但组织能力强，又特别有钱，应援和话题榜把其他明星甩出好几条街，看见这股"妖风"，剧组不用他们都不好意思了。

　　所以，这部戏的女主角就真的成了顾盼，而男主角恰好就是余宋。

　　顾盼接这部戏时还不知道他们真的能请来余宋，她看到剧本就想到了倪想，这么多年了，她一直逃避和倪想有任何正面接触，这样的处理方式似乎并没什么用，比较起来把倪想摆在自己眼前更让人放心。

　　而且，剧本里的女二号是很讨喜的，但她是女一号啊，她怎么可能让倪想真的讨喜？她会在导演面前推荐倪想，安的不是什么好心。

　　再后来顾盼知道男主角定的是余宋，简直不要太开心！先不管余宋到底是不是真的对倪想有意思，即便真的有，让倪想在他面前丑态百出之后，他还会存有那样的心思吗？

　　男人都好面子，她最清楚不过了，她一定可以把倪想整得彻底不能翻身。

　　就像倪想当年完全遮挡了她的光芒一样。

　　至于余宋这边，他推掉张敬导演的电影是有私心的，那个角色他是真的很喜欢，可要是真的去拍，需要离开国内至少半年时间，跑好几个地方取景。

　　这样一来，他几年前想做但没能力做的那件事就没时间去做了。

　　不仅如此，还很有可能让某个没拿到角色的人钻了空子。

　　所以权衡下来，他还是选择了对自己更重要的一边。

　　这时除了顾盼，没人知道他们三人即将见面，直到……剧组正式开机这一天。

剧组开机需要拜神，男女主角和一众配角会有第一次亮相，平时光鲜亮丽的主角在这种场合就会随便打扮一下，低调进组。

但像倪想这样的配角，为了在剧组开机的第一天刷一下存在感，通常需要精心打扮。

大宽也是这么想的，所以他带倪想去了商场，走进了倪想已经很久没敢去看的大牌专柜，让她选一套衣服。

倪想扫了一眼周围，趁着服务小姐还没过来的时候小声说："不要了吧宽哥，这里太贵了，我那片酬到了手一集也就一万块钱，你让我买一身下来，直接花掉好几集的钱……我不干。"倪想特别坚定地摇头。

大宽恨铁不成钢地看着她，正想好好教育一下这孩子，就瞧见服务小姐走过来了，特别温和礼貌地说："请问先生小姐，是来看包包的吗？"

大宽忙道："不是，看看衣服。"

他后半句"给她看"三个字还没说出来，服务小姐遗憾道："很不好意思呢，柜台目前无法提供跟这位小姐身材合适的衣服尺寸，也许您可以看一下高级定制系列？"

参加个开机仪式穿高定？这也太用力过猛了，说出去还不得让人家笑死。

所以最后，大宽和倪想还是灰溜溜地走掉了。

站在专柜外面，倪想特别有志气地对大宽说："宽哥，别伤心，我倪想发誓，早晚有一天让你带着我在这些专柜里随便穿随便买！"

大宽哭笑不得地看着她："行，我等着那一天。"

等他们到达江城影视城参加开机仪式的时候，时间刚刚好。

男女主角刚巧一起到了，人们正站在门口拉着的横幅下面议论纷纷。

倪想当时觉得，能看见一线演员挺幸运的，说不定还能混个签名照。

可当她看见男女主角时，瞬间就蒙了。

余宋站在人群的中央，因为身高原因，倪想远远就能看见他。

他怎么这么白呢，比女孩子还要白，整个人就像在发光似的，一颦一笑都好像画一般好看。

其他配角单看还挺好看的，可他一出现，全都被比成了萤火虫，压根不能和真正的星光相提并论。

而站在这个星光熠熠的男人身边的，正是如今已经完全大变样的顾盼。她笑得那么温柔，和余宋站在一起是那么相配。倪想试着让自己面带笑容，不显得那么傻，可还是笑不出来。

"你怎么了？看傻了？"大宽有点疑惑地问，"你该不会还是没法面对顾盼吧？又或者……你是因为余宋才这副样子？"

倪想转过头，看看大宽，有点无奈又有点无语："哪有你想的那么复杂，就是被大明星的光芒闪瞎了眼而已。还真是巧了，没想到这部戏的男女主角居然是他们俩……"

大宽半信半疑地看着她说："其实我有点猜到了，圈内都在传余宋为了一部电视剧放弃了张导的那部电影，我还琢磨着什么戏的魅力这么大，居然是这部……真是令人意外。反正你没事就行了，我们拍我们的戏，他们拍他们的，大家井水不犯河水。"

倪想没说话，只是随意地点了点头。自从觉得余宋那天在节目里说的人是顾盼之后，她就完全释怀了。

不管对顾盼还是余宋，她现在的状态史无前例的轻松。

尤其是大宽的话，让她误以为余宋肯放弃张导的戏来拍这部电视剧，必然也是为了顾盼，所以她现在面对余宋时完全不会尴尬了。

另外一边，作为话题中心的另外两个当事人，在看见倪想出现的时候，面上虽然依旧平静，心里却波涛起伏，暗潮翻涌。

第七章
"香芋夫妇"
CAI ZHE XING XING
BEN XIANG NI

作为女二号，倪想在开机仪式上有幸分到了一炷香。

剧组每次开拍之前都会举办开机仪式，烧香拜神，主要是为了图个吉利。

摄影师站在各个角度拍摄开机仪式的照片，倪想在和大宽聊了一会儿之后就加入到了队伍当中，顾盼远远注视她，搞得她怪不自在的。

出于礼貌，当倪想站在顾盼面前时准备简单地打个招呼，哪怕就像第一次见面的陌生人一样，可当她真的这么做时，顾盼却轻蔑一笑，抬脚走开了。

倪想愣在原地，被顾盼弄得有些下不来台。周围都是剧组里的工作人员或者演员，大家都过来拜神，不少人看见了这一幕，都在小声议论着怎么回事。

倪想抿唇笑了笑，装作什么都没发生过一样和其他人并排站好，准备拜神。

恰好就在这时，余宋走了过来，他自带柔光的脸上挂着温暖到足够融化寒冬冰雪的笑。

"我还没看过演员表，只是听经纪人说会有几个熟人。"他穿着灰色的呢子大衣，领口压着白衬衫工整无瑕的衣领，浅淡的颜色在冷冷的天气中十分显眼。

他站定在倪想面前，语气熟稔道："没想到还能和你再见面，你的角色是？"

倪想觉得余宋不会真的到了这儿才知道有她参演，作为主角，开机之前他肯定收到了剧本和演职员表，他会这么问，会这样打招呼，或许只是为了帮她解围。

只迟疑了几秒，倪想便平和礼貌地笑着回答："我演叶雨甜。"

余宋微微怔了一下，深邃的眸子里萦绕着一股惊喜，这让倪想有些困惑地皱了皱眉。但那惊喜稍纵即逝，随后他便变得和之前没有什么区别，声音澄澈道："是女二号，我记得我们会有很多对手戏。"

倪想正要回答，忽然被人拍了一下肩膀，力道之大让她差点就站不住了。

她摇晃了一下，余宋立刻伸手拉住她的手臂，几乎把她整个人都拉进了怀里。他们所站的是主演的位置，本身就被大家关注着，现在发生这样的变故立刻吸引了所有人的视线。

倪想茫然地仰头望向揽着她的余宋，余宋蹙眉睨着她身后，她下意识地回头看去，只见顾盼面无表情地站在那儿，刚才拍她肩膀的手刚刚收回。

"好久不见了，倪小姐还是和以前一样娇贵，和你打个招呼都差点站不住了。"顾盼阴阳怪气地说了这么一句话，随后却笑得非常友善，"好了，开机仪式马上就要开始了，现在不适合聊天叙旧，站到属于各自的位置上去，好吗？"

站到属于各自的位置上去。

这句话倪想不止听过一次，以前每次她听见这话，都站在最中央那个位置。

顾盼是和她一起经历过她最辉煌的那几年的队友，现在听见顾盼说这样的话，她心里面有点不是滋味。

不过她也没有难受太久，很快挣开余宋站到了属于她的位置上，自始至终脸上都带着很随和的笑容，看得顾盼反而非常生气。

倪想怎么一点都不痛苦？为什么她好像一点都没被影响到？她难道不该嫉妒自己吗？曾经那个只能给她做伴舞的人，现在可以对她颐使气指，她能受得了吗？

站在倪想身边的还有同剧组的男二号，名字叫夏年，今年才二十岁，是圈内如今风头正劲的小鲜肉。如果这部戏的男一号不是余宋，他肯定是不会甘心来演男二号的。

夏年瞧见顾盼对倪想的态度，微勾嘴角说："顾盼姐，今天心情不好吗？开机仪式马上就开始了，您快笑一个，万一被摄影师拍到黑脸，媒体又该乱写了。"

夏年这么一说，顾盼立刻收起了脸上难看的表情，温和地笑着说："你这孩子，就会拿你姐开玩笑，我哪有黑脸，就是有点不好意思，刚才不小心下手重了，好像伤到了倪小姐。"

余宋淡淡地瞥了她一眼，这变脸的演技要是可以用到电视剧里，肯定能拿影后，用在戏外实在有点浪费了。

顾盼察觉到余宋的视线，有些尴尬地看了回去，强笑了一下。

见余宋表情不咸不淡，那双好看的眼睛望着她时温度很低，她心里"咯噔"一下。

这是怎么了？他为什么会忽然这样看着自己？顾盼有些慌了，稍显无措地站在那儿胡思乱想。恰好这时，主持人宣布开机仪式开始了，主创人员站在最前面，一人手里拿着一炷香，开始朝已经摆好的神台敬香。

倪想紧紧握着手里的香，心里多少还是有些紧张。

这些年虽然她偶尔也能接到几个角色，但大部分都是丑角，上戏主要就是为了搞笑和出丑，虽然可以给观众带来笑点，可到底是女孩子，没有几个会心甘情愿地来丑化自己。

每个女孩都希望可以美美地上电视，倪想也不例外。

这次女二号的角色也许就是她未来美好生活的开始，也许今后她再也不用通过扮丑来博得观众的笑声了，再也不需要像个滑稽小丑一样惹人发笑。她可以光明正大地用光鲜亮丽的形象来争取观众的喜爱，她可以用可爱的模样来逗笑大家。

想到这些，倪想的嘴角抑制不住地上扬，恨不得赶紧回家抱着枕头大笑三声。

心里这么想，她真就照着这么做了，开机仪式结束后，她匆匆和大宽离开，一方面是回去准备明天开拍需要的东西，另一方面嘛……就是释放一下自己的激动和兴奋。

余宋在和经纪人说了几句话之后再去寻找倪想的身影，发现已经完全找不到了。

他找人的时候恰好遇见男二号夏年，他便随口询问："看见倪想了吗？"

夏年很崇拜余宋，一直把余宋视为偶像，在访谈节目里谈到他最崇拜的男演员，他都会毫不犹豫地回答说是余宋。

他之所以会接这剧的男二号也是因为余宋，有余宋在这部戏里挑大梁，可以说戏还没拍就已经火了。夏年的公司虽然不希望他再给别人做配角，最后还是签下了片约。

现在偶像和自己说话，还说了那么多，夏年别提多激动了，立刻知无不言，言无不尽："余宋哥，你是问女二号吗？她刚才和经纪人一起走了。"

倪想走了。

原来真的走了，难怪哪里都找不到。

余宋点了一下头，抬手在夏年肩膀上拍了一下，随后告辞离开。

他的保姆车就停在后面，没走几步就上了车，车子很快驶离了现场。

夏年愣愣地站在原地，抬手碰了一下刚才被余宋拍肩的位置。等他的经纪人找过来疑惑地问他怎么了的时候，他特别激动地跳起来，抱着经纪人欢呼道："我刚才和余宋说话了！他还拍我肩膀了！怎么办，这件衣服我一辈子都不洗了！"

经纪人一脸蒙地被夏年抱着，真不知道是不是要提醒一下这位小青年，你首先是个演员，其次才是个粉丝。

另一边，倪想回到家激动的程度也不比夏年差多少。

大宽有点无语地看着她上蹿下跳，他刚端着洗好的葡萄出来时被她活蹦乱跳的模样给惊得吓了一跳，让葡萄滚得满地都是。

倪想见此赶紧从沙发上下来，十分抱歉地开始捡葡萄。

大宽叉着腰无奈叹息，明明应该是无语的神情，眼底却有着欣慰的愉悦。

上次看见倪想这么高兴是什么时候呢？

算了，那都不重要了，重要的是她以后高兴的时候会越来越多！

开机仪式活动当天是周六，晚上恰好要播出倪想之前在江城电视台录制的综艺节目。

难得有机会上一线综艺，倪想早早就洗了黄瓜窝在沙发上等着看。

节目准点开始，前半段没有她演出，录制得非常好，她看得津津有味。

殊不知，在另外两个男人的家里，本该十分忙碌的他们也特地留出时间来看这再平常不过的一次节目录播。

余宋明天就要开拍新剧了，开拍前夜却没有温习剧本，而是在看综艺节目。

电视机开着，人声喧闹，驱散了大房子里的孤独和萧索。他端着水杯，目光凝在电视上，上面正播放着倪想出场那一段。

其实美男子和外貌条件一般的女明星搭戏，很容易引起粉丝不满，让那位女明星受到攻击。但很意外的是，倪想和余宋搭戏时给人的感觉却不一样。

怎么说呢，就是那种外貌形象有些不搭，除了这一点之外，却处处都让人觉得他们可真般配。

大家起初会把这归结于余宋演技太好，不管和什么女演员搭戏都非常有 CP 感，但看到后面余宋掉眼泪那一幕时，微博上就已经炸开了。

倪想那个名不见经传的微博被许多余宋的粉丝挂了出来，她当时还在傻乎乎地看电视，压根就没注意手机，根本不知道自己已经因为余天王火了，她只是……

看着电视上剪出来的画面，她觉得当时的表现怎么完全是一副春心萌动的样子？

那张脸明明化了妆扑了粉，还是能看见脸红的痕迹，眼睛想看余宋又不敢看，简直和暗恋男神的女孩子一模一样。

倪想有点吃不下去嘴里的黄瓜了，咀嚼了几下吞下去，匆忙拿起遥控器关了电视。

她眨巴着眼睛看着黑下来的电视屏幕，几秒钟后又不甘心地打开，看见的还是自己那副笑起来受宠若惊、唯唯诺诺的样子。

搞什么，这节目播出之后，大家要不觉得她喜欢余宋才怪，她当时怎么回事，怎么摆出这么一副样子？余宋也是，那么入戏干什么，让她都有代入感了，这场戏本来是用来搞笑的，结果现在……完全就是反效果啊。

这要是被大家拿去和顾盼那场戏比，可就得引起 CP 粉大战了。

几乎是一瞬间，倪想拿起了自己的手机，匆忙打开微博，果然看见多了许多评论、@ 和私信。

这一刻倪想知道自己这次是真的"火"了。

只是这种火的方式，她真是躲都来不及。

她有点害怕，不敢打开评论和 @ 看，担心看到的会是大家不堪入目的辱骂，比如"你真是癞蛤蟆吃上了天鹅肉"之类的。

但转念想想，自己都这样了，还怕这些做什么呢，又不是没经历过。

想清楚这一点，倪想直接打开了评论，想直面大家扑面而来的指责和谩骂，但意外的是，评论里完全是另外一番场景。

在潮水般的评论中，除了一两条与她猜想的差不多外，其余几乎全是夸她演技好、人可爱。那些不好的留言也都纷纷被人责备，希望她不要介意。

倪想惊呆了，瞬间觉得粉丝的素质真是与时俱进，余宋的粉丝和他本人一样如春风般温暖啊。偶像那么甜，粉丝也那么甜，看得倪想莫名其妙就红了眼睛。

某个瞬间，她似乎有个念头，如果七年前的人们也像现在这样得饶人处且饶人，是不是她跟那个人就不用分开，自己也不用颓丧消沉那么长时间？

这个念头只出现了一瞬间，很快就被倪想给抛到了很远的地方。

虽然已经过了很多年，她也一直说服自己不要再去介意当年的事，但遗憾是终生存在的，人生若没有遗憾可以用来回忆，岂不是太寂寞了？

看完评论，倪想又看了看@里面的内容，基本上也都是表示惊喜，甚至还有粉丝直接放出了自己P的截图,给她和余宋标了一个"香芋('想'VS'余')夫妇"的爱称。

大家好像真的认为外貌不对等的两人十分合拍，令人意外极了。

当然，有这样的新CP粉出现，之前顾盼和余宋的CP粉就不会高兴了，开始在"#倪想#"的热搜里冷嘲热讽。不过，这个时间持续不长，因为在余宋谈到自己上一次哭的经历时，他和顾盼的CP粉再次狂热起来。

顾盼是大明星，大家当然记得她是以偶像团体出道，恰好有粉丝找到了顾盼曾和组合一起到剑桥录节目的新闻，于是余宋和顾盼两个人又被绕在了一起。

余宋在节目里流露出来的所有深情表现，全都被安在了顾盼身上。

看着看着，倪想放下了手机，心里说不出来是什么感觉。

可能多少有点羡慕，更多的大约还是庆幸。

当粉丝提起曾经那个组合的名字，没有任何人还想得起来当时作为队长的她。不用被扒出当年的样子与现在的自己对比，不用血淋淋地揭开伤疤，这的确应该庆幸吧。

虽然明明是四个人的组合，人们却只记得如今的顾盼，完全不记得其他人，甚至是处于这个事件里的倪想，还是让人有点心理落差。

倪想关了电视去洗漱。有些事不能想太久，也不能想太多，时至今日，她最懂得如何宽慰自己。

余宋看到这里，最后也拿起了手机，网络上的反响看起来似乎不错，至少倪想没受到伤害。

但他的讲述被联系到顾盼身上，倪想大概能看见这些评论，大约……也会这么觉得吧。

如果她真这么觉得，那他的努力岂不是全都白费了？

余宋微微抬手按了按额角，下意识地想要转发那条顾盼粉丝自恋的微博，解释一下不是这样的，可当他在转发当中打出"并不是你说的这样"几个字之后，又慢慢删掉，退出了微博。

到了今天这个位置，他有了足够的能力接触和帮助倪想，却也失去了在公众面前表露出自己内心真实想法的资格。

他目前还在和顾盼合作拍戏，这样直接反驳，不但会在网络上引起轩然大波，在剧组恐怕也不得安宁。

看顾盼今天对倪想的态度就知道，若他真的那么做了，只会让倪想的日子更难过。

最后，余宋放下手机，离开了空荡荡的别墅一楼，与倪想有着相同的步调，去洗澡了。

今夜唯一一个在看完节目和微博热搜后没有放下手机的，就是另外一个没人提起过的当事人何如墨。

大宽一直都在家里守着手机，他很清楚节目播出之后，何如墨会找他，所以当他接到何如墨的电话，听见对方冷漠的语调时，他一点都不意外。

纵然不意外，害怕和惊悚还是有一丁点的。

唉，倪想啊，为了你，我要得罪何影帝了，你以后可不要辜负我啊！

何如墨的怒火从来不会表现在外。

他也许在言语上会有些冷漠和阴鸷，但也可能越生气就越会笑得开心。

比如说现在，大宽很清楚何如墨有多愤怒，他的声音虽然冷漠，却又带着点笑意，非常矛盾。

真不愧是影帝啊，居然可以表现出如此矛盾的情绪。

"大宽，我一直很信任你，你却没告诉我，倪想和余宋他们早就认识。"

何如墨可不是个傻子，他一眼就看得出来余宋看倪想的眼神是什么意思，完全不像那些自恋的粉丝一样，误以为余宋的表白对象是顾盼。

大宽听着何如墨的口气就知道自己这次凶多吉少，他深呼吸了一下才说："那个，何先生，您可能有点误会。我觉得余宋说的可能是顾盼吧？他们对外的形象一直是比较亲密的，而且那时候不止倪想一个人去过剑桥啊……"

大宽的话还没说完就被何如墨冷笑着打断了，他意味深长道："大宽，是不是我几次都漠视了你的避重就轻，你真觉得可以轻而易举地糊弄我？"

大宽有些语塞，他想起自己今天打算和何如墨摊牌的，今后都不打算再做何如墨的内应，所以他很硬气地想要再说点什么，在他开口之前，何如墨先却开口了。

"你能有今天全靠我给你的路子。你要知道一点，我可以成就你，当然也可以毁掉你。倪想签约的经纪公司根本就是个壳子，你要清楚你是我名下的员工，得为我做事，而不是真的和倪想产生什么战友情，嗯？"何如墨看似和蔼的语调里隐藏着无限杀机，"大宽，要是你敢吃里爬外，你千万不要存有什么侥幸心理，觉得我会放过你。我会让你在这个圈子里混不下去，哪怕你再像以前那样去做群演，也不会有剧组请你。"

大宽到嘴边的话全都被何如墨给堵了回去。

在今天之前，他想着最坏的结果大不了就是回去继续当群演，混口饭吃，可何如墨的话彻底打破了他的幻想。

须臾，何如墨大约觉得敲打得足够了，换了个缓和的语气说："当然，我也不希望破坏我们这么多年的合作。你知道的，倪想是我喜欢的人，不管她怎么做，我都不会伤害她或者做对她不利的事，可你不一样啊，你得给自己找一条生路是不是？"

大宽咬着唇，握着手机的手心里全都是汗，他很久之后才低声说了一句："何先生，我真的没有隐瞒什么……那天的事是个意外，是您找机会让倪想去上节目的，我们都没想到余宋会和倪想有那么一段是吧……"

听见大宽服软，何如墨的语调和善了很多："我当然知道那是个意外，我们都不会想到余宋那样的人居然和想想有那样的过去，那你现在有什么话想对我说吗？比方说，倪想对这件事的态度，以及他们私下里还有没有联系？"

何如墨对那天荆莎慈善晚宴上余宋的反应一直很不放心，总觉得后者还会来找麻烦。

现在他马上就要去国外准备张导的电影拍摄，不可能再时时刻刻关注倪想和余宋，这件事他算是被余宋下了套，这人先摆出一副很想要那个角色的模样，等他上了心就忽然出状况，实在太卑鄙了。

大宽对着电话沉默很久才抿唇说道："倪想和余宋没有联系过，就她目前的情况来看，她和大部分人一样，都以为余宋说的那个人是顾盼，所以并没放在心上。"

这话让何如墨的心情好了很多，余宋那边他可以对付，只要倪想的心还在，那就足够了。

"还有呢？"何如墨再次开口，循循善诱。

有些事情也瞒不住，于是大宽继续道："倪想最近接了一部电视剧的女二号，男一号是余宋，女一号是顾盼，今天是开机仪式，拍摄时长是三个月，挺短的，每天都有好几场戏。"

大宽话一说完，何如墨那边就直接挂了电话。大宽惊出了一身冷汗，收起手机时抬眼正对上墙上挂着的镜子，他看见自己的脸毫无血色。

能怪谁呢？谁也怪不了，怪自己吧，为什么鬼迷心窍，想着要出人头地，这才被人家选中。

其实比起大宽，何如墨现在的心情更差劲。

他之所以挂断电话，是因为他要从大宽那里知道的事情已经全都知道了，他只是想看看大宽会不会撒谎。

尽管早就有心理准备，可电话挂断之后，他还是忍不住将桌子上所有的东西全都推到了地上，新换没多久的手机也摔到了地上，偌大的书房里一片狼藉。

何如墨冷静了很久，他深呼吸，保持沉默，很长一段时间之后才握着拳，咬牙说了两个字："余宋……"

不管今夜有多少人无眠，第二天太阳依然会照常升起。

次日，古装言情美食大戏《妃常爱吃》剧组正式开机了。

倪想想表现好一点，所以一大早就去了剧组，开着自己的车，都没让大宽送。

大宽昨晚被何如墨吓得够呛，夜里睡得很晚，所以早上起得也比较晚，醒过来就看到倪想的短信，说她自己先过去了。

巧的是，倪想刚停好车，身边就有一辆保姆车缓缓停了下来，那车牌号和样子，她恐怕一辈子都不会忘记这车是谁的。

脑海中浮现出那天在电视台停车场的画面，说实话，和余宋这样的美男子有过一两次那样的交集，真的挺值得回忆，也算是美好的经历了。

不过回忆的次数太多容易让人焦虑，因为谁都难以控制长时间对着这样一个男人还能不爱上他。倪想也无法保证，所以她非常抗拒和余宋有过多接触。

倪想抬脚便走，但余宋很快就从车上下来了，风衣外套还没穿好，戴着墨镜的他显得很匆忙。

"倪想。"他一口喊住倪想，让她再也挪动不了脚步，然后看着她的背影意味不明地说了一句话——"你的车不错，大众辉腾，这个版本要上百万了吧？"

其实，上百万的车对余宋来讲并不算什么。

只要他想，上千万的车子拿过来给倪想开都没问题。

他之所以在这个时候说这番话，无非是想引起倪想的注意，让那个幕后操控者一点点浮出水面。

倪想这样的女孩，一眼就能看穿，她那么简单，非黑即白，幕后操控着她生活的人一旦被抓出来，他不相信她不会生气，不会觉得被欺骗，只是……也许会受伤。

听到余宋的话，倪想有些惊讶地回过头，指着自己的车蹙眉说道："上百万？余先生在开玩笑吧，这辆车不是普普通通的大众吗？我不懂车，你别逗我。"

余宋慢慢扣上风衣外套的纽扣，白天看他的样子更让人难以抗拒，他勾着嘴角似笑非笑的模样，好像掌握着她的秘密。

他慢慢走到她的车子边，修长白皙的手指轻抚过车子的表面，因为是新车，倪想很爱惜，经常洗车，现在非常干净，可惜，来历不干净。

"大众的确有很多普通系列的车子，价格很亲民，适合代步。但这辆车，它外表虽然其貌不扬，内饰却很豪华，你应该也感受到了。"余宋说着话，微微垂下眼睑，似乎在打量这辆车，又好像透过这辆车看到了送车的人，他优雅低回的声音缓缓说，"你的确需要一辆贵一点的车，今后你会越来越好，有这样一辆车，也是应该的……"

倪想蹙眉看着他，应该的吗？他话是这样说，语调可不是这个意思。

倪想紧握着手机，准备给大宽打电话质问他到底是怎么回事，恰好这时大宽的车子驶入了停车场，于是她又放下手机。

她背着背包快步跑向大宽停车的地方，等他一下车就面无表情道："你给我的车到底是怎么来的？"

大宽怔住，被倪想这样看着，不免有些慌乱。他又抬眼去看倪想身后，余宋站在那里，单手抄兜，一举一动当真是玉树临风、倜傥风流，非凡人能比。

可他嘴角的那抹笑意，总让人觉得不寒而栗。

大部分人被余宋那样看着，多少都会有些紧张和不知所措，大宽也不例外。

尤其此刻倪想还用一种被套路了的眼神凝视他，让他之前刚刚被何如墨威胁的心情又出现了，脸上青一阵白一阵，情绪很不稳定。

倪想见他这样，慢慢缓了缓脸色，低声道："大宽，我们到一边去说，这里有外人。"

语毕，她拉起大宽的手离开，而余宋站在原地，耳边还回荡着她那句"这里有外人"……

余宋本来还算平和的表情一下子就沉了下来，他站在那里很久都没有动，助理肖楠犹豫着是否要上前提醒他，因为拍摄时间就快到了。

余宋从来没有"耍大牌"迟到过，再磨蹭的话就得破例了……

肖楠小心翼翼地看了看余宋的侧脸，心想着还是算了吧，老板一看就心情不好，他还是不要自找麻烦了。

然而，尽管肖楠很识时务地保持着沉默，余宋却不打算让他就这么置身事外。

只见一直背对着自己的老板忽然看了过来，肖楠顿时好像被瞄准了，整个人颤抖了一下，然后僵硬地笑着说："余、余宋哥，怎么了？"

余宋眼神轻飘飘地落在肖楠身上，垂在身侧的另一只手也简单地抄在口袋里，微垂眼眸用轻缓的声音说："你听见了吗？"

肖楠浑身一凛，茫然道："听见什么啊？"

余宋低声说："她说我是个外人。"

肖楠："……"所以，不要因为倪小姐说您是个外人，您就来吓唬我啊！

肖楠浑身发抖。

余宋慢慢敛起了嘴角几不可见的笑容，这样冷下脸来倒是比他刚才笑时好了一些，但也只是好了那么一丁点。

"没关系，我会改变这个现状的。"

余宋喃喃低语后转身朝影视城里面走去，他戴着墨镜，一边走一边从风衣口袋里取出口罩戴上。

肖楠见余宋走了，立刻带着保镖跟上，一行人惶恐地和余宋保持着大概三五米远的距离。

倪想并不知道余宋那边发生了什么，她和大宽坐在那辆价值不菲的辉腾车里，看着方向盘上的标志，心里有很多想法，却不知道是否该真的那么以为。

自从上了车，倪想就不再说话了，好像在等大宽解释。时间一分一秒地过去，大宽看着车上的表，算着剧组那边马上就要开始给演员做造型了，倪想是女二号，如果比主角去得还迟实在不像话，所以迟疑许久还是逼着自己先开了口。

"其实你不用那么紧张，车子是贵了点，但你马上就要和以前一样红了，所以得有个门面啊，你说是不是……"

到了这个地步，大宽不得不继续说谎，用一千个谎言来圆那一个最大的谎言。

不为什么，因为何如墨的威胁还在耳畔回响，如果这个时候一切秘密都被揭开，他的未来就会毁掉了。

何如墨有句话说得对，倪想是自己爱的人，自己不舍得伤害倪想，可他大宽是什么呢？他什么都不是。何如墨绝对不会放过他，甚至会把一切的罪责都让他来承担，承担双倍甚至三倍，何如墨有那个本事，何如墨混娱乐圈这么多年，他知道。

大宽觉得通体发寒，继续抿唇说道："倪想，这辆车是有点贵，但我是跟公司申请下来的，用你的片酬支付了百分之二十，余下的我自己给你出了百分之三十，还有百分之五十属于公司，这样解释你可以明白吗？"

倪想自始至终都低头盯着车子方向盘上的标志，等大宽说完，她才慢慢抬起头，望着车窗外的影视城，很长时间才说："你说的这些都是真的吗？"

坐在副驾驶上的大宽心慌意乱道："你不相信我吗？"

倪想眨了一下眼，还是直视着前方。

看得出来她有些困惑，但又觉得自己不能那么自作多情，也不能把人想得太坏。

毕竟都七年了，就算和谁有关系，谁又能坚持七年呢？要是真的可以这样隐藏七年一点都不被发现，那这个人可真是周密得有些可怕。

须臾，倪想笑了一下，一直没有表情的脸轻松了很多，让大宽立马松了口气，肩膀也耷拉下来。

　　她转过头对他说："是我想太多了，还是得谢谢你。你出的那百分之三十，我会尽快还给你，等剧组把片酬打给我，你就自己扣掉吧，这辆车……我暂时留下来。"说到这里，她看了一眼表，匆忙道："时间来不及了，我先去剧组了，你收拾一下就过来吧。"

　　语毕，倪想拿着东西快速下了车。大宽透过车窗看着她奔跑的背影，慢慢摊开了一直紧握的手，手心里已经满是汗水。

　　人真的不能做亏心事，一旦你做了，报应就是你随时随地都要接受良心的谴责，随时都要承担被发现的风险。

　　倪想赶到剧组的时间刚刚好，化妆师一看见她就拉着她去化妆做造型，因为是古装戏，所以化妆比较麻烦，要戴假发套，还要穿繁杂的古装。好在目前已经是深秋，天气有些凉，穿古装也不会热，要是夏天的话可就遭罪了。

　　倪想化妆的地方离主演化妆的地方不远，毕竟是女二号，待遇也不会差到哪儿去，所以即便她再不愿意，还是得和余宋保持着不远的距离。

　　她坐在椅子上，看着镜子里的自己，余光可以清晰地瞥见余宋在望着自己。

　　倪想觉得他可能是想对刚才的事做一点解释，毕竟看起来似乎戳到了她的什么死穴。

　　也许他当时只是无意间说了那么一句话，他大概也没料到会给她带来这么大的影响。

　　倪想慢慢闭上眼，让化妆师可以更方便地化眼妆，顺便也装作看不见余宋的目光。

　　其实不管余宋是不是无意的，对她都不重要，她和余宋现在没关系，以后也不会有，两个人真的没必要再有过多接触。

　　真正该跟他有接触的，是坐在他身边一直凝视着他的顾盼，他们才是最登对的人。

余宋感觉到倪想很明显地排斥自己，也知道她肯定发现了自己的注视。

她闭上了眼睛，看似是方便化妆师的工作，其实也是对他的一种拒绝。

余宋忽然有些焦躁。

他来得比较早，头套已经戴好了。他在电视剧里扮演的角色是一位年轻的皇帝，如今头戴金龙冠，长发披在肩后，一身金色龙纹长袍穿在身上，站起来望向四周的时候，踩着金边长靴，就如古时的皇帝一般气魄不凡，惹得导演连连称赞。

"余宋的外形条件真好啊，以前化过那么多皇帝妆，就他最惊艳。"

余宋的化妆师站在一边犯花痴，她恰好在和倪想的化妆师对话，倪想当然也听见了她的话。

倪想慢慢睁开眼，透过镜子看向余宋，从他的脚面一点点上移视线到他的脸上，正发现那双眼睛依旧看着她。

倪想皱了皱眉，有点抗拒地转开视线，这时她的化妆师说："倪小姐，你的妆好了。"

倪想立刻回神，笑着对化妆师道："谢谢你了。"

化妆师笑道："没什么，我的本分。你看看要是觉得哪里不合适，可以照着你的想法稍微修改一下。"

倪想看看镜子里的人，化妆师挺用心的，从妆容上就能看出来。其实倪想的五官很美，就是胖了之后显得眼睛小，化妆师技术很好，现在的她看起来和七年前差不多。

"挺好的，就这样。"

倪想站了起来，准备绕到一边去休息，不想离余宋那么近。也不知道怎么的，明明余宋看起来是个挺好相处的人，可她就是有点抵触。

大约是自己某些私事被外人接触到的那种抗拒感吧。

反正就是不大想和他接触。

也可能真的是犯贱吧，她越想对他敬而远之，他就越想贴上去。

他明明是挺知进退的一个人，知道什么时候该慢慢来，什么时候需要强势，但现在也不知道是怎么了，也许是被她那句外人的言论刺激到了，也许是因她的拒绝自乱阵脚，反正他稀里糊涂地丢下了正和他对话的导演，直接朝倪想的方向走了过去。

导演愣了一下，纳闷地望着他的背影，同样望过去的，还有刚刚化好妆的顾盼。

顾盼的戏服袖子比较长，可以遮住手，所以她握着双拳没有被人看见。

她强忍着没露出生气的表情，毕竟现场很多镜头，万一被捕捉到就是个麻烦。

可她忍得很辛苦，几乎控制不住，只好随手拿起一件外套，披着朝没人的地方去了。

助理见此，立刻拿着水杯跟了上去。

倪想走的时候根本没想到自己会引起这么一系列的变故。

她找了个安静的角落，周围是繁茂的大树，她向剧务借来一把椅子，放在大树边坐了下来，打开剧本开始背台词。

不多一会儿，身后传来轻微的脚步声，另一把椅子放了她旁边。

倪想回眸，余宋直接坐到了她身边的椅子上，摊开剧本面不改色道："对一下戏。"

倪想是女二号，和男一号有很多对手戏，对戏很正常，余宋的要求无可厚非。

但女一号那儿还没对，直接来找女二号，是不是有点太刻意了？

倪想以前还觉得自己也许是自恋，现在却觉得，大约她也得有点自恋才行。

见倪想望着自己的眼神充满猜疑，余宋假装一点都没发现，他莞尔笑道："怎么了，顾盼不知道去哪儿了，我只能先找你对一下台词，有问题吗？"

倪想下意识地朝后看，眼珠转了好几个方向都没看见顾盼，心里又开始犯嘀咕。

不过心里嘀咕也没用，戏还是得对，台词还是要背。

迟疑几秒，倪想点了一下头，翻开剧本，垂下眼睛道："对哪一场？"

余宋睨着垂下眼的她，似笑非笑地伸手翻了几页她的剧本，然后用他好看的手指按在剧本上的一个地方："就对这一场。"

倪想定睛一看——表白戏。

她猛地抬头，余宋正看着她，他的视线优柔而舒缓，带着一种说不清道不明的情绪。

这个捉摸不定的男人，此时此刻看起来有些神经质的兴奋，倪想眼神退却，他便立刻紧逼而上。倪想沉默几秒，快速抽回了自己的剧本。

"对戏可以，余先生还是不要靠太近，你知道的，圈里的人最爱捕风捉影，就算你没那个意思，靠得太近他们也会乱猜疑。"

这是倪想抽回剧本之后说的话。

她说这句话的时候看都不看余宋。一开始出于礼貌，她与余宋接触都挺正式，也挺含蓄，但是这会儿，大约是察觉到余宋的表现不太寻常，她也懒得再掩饰自己的不善，变得有些尖锐。

余宋歪了歪头，视线在周围扫了扫，的确有几人关注到他们"靠太近"的事，但他微微一笑，收回视线望着倪想说："我不介意被他们猜疑。"

倪想正在看剧本上他刚指出来的那一段，听见他这么说话，又慢慢抬起头与他对视。

余宋长睫微抬，雅致的颈项微微回缩，像刻意与她保持着距离一样，稍微挪开了一下自己的头。可也仅仅是头，他们的身体还是挨得很近，肩膀几乎碰在了一起。

"余先生，"倪想非常郑重地望着他说，"你不在意是你的事，但我很在意，所以请你配合一下，离我远一点可以吗？"

余宋慢慢放低视线，落在两人交接的肩膀处。

几秒钟后，他微微起身，将椅子朝旁边挪了一些，虽然挪开的距离不多，但至少算是安全了，不会再一不小心就有身体接触。

倪想微微松了口气，对余宋这样的美男子，尤其是扮上古装时端的是面如冠玉、眉眼如画的男人，放狠话真不是什么轻松的事。

好看的人总是有优势。

好看的小猫小狗会被早早买走，不好看的会被遗弃；好看的植物会被精心照料，不好看的则会被弃之如敝屣。人们对美好的事物会有不自觉的向往，倪想也不例外。

面对余宋这样的男人，她如果不时时刻刻保持警惕，说不定什么时候就真的栽在他手上了。她明知道两人没可能，但还是不会让自己放松警惕。

见倪想开始认真看剧本，余宋也不再开口说话，只是安静地等着她。

走到今天，仅仅是这样安静地单独相处，已经远远不能满足他了，这大约也是倪想现在会不自觉抗拒他的原因。因为连他自己都知道，自己偶尔表露出来的那种带着强烈占有和侵犯气息的眼神，会让人很不适应。

但他控制不住，他总是不自觉地流露出来，因为他已经等了太长的时间。

几分钟后，倪想放下剧本，余宋好像根本就没看剧本，一直盯着她，所以她问他："余先生不用看剧本吗？你不是要对戏吗？你老看着我是记不住台词的。"

余宋慢慢地后仰身子靠在了椅背上，淡淡地笑了笑说："剧本里所有和你有关的部分，我全都倒背如流了。"

这句话说得很暧昧。

倪想不动声色地看了他一会儿："那我开始了。"

余宋点头，继续看着她，眼神柔和，就跟永远看不够似的。

倪想拘谨了一会儿，便拿出专业精神，开始说剧本上的台词："你是皇上？你真的是皇上？"

这场戏是女二号的表白戏，皇帝微服私访时遇见了女一号和女二号，她俩是非常要好的姐妹，家里祖祖辈辈都是街上卖臭豆腐的，人称"臭豆腐西施"。

男主角名字叫陈煜，是刚刚登基的皇帝，上有太后干政，下有摄政王找麻烦，总之就是各种不顺心。

他出来散心时恰好被街上臭豆腐的味道熏得不行，所以很生气地让属下去找了顺天府的人，准备把全京城卖臭豆腐的都赶出去，有撒气的成分在。

然后，他就和女一号和女二号相识了。

女一号叶雨薇是顾盼饰演的角色，有一手好厨艺，做的臭豆腐相当好吃，她先是抓住了皇帝的胃，然后又抓住了皇帝的心。两人的恋情除了在身份上有些悬殊稍微虐了一点，基本上全剧都在发糖，是时下比较流行的欢脱剧。

至于女二号叶雨甜，也就是倪想扮演的角色，相比起来就有点傻白甜了。她在姐姐叶雨薇准备入宫的时候才知道男主角是皇帝，就她一个人被蒙在鼓里。

这场表白戏之前，她一个人在河边淋了雨，想了很多，包括自己从小到大都因为胖而被人嘲笑和看不起。人家叫姐姐西施，就叫她东施，她没什么学问，不像姐姐上过私塾，不知道大家说的话是什么意思，开始还高高兴兴的，直到陈煜告诉了她东施和西施的故事，她这才明白自己被人当笑话笑了十几年。

陈煜好心告诉她这些，还告诉她不要自卑，其实她很可爱，人也很好，做的东西并不比姐姐难吃，反正就是，所有人都嫌弃她，只有陈煜对她好，还对她笑。

他那么好，比所有人长得都好看，日复一日，叶雨甜就芳心暗许了。

其实在剧本里，陈煜对叶雨甜好，大部分都是因为她是叶雨薇的妹妹，他爱屋及乌。而且陈煜是皇家子弟，接受的教育不是平民百姓可以比的，叶雨甜个性并不讨厌，所以他也没理由嫌弃叶雨甜。然而他没料到的是，自己的礼貌相待会让叶雨甜误会。

这场戏是在叶雨甜知道姐姐和陈煜在一起了，陈煜还是皇帝，马上要接姐姐进宫为妃时发生的。倪想好好体会了一下当时叶雨甜的心情，让自己情绪到位一点，然后开始对着余宋那张当真是绝世无双的脸念台词。

"你要真是皇帝，是不是……是不是可以娶……不，我的意思是，你是不是可以有很多的婢女？"倪想笑得有些小心翼翼，眼眶很快就红了，看得出来，在台词上，叶雨甜本来想问陈煜是不是也可以娶了她，让她和姐姐一起侍奉他，反正他是皇帝，必然要有三宫六院。但到了最后，她还是自卑地改了口。

余宋将台词记得很清楚，当倪想说完之后，他便很快说道："那是自然，雨甜问这些做什么？"

倪想抿了抿唇，紧张地观察着余宋，轻声说："我、我可以和姐姐一起进宫，给你做婢女吗？我、我虽然很胖，长得也不好看，但我很会伺候人的，隔壁王家的阿妈曾说过要推荐我去张员外家做婢女，肯定能混个大丫头当……"

余宋是个很好的演员，和他演对手戏很容易入戏，倪想和他录节目的时候就知道了。

现在的他也是一样，他笑了一下，就好像真是个宠着自己爱人妹妹的皇帝。

"雨甜，你是雨薇的妹妹，怎么可以做我的婢女，那岂不是太荒唐了？你若是想陪着你姐姐，我会时常让她召你入宫陪伴的，那时你便可以……"

剧本上这里陈煜还没说完话，就被叶雨甜打断了，倪想有点被剧情感染了，所以接台词的时候情绪里也带上了叶雨甜的忍无可忍和愤怒。

"陈煜，你够了！不要老是把我和我姐姐混为一谈！我想进宫不是为了姐姐，我是为了你！"表演到激动处，倪想下意识地朝前倾身，余宋就像剧本里写的那样微微一怔，看着她没有言语。

倪想继续道："难道你真的看不出来吗？其实……其实我也喜欢你啊，我也可以做很多好吃的给你，你……你能不能也看看我呢？"

余宋微微抿唇，似惶恐般道："你……你也喜欢我？"

倪想掉了眼泪，抬手轻轻拂去，缓声道："是啊，你的眼里总是只有姐姐，可明明我们是站在一起的，为什么你就是看不见我呢？我知道我长得不好看，不如姐姐聪明，我很傻，总是闹笑话，没有人喜欢我，可是我……我不想再也没机会见到你……我们明明是一起遇见的，你第一个对着笑的人是我不是姐姐，为什么最后在一起的却是你和她呢？"

她的台词念完，忽然有个讽刺的声音响起："哎哟，瞧瞧我听见了什么，叶家的丑东施居然要跟姐姐抢丈夫，真是滑天下之大稽，也不看看自己长成什么样子！大家快来看看啊！"

倪想和余宋听见这句话都愣了一下，一起看向了声源处。在离他们不远的地方，顾盼拿着剧本站在那儿，很无辜地耸耸肩笑道："怎么了，我只是在帮你们对戏啊，剧本下面有这句台词的，我没念错吧？"

台词对到这里，的确会有群演的台词插进来，因为这场表白戏是在陈煜给叶氏姐妹开的酒楼里进行，恰好食客听见他们这样的对话，都开始笑话叶雨甜，然后叶雨甜就跑掉了。

叶雨甜在郊外失踪，叶雨薇和陈煜找了一夜都没找到，叶雨薇还因此摔倒受了伤。

第二天，叶雨甜自己回来了，得知姐姐为自己受了伤很自责，她表示自己不该让姐姐担心，一时鬼迷心窍对姐夫说了错的话，以后不会了，然后姐妹俩抱头痛哭。

再后来，叶雨甜没再对陈煜表示过什么，之前的表白不了了之，离大结局也不远了。

剧本虽然是这样写的，但群演的台词被顾盼念出来，怎么就这么……不自在呢。

倪想慢慢站了起来，拎起自己的椅子不发一言地走了。余宋也跟着站起来，想要跟着倪想一起走，顾盼却直接绕到了他面前，伸出双臂挡住了。

第八章
就是你想的那个意思
CAI ZHE XING XING
BEN XIANG NI

顾盼挡住余宋的路时，心里其实有点七上八下的。

但她的骄傲不容许她露怯，所以她面上还是很自信地对余宋说："你和倪想都对过台词了，接下来我们俩也对一下吧？开场都是我们的戏，她的不多欸。"

的确，开场大部分都是男女主角的戏，倪想作为女配，又是女主角的妹妹，大多数时候都在充当背景板，还有一场很尴尬的戏——官兵要收了臭豆腐摊，她跑去说"看我一屁股坐死你"，这对女孩子来说还挺不好意思的。

这场戏顾盼可是非常期待，并且今天就会拍摄，通告单上都写着呢，她现在就想和余宋对这场戏！

可惜顾盼心里想了那么多，都需要余宋来配合她，而余宋……根本不打算配合。

"我有点事要找导演，一会儿再说。"他礼貌地拒绝，甚至还微笑了一下，客客气气的。

可就是这种客气，让顾盼越发无法自处，他面对自己时纵然态度好，却像是对陌生人一般，但面对倪想的时候完全不是这样。

刚才从远处过来，她一直在观察他看着倪想的眼神。之前在慈善晚宴上听见何如墨说的那些话，她只觉得荒唐可笑，余宋怎么可能会喜欢倪想呢？倪想到底有哪里可以引起他的注意？倪想现在那副样子，除了何如墨那个傻子之外，还有什么男人会趋之若鹜？

昨天晚上，她还在家里看了余宋和倪想的那一期综艺节目。说实话，在听见余宋真情表白的时候，她也以为说的是自己，还满心激动。可是渐渐地，她冷静了下来，看着微博上粉丝找出的她当年在剑桥录制节目的截图，那上面最显眼的分明就是倪想。

　　要不是粉丝很有私心地打了马赛克，搞不好倪想又会因此大火一把。

　　毕竟，倪想曾经是那么好看，美得毫无攻击性，堪称见者皆爱。

　　一想起这个，顾盼就会想起自己在倪想的阴影下求生存的那些日子。那时她每天都度日如年，眼巴巴看着倪想如何受欢迎，如何被恭维，自己却完全成了倪想的陪衬。她明明也很漂亮，也很努力，却要时时刻刻烘托倪想。

　　因为倪想，公司甚至都不允许她穿鲜艳颜色的衣服，因为那可能会抢夺倪想的光彩。

　　深呼吸了一下，顾盼扫开思绪走回片场。这时布景已经搭得差不多了，他们第一场戏就是街景戏，群演都换好了衣服，臭豆腐摊也摆好了，远远地就能闻见臭味。

　　顾盼很讨厌臭豆腐这东西，因为倪想喜欢。

　　这不，那摊位一摆上，倪想就和经纪人大宽凑过去了，看看她那身材，还老想着吃，她再吃下去这辈子都别想翻身了！

　　顾盼气结，过去的种种不断地在她眼前涌现，她既自卑又自负，矛盾重重，这种矛盾让她看着倪想的视线变得恶毒压抑。

　　为了不被人发现这种恶意，她快速转开视线走到了自己的休息位上，打算眼不见为净。

　　这个时候余宋已经褪去了试装的龙袍，换上了一身月白色长衫，外罩重纱长袍，正拿着剧本和导演讨论着什么。

　　顾盼看见了，但没放在心上，以为他们是在聊拍摄问题。

　　然而，当第一场戏开拍，她满心期待着倪想说出那句"我一屁股坐死你"的尴尬台词时，却听见倪想说了一句"不准动我们的摊位"……

顾盼一下子就出戏了，期待的兴奋转而变成了怒气，直接瞪向了正在表演的倪想，导演皱皱眉喊了一声"咔"。

导演语毕，场上的群演蒙蒙地看过来，余宋正和扮演他下属的夏年站在一起，听见导演喊停也看了过来。

"顾盼，你怎么回事啊？"导演疑惑地问，"状态本来不错的，怎么忽然眼神就变了？"

顾盼皱眉看着倪想，指着她对导演说："导演，她乱改台词，刚刚那场戏女二号的台词不是那句。"

导演皱眉拿来剧本一看："没人告诉你吗，这场戏改了一句词，刚才决定的。"

顾盼错愕地看着导演："什么？改词了？我怎么不知道？"

余宋在这时不疾不徐地走到了顾盼身边，略带着歉意道："抱歉，是我的错，本来说由我通知你的，谁知道刚才忽然有点别的事，给忘记了。"

顾盼表情有些扭曲，总觉得自己好像被一群人给耍了，那种几年里给人做配角、被人踩在脚下的屈辱感再次冒了出来。

她紧握着拳，幸好经纪人及时跑来拉住了她的手，笑着解了围。

"是这样啊，那没关系，休息一下重拍就好了。还有其他台词改了吗，一次说完好了，免得再有这样的问题。"

跟组编剧是个二十几岁的年轻姑娘，戴着一副黑框眼镜，听见对方这么问就走过来没什么表情地说："目前只有这一句，不过拍戏过程中有很多不确定因素，下次要改的话还是我亲自跟顾小姐说吧。余先生是贵人，贵人多忘事，忘掉也正常。"

她这么说算是打了个圆场，顾盼也缓过来了，虽然心里还是很难受，但还是心平气和地笑着说："这都是小问题，不过我怎么说也是女一号，下次改台词还是征求一下我的意见吧，我觉得原来的台词比现在的好玩很多，改了反倒不如以前了。"

倪想全程都和大宽站在一边围观，这件事是因为她的台词变动引起的，但她现在的样子总让顾盼觉得她好像置身事外一样。

这种状态让顾盼再次想起了七年前，心里无名火燃烧，很快拿着剧本走开了。

倪想淡淡地望向余宋，余宋似笑非笑地朝她点点头，她总觉得他的眼神里面隐藏着一点东西，比如说，他要改的那句台词。

说实话，倪想也不喜欢那句台词，但她肯定不能自己去说要改，导演也未必会同意，如今余宋帮了忙，好似需要她回报什么。

大宽还不嫌目前情况乱，在旁边跟她耳语："说来也是，余宋怎么忽然跑去让导演改你的台词？之前我也觉得那句台词对你形象不好，还琢磨着怎么改改，没想到他倒先过去说了，这样看起来好像是他帮了我们。"

倪想皱皱眉，捏着已经被她攥得皱皱巴巴的剧本说："我不需要他帮我。"

大宽看向她低声道："我当然知道啊，不过他好像对你很热情，你说……他会不会是对你……"说到这里，大宽又摇摇头，"没道理呀，你们才见几次面？而且你现在……"他欲言又止，想说什么倪想当然猜得到。

她白了大宽一眼，拿着剧本到一边休息，不打算再讨论这个问题。

大宽很没眼力见地跟了过来，小声说："那个，你们之前一起录节目，余宋说起的那个剑桥女孩，该不会是你吧？"

倪想翻剧本的手顿了一下，这个猜测在她心里早就被抹掉了，可现在被大宽这么直接讲出来，好像味道又变了。

"那是顾盼，你别瞎说。"

她否认，可大宽却坚持。其实在跟何如墨谈过话之后，大宽就觉得那个剑桥女孩肯定是倪想。

"你看他对顾盼的样子，怎么可能是她？再看看他对你……"

大宽的话还没说完，余宋的助理肖楠就走了过来，手里拿着一张字条，捏得挺紧，笑容也很灿烂，却有些刻意。

倪想和大宽一起望着肖楠，肖楠摸摸鼻子，将字条递给了倪想。

"倪小姐，这是余宋哥让我给你的。"

倪想沉默了一会儿道："这是什么？"

肖楠没回答，好像怕她拒绝似的，直接把字条塞进她手里就跑了。

倪想看了看他的背影，还是把字条打开了。

大宽偷瞄了一眼，上面写了一句很简单的话，字体很漂亮，内容是——晚上一起吃饭，跟你解释台词的事。

倪想抬眼望向大宽，大宽倏地后撤，挥手表示："我什么都没看见，没看见。"

倪想无奈地叹气，把字条塞进戏服内的裤子口袋，副导演在不远处喊了一声，她便拿着剧本继续去拍戏了。

至于晚上到底要不要去……

她看向不远处一身白色长衫、俊美如古画的余宋，心里已经有了决定。

男女主角的戏在第一天傍晚六点钟结束，倪想作为女二号，和饰演她姐姐的女一号分开的戏不算多，所以在他们下戏的时候，她也可以走了。

卸了妆，由化妆师帮忙拆掉了头上的假发套，她套上宝蓝色的长大衣准备离开。

大宽在不远处等着她，她走过去时就想着自己好像忘记了什么事，但一直想不起来，心里怪不踏实的。

大宽见她心神不宁，就询问道："你怎么了？我不在的时候出什么事了吗？"

倪想愣了一下才解释说："不是，就是好像忘了什么事，一直想不起来。"

大宽皱皱眉："重要吗？"

倪想放空眼神思考了一下，抬手摸了摸脸说："好像还蛮重要的。"

大宽斜睨着她哼了一声说："我来告诉你，你忘记了什么吧。"

倪想疑惑地看向他："我自己的事，我都不记得了，你居然知道？"

大宽翻了个白眼，努力控制了一下才让自己没有发飙，颇为隐忍地指着前方停车场的位置道："那么一个大活人站在那儿，我想装作不知道都难。你忘了在片场的时候，余宋的助理给过你什么了？那上面写了什么，想起来了吗？"

倪想怔了怔，顺着大宽手指的方向看去，只见余宋穿着厚重的长大衣，笔直地站在保姆车前。

他面上戴着口罩，头上戴着帽子，整个人不仔细看几乎融入夜色中。

他比她出来早很多，毕竟男人卸妆也快，不知道他在这里等了多久。

"我没打算去。"倪想的视线依旧落在不远处的余宋身上，他那么安静，不催促，不追赶，这让她一开始坚定的想法反而转变了，于是将手里的东西丢给大宽，"你帮我带回家，我先走了。"语毕，她也不看大宽扭曲的表情，快步朝不远处的余宋走去。

因为戴着口罩，倪想不知道余宋具体是什么表情，她站定脚步后，看见他长长的眸子弯了一下，很迷人的曲线，像个孩子一样的笑容。

"我还以为你不会来，你能来我很高兴。"

他说着话就后撤了一步让开位置，请她上一辆黑色轿车，而不是停在旁边的保姆车。

倪想迟疑了几秒，一步步朝黑色轿车走去，路过他保姆车的时候，看见他的经纪人李戈正面无表情地盯着她，眼神还怪可怕的。

想到自己今天答应和余宋见面的目的，倪想就收回目光专注地走自己的路，反正今后也不会再和他们打交道，就让他经纪人难受这一回，以后大约不会被针对吧。

就这样，倪想上了余宋的私家车，坐在副驾驶后面的位置。

余宋上了驾驶座之后，可以透过后视镜看见她。

倪想慢慢抬眼，对上后视镜里那个似笑非笑的眼神，忽然有点想下车。

他们之间这样暧昧联络真的不太好。

即便余宋和她都没有别的想法，也会被别人误会。

余宋是当红小生，微博上随便发点什么都是转发十几万，要是真和她

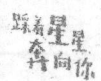

这样的人扯上关系，不但要被他的粉丝怀疑炒作倒贴，然后嫌弃和针对，还会被圈内人笑话癞蛤蟆想吃天鹅肉。

倪想不是小女孩了，知道什么样的梦可以做，什么样的梦不能做，所以此时此刻，即便面对着那样难以抗拒的美色，她也保持着难能可贵的理智。

开车时，余宋一直很安静，不言语，也不播放车载广播或者歌曲，两个人就在这密封性很好的豪车里你不言我不语地僵持着。

倪想一直在心里面计时，大约四十分钟，余宋将车子停在了一条比较偏僻的小巷，里面只有寥寥几家小店亮着灯。

余宋将车子停好就侧头对坐在后面的倪想说："下车吧。"

倪想没有言语，但很快下了车。随着月份的增加，天气越来越冷了，指不定哪天就要下雪，大衣显然已经不够保暖，倪想紧紧地系上腰带，拢了拢长发看着车子另一面走下来的余宋。

作为人气很高的公众人物，他走到哪里都包裹得严严实实，墨镜、口罩都是必不可少的装备。但是这次例外，他下车之前就摘掉了口罩和帽子，毫无遮拦地与倪想站在一起。

倪想正想提醒余宋这样不安全，余宋就指着前方的小店说："去那里，我们吃点东西。"

倪想顺着他的手看过去，那是一家非常不起眼的小饭店，真的很小，门又低又窄，她这样的身高还得微微低头才能走进去，更别提余宋那样的个子了。

小饭店的门上挂着厚厚的帘子，掀开之前只觉里面应该也和外面一样残破不起眼，真的走进去，却发现别有洞天。

和外面的红砖墙面不一样，小饭店里收拾得干净整洁，装修虽称不上豪华精致，却也别有一番风味。

饭店内部不大，亮着造型古朴的灯，光线柔和，不算明亮，在里面待长了会有些费眼。

倪想慢慢望向余宋，余宋朝一个方向唤了一声"老板"，很快便有个七十来岁的白发老人从屋里走了出来。

"你这孩子，叫什么老板，今天这么早收工？"老人很不见外地和余宋对话，不太利索地戴上眼镜，这才发现了站在余宋身边的倪想。

他微微惊了一下之后问余宋："这位是？"

余宋下意识地拉住了倪想的手，倪想感觉到手上忽然传来的微凉触感让她整个人抖了一下。

你说话就说话，突然拉人手是怎么回事？倪想不自在地看了余宋一眼，努力想要抽回手。余宋大约也是潜意识的行为，等反应过来也没怎么坚持，很快就被倪想抽回了手。

倪想抽回手就立马双手交握，不给他再接触的机会。余宋装作什么都没发现一样，对老人说："爷爷，这是我朋友，我们最近一起拍戏，刚收工，来吃个饭。"

老人做出恍然的表情，笑盈盈道："没问题，带你朋友坐下吧，我去给你们张罗。"

余宋点点头，回头来看倪想。倪想这时已经直接坐到了离得最近的椅子上，有些不自然地朝他笑了笑，那笑容中的敷衍和催促不言而喻。

余宋其实挺在意的，他希望时间可以过得慢一点，但倪想大约只希望时间快点走。

稍显沉郁地落座，余宋和倪想面对面，老爷子已经去里面准备晚饭了。

倪想猜到现在大约是谈话的绝佳时机，立刻说道："余先生，我今天来其实就是想和你谈谈，吃饭这事就算了，别让爷爷为我准备了。"

她言语疏离，聪明人都该知道她的意思，余宋那么聪明，肯定也知道，可他的回答却有些不着边际。

"我爷爷厨艺不错，虽然开了这么个小饭店，但其实只招待我一个人。"他微微垂头，柔和的灯光下，他似乎笑了一下，有些怀念的样子，眸中波光粼粼，悦目极了，"你刚才都没跟我爷爷打招呼，一会儿他出来记得补上，我希望他对你印象好一点。"

他这样费心的言论，倪想听得有些讪讪。其实没打招呼的确不礼貌，但她是有意那么做的。当她听见余宋叫老人爷爷时就想到要这么做了，主要目的是想让老人对自己的印象差一点，然后就可以劝余宋少和她往来。

显然，余宋并不希望她这么做。

两人尴尬地沉默了一会儿，倪想决定速战速决，直接说出了自己今天的来意。

"余先生，其实我对你改台词的事并不感兴趣，我只是希望可以借此机会跟你谈谈我们保持距离这件事。"

在她说这句话之前，余宋一直是心情不错的，嘴角始终挂着迷人的笑。

当她说完那句话，几乎是话音一落，余宋嘴角的笑容立马就消失了。

他倏地抬起眼与倪想对视，那个含义颇深的眼神让倪想一时不知道该怎么应对，只能仓促闪躲。

她凝视着砖石地板的一角，硬着头皮继续说："我知道你对我肯定没有那个方面的意思，可我们的交流确实太频繁了。我自认不是什么优秀的人，所以也不敢攀交余先生这样的朋友，我想，我们以后还是保持距离好一点。"说到这里，她再次鼓起勇气看向余宋，重新对上那双深邃的眸子时，她心头惊悚地跳了一下，但还是坚持说道，"你觉得呢？"

余宋慢慢扯了扯嘴角，是个有点讥讽的笑，但这讥讽不是对倪想，而是对他自己。

他端起手边的老式水壶，拿起杯子给自己倒了杯水，等水杯倒满之后就慢慢抿了一口。

喝完水，他又沉默了一会儿，这才再次抬眼克制地看着她，用一种明显的压抑语气说："我觉得？如果我说，我觉得不好呢？你会给我拒绝的权利吗？"

倪想没想到他会这样回答。

她一下子靠到了身后的椅背上，神色微凝，迟疑地望着他。

时间仿佛在这一刻静止。

倪想怎么都没想到事情会发展到这个地步。

好像她一开始只是希望他们做点头之交，保持距离。

怎么越说话题越朝暧昧的方向发展了？

倪想甩了甩头，努力让自己不要往那方面想，她一直觉得余宋喜欢自己的可能性微乎其微，因为她觉得现在的自己不够好。

虽然时间过了这么久，她和以前比起来即便还有些差距，却也是在努力生活。外人或许看不出来，她内心深处其实还有隐藏很深的自卑。

她下意识地抓住了桌上的杯子，抓住之后才反应过来那是余宋的，于是又仓促地放开。

但为时已晚，余宋看着她的眼神已经变得有些危险了。

老人家做饭速度通常不快，这给他们提供了非常安静的谈话环境。倪想之前还觉得好，现在却巴不得老人赶紧出来。

"你在害怕。"

余宋缓缓开口说话，讲述这些时嘴角微微扬起，他倾身靠近她，她情不自禁地后撤，可人已经靠在了椅背上，再退无可退了。

"你怕什么？"他似不屑地说了一句，又重新回到了自己的位置上，端起那个她方才握住过的水杯，将里面的温水一饮而尽，然后若有所思地盯着水杯，漫不经心道，"该怕的人是我才对。"他说着话，一点点摇晃水杯，里面已经没水了，"你对我那么抗拒，我还不是一直迎难而上吗？我明明已经在节目里说得那么清楚了，可你似乎还是没当回事。"

倪想开始后悔来这一趟了。

她明明是来摊牌的啊，怎么好像变相给了余宋机会？

那个表白的机会。

表白。

这两个字她真是一点都不敢说出来，直让人觉得可笑。

余宋要跟她表白？别逗了。

"别逗了。"倪想直接把心里话给说出来了，盯着余宋道，"余宋，你要拿我开玩笑也该有个限度吧，老说这些暧昧的话是什么意思？你是不是觉得很好玩？我明明已经说得那么清楚了，希望你离我远一点，不想给自己惹麻烦，你就不能让我安安心心拍戏生活吗？"

她有点生气了，可余宋好像一点都不担心，反而很高兴。

"倪想。"他叫她的名字，那么熟悉，仿佛叫了千百遍一样，让倪想哄闹的心奇异地安静下来。

"我当然希望你安心，我希望你什么都好，可是你这样安心，会让我自己不安心。我这个人又非常自私，权衡之下，只好让你不安心了。"

倪想抿了抿唇，困惑地望着他："你表达的该不会是我想的那个意思吧？"

余宋似笑非笑地睨着她，张开手臂靠在椅背上，安安稳稳道："就是你想的那个意思。"

倪想眯了眯眼："你知道我说的是哪个意思？"

余宋没说话，只是看着她。倪想"呵"了一声继续说："我在想，你就是无聊了，又觉得我挺好玩的，所以跟我开玩笑的，你是这个意思吗？"

余宋慢慢敛起了脸上的笑容，目光直接与倪想对视，两人谁都没有说话。

就在倪想觉得余宋这次大概真的会放弃时，他再次开口了。

在开口之前他先站了起来，房子屋顶不高，他身高摆在那儿，倪想都担心他忽然站起来会不会撞到头。不过她大概还是要先担心一下自己，因为他走到了她面前。

他俯视着她，慢慢弯下腰，和她平视。

"我没那么闲。"他开口说话时语调很轻，明明距离那么近，可听起来却又那么远，仿佛回到了很多年之前。

"倪想，你要弄清楚一点。一个忙碌的男人愿意把时间放在一个毫无关系的女人身上，无非是想和她发生一些关系——各个方面的关系。"

他咬重了最后几个字，让倪想不得不把这一切当真。

时间一分一秒地过去，他们一直维持着这个姿势。他的腰弯得越来越低，微微仰视着她，明明她已经不再是过去那个像太阳一样青春美丽的少女，却好像还是他高高在上的女神一样。

　　倪想垂眼看着他，说句心里话，余宋这样的男人，不管追谁，被追的人都会激动欣喜，被他喜欢，那是自身魅力的证明，她也不例外。

　　既然确认了他的想法，倪想那些想要保持距离的念头显然就不太可能了，她微微皱眉，似乎有点为难，半天都不说话。余宋也不着急，就那么仰头看着她，好像一个骑士一样，眼神虔诚极了。

　　从她的角度看下来，他几乎变成了单膝跪地的姿势。

　　倪想慢慢地吐了口气，抬手揉了揉头发，有点暴躁地打破了沉默："可我现在这副样子，和以前完全不一样了，你也只是远远地看了我几天，没必要这么……"

　　她想不出用什么词来形容这段没由来的迷恋。

　　之前在心里开玩笑说自己多了个天王粉，没想到还真是。

　　余宋这人很奇怪，他的情绪总是有些莫名，说白了就是有点神经质。比如这会儿，倪想肯正视他们的问题了，虽然还是抗拒的，但他情绪却已经十分高昂。

　　"我有样东西给你。"他奇怪地笑了一下，忽然站了起来，走到自己的座位上拿起背包，从里面取出一个笔记本，放到桌面上就盯着她看不说话了。

　　倪想有些心慌意乱，看了笔记本很久，还是抬手拿了起来，然后匆忙道："时间不早了，我还有事，先走了。"

　　她拿着笔记本和自己的背包离开，余宋跟了几步似乎想送她，她直接转头说："你别追得太紧，你让我自己一个人想想，待在这儿别动，我打车回去。"

　　她都这么说了，可余宋还是很坚持地跟了上去，因为这个问题触及他的原则："这里太偏僻，打车很难，你自己回去我不放心。"

倪想直接拿出手机打开打车软件，很快就叫到一辆车，然后从背包里找出笔，拉起余宋的手，在他手心写上了出租车的车牌号，最后抬头看他："我能走了吗？"

此时，出租车在门外按起了喇叭，来得真快啊，倪想心里念着。

余宋没再说什么，只是摊着手掌表情古怪地站在那儿。

倪想抓住机会转身跑出去，余宋跟着走到门口，半掩着门帘望着外面，出租车拉到客人之后很快就开走了。

夜幕之中，他只来得及看清楚出租车的车牌号和手上写的是否一致。

一致的。

余宋垂眼，掌心的笔迹有些化了。碳素笔就是这点不好，但凡遇见点水，就要融化给你看。

一直在后面做饭的爷爷这时候端着碗筷出来了，见外面只剩下余宋一个人，颇为疑惑道："鱼儿，你朋友呢？"

余宋靠在门边，低头看着掌心不说话。

爷爷把碗筷放到桌上，佝偻着腰道："你们这些年轻人呀，一会儿摸不着，人就不见了，赶紧吃饭，先去洗手。"

洗手？

看看掌心的字，余宋似乎有些理解喜欢自己的那些人在拿到签名之后的心情了，他慢慢直起身，走到椅子边坐下，拿起筷子对爷爷说："我以后都不想洗手了。"

爷爷："……"欠打，我的拐杖呢？

第九章
塑料姐妹
CAI ZHE XING XING
BEN XIANG NI

倪想都搞不清楚自己是怎么回到家的。

哦，对，是坐出租车，花了七十三块，余宋带她去的地方真是挺远的。

换了衣服去洗澡，浴室里水雾缭绕，可以模糊看见镜子上自己身材的曲线，真是……没什么性感和悦目可言。腹部的赘肉还是太多，身体各处都显得臃肿，一点美感都没有。

其实很多人努力去减肥，并不是为了任何人，只是为了让自己高兴。

比如现在，倪想看着自己这样的身材线条真是悲从中来，情绪低落到谷底。

约莫半个小时后，她裹着浴袍走出浴室，外面开了很大的空调，这会儿暖烘烘的，吹得人心里莫名焦躁。

倪想有些烦恼地拿起遥控器把风速降低了一些，放下遥控器的时候就看见了放在茶几上的笔记本。

本子挺旧，但保存得很好，上面看不见任何折页残缺，只是颜色发旧。

拿走本子时的心情，倪想已经回忆不起来了，只是现在看着它好像看着烫手山芋，不知道要怎么处理。

迟疑许久，腿在空调风速降下来之后开始有些凉了，倪想才慢吞吞走到沙发边，拿起笔记本缓缓打开。

这一打开，就没能再放下。

其实里面的东西她并不陌生，反而非常熟悉，熟悉到倪想恍惚间都忘记了自己现在置身何处。

这里面全是关于倪想的内容。

从她出道开始的杂志、报纸，还有她第一次发的专辑封面跟里面的歌单。

那个时候流行磁带，磁带里会有纸质封面，还会夹着折叠的歌词和歌单，这些东西全都被人工工整整地贴在笔记本上。

倪想一张张看过来，就好像她又重新走了一遍自己的人生一样。

看的时间越长，她的手就越抖，一页页翻过去，到她在剑桥录制节目的资料，再接着就是……她生病，和何如墨分手的新闻剪报。

当倪想看见自己刚出院时，被媒体拍到的那张标注着"爆肥"两个字的照片时，直接合上了笔记本。

她抬手捂住眼睛，沉默了很久很久。

七年了，她装模作样地继续生活，以为自己全都放下了，可现在那些过去的东西再次摆在她面前，她才发现自己并没有真的放下。

也是因为这样，她才一直对余宋的靠近和接触自欺欺人，觉得那些都不是向自己而来的。

但现在事实摆在眼前，余宋什么都知道。

他这一路都在她不知道的地方陪着她走，把她所有的一切都记录着。

说不感动是假的，余宋见过她最糟糕的样子，之后还能一直关注她，这真的很难得。

她当时说余宋只是远远地看过她几眼，一直记在心里没有意义，现在他拿出这些东西来，绝不仅仅是"看过几眼"那么简单。

倪想缓缓放开了手，安静地望着前方，眼里没有焦距。

她在思考。

思考她到底是不是该正视自己了解到的这些东西。

说句实在话，她父母健在，身体还算健康，近年来他们一直在担心她的个人问题，也介绍过几个相亲对象给她，她都以要工作不能谈恋爱为由拒绝了见面。

七年的时间，说长不长，说短不短，这些年关于何如墨的消息，她也见过不少，以前还会激动，现在已能用平常心看待了。

　　时间真可怕，不管多么深厚的感情，在长时间的不提起不重温不相处下，都会渐渐消失。

　　一个人连父母亲人去世都能够慢慢走出阴霾，还有什么是不能忘记的？

　　有些烦恼地按了按额角，倪想想了很久还是觉得，不管余宋到底是什么想法，是否是认真的，单从她个人角度出发，就不该去拖他的后腿。

　　她不讨厌他，但也绝对还没有到喜欢的程度。

　　她不可能因为感动就和他在一起，也畏惧舆论压力，更加不希望她和何如墨的事在她和余宋身上重演。

　　她回到卧室，躺到床上盖好被子，闭着眼催促自己睡着，可显然，她今夜注定要无眠了。

　　次日早晨，大宽来接她的时候，就看见她重重的黑眼圈。

　　他大呼小叫地从背包里取出遮瑕笔，生气地问她："你昨晚到底去哪儿疯了？别告诉我，你和余宋这样那样了啊！"

　　倪想一边遮黑眼圈，一边翻白眼："你神经病吗？我很早就回家了。"

　　大宽皱眉："那你的黑眼圈怎么解释？"

　　倪想抿了抿唇，视线望着镜子里自己的黑眼圈，有些懒散道："昨晚没睡好，老做梦，没其他事，你别胡思乱想。"

　　大宽无奈道："是我爱胡思乱想吗？你说你昨天跟着余宋那么一个大妖孽走了，然后第二天顶着两个黑眼圈一副昨夜无眠彻夜销魂的模样，我不胡思乱想才怪。"

　　倪想直接把遮瑕笔砸到大宽身上，抽着嘴角道："什么叫'彻夜销魂'？赶紧开你的车吧，一会儿该迟到了。"

　　大宽耸耸肩，听话地开始开车。

　　其实她要是真没什么就最好了，就算有了什么……也千万别告诉他，千万别让他知道。昨天晚上跟何如墨汇报的时候，他撒了谎，何如墨倒是没说什么，可尽管如此，还是把他吓坏了。他现在这日子真不是人过的，也不知道要到什么时候才能结束，真是自作孽不可活。

等到了片场，时间拿捏得那叫一个好，倪想都怀疑大宽是不是叛变了，和余宋商量好了这个时间到，要不然她怎么一下车就瞧见了正好也在下车的余宋呢？

两人的目光不受控制地接触在一起，余宋戴着墨镜，即便隔着视线，她依旧可以感觉到他眸中炙热的情绪。

倪想眨了眨眼，淡淡地转开视线，但那道火辣辣的注视从未移开。

"走了。"她催促大宽。

大宽巴不得赶紧走，跟着她一溜烟儿跑了。

余宋就这么看着倪想对自己避如蛇蝎，身后的经纪人李戈哼了一声说："可惜啊，郎有情妾无意。我说余宋你何必呢，你要谈恋爱也没必要找个这样的吧？过气那么多年了，现在又这副形象，你就不怕她毁了你的前程？"

李戈的想法微妙地和倪想重合了，他们都希望余宋能及时止步，唯独他自己不想。

他压了压嘴角，特别温和地说："我不怕。"像是为了说服李戈一样，他一字一顿道，"毕竟我是为了追她才走上这条路的。对我来说，她就是我的前程。"

李戈怔住，不可思议地看着余宋。余宋也不管自己的话给经纪人带来了多大震慑，直接头也不回地走了。

肖楠茫然地跟上余宋，看着他的背影，总觉得此时此刻的余宋比自己以往见到的都要夺目。

大约就是那种……一直被遮掩的光彩全部释放了出来，越发耀眼夺目了。

等他们到达片场的时候，发现片场这会儿很热闹。

顾盼正和倪想站在一起似笑非笑地说着什么，离得有点远，听不太清楚，但看顾盼手里的报纸，肖楠有了一种不好的预想。

"余宋哥……不会是你们昨天晚上被拍了吧？"肖楠有点担忧道，"可是公关那边都没听见风声啊，要是真被拍了，李哥肯定可以拿下来的。"

余宋的目光落在倪想身上，她没什么表情，也不慌乱。他大约猜到不是像肖楠说的那样。

那是怎么回事？

他加快脚步往前走，越靠近她们，越能听清楚顾盼在用她那刺耳聒噪的声音说什么。

"倪想，这些新闻肯定是你自己放出来的吧？让我想想，是不是你那个经纪人想到的招数？这营销号是你们家的？还'据知情人士爆料'，这个'知情人士'就是你们自己吧？看看这标题，《妃常爱吃》女一号顾盼曾是女二号倪想的伴舞，你可真厉害。"

说到这里，顾盼的表情几乎可以说是狰狞了，这会儿附近没人，看得出顾盼的助理和经纪人已经清过场了。

"我告诉你，我不会让你这样蹭热度还不回击的，既然你敢主动挑衅，就别怪我不客气了。"

语毕，顾盼将手里的报纸砸到倪想身上，转身就要离开。

余宋看见这一幕，下意识地要上前帮忙，但他很快又停住了脚步。

因为倪想抓住了顾盼的手腕。

顾盼没想到倪想会这样，浑身一凛，使劲挣扎着抽回手，但她失败了。

她气急败坏地转头瞪倪想，厉声道："你松开！你拉着我干什么？你还要不要脸了？"

倪想眼角微垂，淡淡地说："新闻不是我发的，我猜想大概有人想陷害我，又不想亲自出面，所以才牵扯你下水。当然，也不排除是黑粉的可能性。在这件事没搞清楚之前，我希望你不要乱来。"

顾盼昂起头说："所以你这是在求我？那你得有个求人的样子，表现好的话，我会大发慈悲也说不定。"

倪想注视着顾盼，久久没有说话。

顾盼被倪想看得心慌意乱，又开始使劲挣扎，倪想抿了抿唇说："盼盼，你别闹了，我们就这么说定了。等我搞清楚会给你一个合理的解释，我们先拍戏，这件事等收工再说。"

说完话，倪想就放开了顾盼，转身朝化妆的地方去了。

顾盼愣在原地看着自己的手，反应过来后指着倪想离开的方向愤怒道："我别闹吗？是我闹吗？现在是你在陷害我，踩着我上位！这不是七年前了，倪想，你已经不是当年的你了，我也不是当年的我，你凭什么认为我还会乖乖听你的话？"

远处的肖楠全程目睹了顾盼和倪想的吵架，看完后忧心忡忡问余宋："余宋哥，您说顾小姐要干吗？我们要不要帮一下倪想姐？"

听完自家老板对经纪人的宣言之后，肖楠已经直接把倪想当成老板娘了，言词间一副娘家人的姿态。

余宋看了他一眼，摇了摇头。

"不用？"肖楠皱着眉说，"可顾小姐看起来不会善罢甘休的样子啊。"

余宋瞥了一眼气哼哼的顾盼，她正在拿助理撒气，他很快收回视线道："她不会。"

"不会？"肖楠表情扭曲了一下。顾盼那副母老虎的样子，再加上昨天那场改台词风波，她明显是想让倪想出丑的，现在遇见这种被捆绑营销的事，她居然什么都不会做？

算了，女人啊，他从来都没懂过，余宋哥说不会，那应该就不会吧。

还没有搞清楚到底是谁在网上挑明了她曾和顾盼在一个组合，以及把现如今两人的状态做了长微博对比，倪想又有了新的麻烦。

这次的麻烦不是来自别人，而是来自她自己的身体，她来"大姨妈"了。

其实这很普通，每个女人都会有的生理现象，但这次对倪想来说有点特殊。

因为减肥节食，她有些内分泌失调，已经两个月没来"大姨妈"了。

这次"大姨妈"来得突然，而且……真是太疼了。

从卫生间出来，倪想面色如纸，大宽这会儿正在片场里，没跟着她一起来，她刚才以为肚子疼是吃了不干净的东西，谁知道居然是这样。

身上也没带卫生棉，好在量不算多，冬天戏服又厚，倪想硬挺着回到片场寻找大宽，很快就在街景搭起来的茶馆棚子里看见了他。

大宽大约想起了自己做群演时的事，表情有些伤感，倪想都走到他面前坐下了都没被发现。

"想什么呢？"倪想屈起手指敲了敲桌子，引起大宽的注意。

大宽被吓了一跳，捂着心口安慰自己。那模样怪滑稽的，倪想尽管肚子疼，还是很给面子地笑了笑。

"你走过来怎么一点声音都没有？"大宽有点不高兴道，"人吓人是会吓死人的知道吗，下次可别这样了。"说完就转开头深呼吸。

倪想好奇地说："我都走到这儿坐下了，你居然真的一点都没发觉？你在想什么那么专注？"

大宽眼观鼻鼻观心，他能说他在想自己对不住她的事万一被发现怎么办吗？

当然不能啊！所以要转移话题。

"你怎么了，脸色那么难看？"他话锋一转，拧眉盯着倪想。

倪想立马苦着脸，捂着肚子趴在桌子上说："你去帮我买点那个呗，我那什么来了。"

她言辞含糊，大宽却是贴心无比的经纪人，马上就知道她来了什么，又需要什么。

他有些惊讶："你那尊贵的'亲戚'终于来了？阔别数月，我都有些快忘记'它'长什么样子了。"

倪想拿起桌上的道具茶壶吓唬大宽，大宽赔笑道："好了，好了，开个玩笑，这是好事儿，值得庆祝。你休息一下，我去给你买回来，一会儿导演要是叫你去拍戏，你就说你不舒服，先拍别人的，可别硬上啊。"

倪想面上嫌他啰唆，心里却感觉十分温暖。走到现在，她身边还是有关心她的人的，这也是很大的收获了。

"快去吧，我没事，你快去快回。"

倪想朝大宽挥挥手，大宽一步三回头地走了。

不远处正裹着羽绒服补妆的顾盼瞧见这一幕，出于女人的直觉大约猜到倪想是哪里不舒服，于是低头对身边的助理耳语了几句。小助理左右看了看，便悄悄朝倪想的方向去了。

倪想因为肚子疼，等大宽走后就一直捂着肚子坐在那儿休息，那个小助理来的时候她正趴着，没有发觉。等对方绕到自己对面，她才恍惚察觉到有人注视着自己，慢慢睁开了眼。

"是你！"她认出了是顾盼的助理，慢慢直起身道，"有什么事吗？"

小助理笑着说："没什么，就是来告诉倪小姐一声，今天晚上有夜戏要拍，你知道吧？"

倪想点头说："知道，谢谢你的提醒。"

小助理点点头道："不客气，应该的。不过倪小姐看起来不太好啊，是身体不舒服吗？要不要我帮你去买点药什么的，我看你似乎没带助理。"

倪想当她是好心，就笑了笑说："没事，就是女人的那几天，没关系的。"

小助理露出恍然的表情，又寒暄了几句便走开了。

等回到顾盼身边，小助理就把这件事告诉了顾盼。

顾盼转转眼珠，笑呵呵地点了点头，一副心情不错的样子。

另一边，因为要赶一个通告，余宋在拍戏中场休息的时候暂时卸妆离开了，赶去位于江城市中心的某奢侈品牌门店参加开幕仪式。

从活动片场到影视城，再加上活动时间，来回耽误了大约三个多小时，等他回到片场已经是傍晚时分了，所幸片场可以暂时不拍他的戏份，先拍配角的，所以问题不大。

倒是倪想，她的戏大多都和男一号女一号在一起，余宋不在，单独拍她和顾盼"姐妹俩"的戏份并不多，她可以休息的时间也相对多了不少。

这算是又沾了余宋的光吗？

余宋回来，声势浩浩荡荡的。以他目前在娱乐圈的地位，就算不喜欢身边跟着太多人，经纪公司也必然会派很多保镖和助理来照顾他，毕竟这位可是公司的摇钱树。

他一出现就吸引了片场所有人的注意力，包括倪想。

上次的私密对话倪想还记得清清楚楚，虽然已经决定不接受，但那个笔记本还没还给他。

本子留在她身边，就跟个定时炸弹一样，无时无刻不提醒着她有过这么一件事，她想忘记都难。

这会儿她正坐在大宽铺了毯子的长椅上休息，身上盖着厚厚的羽绒服，手里握着热水杯，身体稍微暖和了一点之后感觉舒服了很多，肚子也不那么疼了。

余宋一进片场就到化妆师那儿去换衣服化妆了，似乎并没发现在角落里休息的倪想。

反而是倪想，自始至终眼神都定在余宋身上，就跟花痴一样移不开。

大宽坐在一边，手里拿着剧本正和倪想对台词，见她走神就阴阳怪气地咳了几声。

倪想望向他，对上他的视线之后有点讪讪地收回了目光，继续背台词。

余宋用最快的速度换上了戏服，今天的大夜戏内容是他饰演的陈煜和顾盼饰演的叶雨薇闹了矛盾，很生气地跑到了京城郊外的山崖边。他很小的时候就被册封为太子，现在是皇帝，早就过惯了被人服从和簇拥的生活，猛地遇见叶雨薇这样不识抬举的人，心里难免不高兴。

倪想饰演的叶雨甜担心陈煜那样的公子哥会在野外出事，想说服姐姐一起去寻找，但叶雨薇有点傲娇，她觉得自己没错，又想到陈煜有那么多下属，肯定不会出问题，虽然心里着急，却还是忍着不想去找。

叶雨甜就没叶雨薇那么有个性了，她这辈子都没见过陈煜那么好的人，几次接触之后她已经对他很有好感了，见姐姐不愿找，她便自己去找了。

京郊的野外必然是深山老林，一个小姑娘跑来找一个大男人难免会有一些问题。而今晚要拍的这场大夜戏，就在影视城后山的林子里进行拍摄。

导演还让人圈上了人工湖，因为有一场掉进湖里的戏。

余宋这么着急地赶回来，就是想尽快拍完这场戏。随着月份增加，天气越发寒冷，不要说晚上，白天都有些让人招架不住。这场戏倪想如果不用替身，就得自己掉进湖里，时间拖得越晚，湖水就越冷，对倪想也越不好。

他换上戏服，因为底子好，妆容也不需要太费时间，所以没过多久就再次出现在了倪想的视野当中。

倪想眨了眨眼，望着一步步朝自己走过来的翩翩佳公子，比起现代装，古装似乎更适合余宋，他的帅气又被提高了一个层次，有一种说不出来的雅致。

个子高，腿又长，迈开的步子就会很大，余宋从远远的地方走来，只用短短的时间就到了目的地——倪想的面前。

她坐着，仰头看他。余宋挺直脊背凝视了她一会儿，缓缓蹲下来，从袖子里滑出一个小首饰盒塞进了她的手心里，然后屈起手指顺势刮了刮她的鼻子。

她愣住了，不可思议地望着他，完全没料到他会做这么亲昵的动作，都没来得及拒绝他的礼物。

余宋见她攥着他的礼物一脸蒙，连轴转的疲惫顿时消失得无影无踪。

"走了。"他简单地说了两个字，直起身把另一只手里的折扇别进腰间玉带，潇洒地转身离开。他那斐然风度，风流倜傥，简直难以用语言形容。

倪想低下头，看着手里的首饰盒，不自觉地握紧了。

回想起自己下定的决心，她万分矛盾地咬了咬唇。

第十章
心动
CAI ZHE XING XING
BEN XIANG NI

　　江城影视城后山上搭起了摄影棚，络绎不绝的人来回走动着，忙碌着属于他们自己的事情。这样一看，夜里有点荒凉的后山就不那么吓人了。

　　倪想披着长羽绒服走上来，身边是一直在往手上哈气的大宽，他嫌弃地看了一眼环境，凑到她耳边小声说："早知道这么冷，这场戏我该给你找个替身的，你现在的身体不太适合拍这场戏。"

　　倪想注视着前方，对大宽说："你还是操心点别的事吧，是公司没人通知你，还是你好长时间没上网了？你没看见已经有人扒出来我和顾盼以前是一个组合的，还编辑了那么长的对比微博给大家看吗？转发量还挺高的，真想不到这么多年后，我上热搜居然是因为这件事。"

　　大宽愣了一下惊讶道："有这回事？你怎么不早告诉我？"

　　倪想皱皱眉说："我以为这些事公司公关部会告诉你。"

　　大宽有点噎住，其实哪里有什么公司啊，都只是一个幌子罢了。这个公司名下只有倪想一个艺人，是何如墨注册下来专门给倪想服务的，公司的人大部分都是从何如墨工作室过来装模作样的，真正办事的没几个，简单来讲，就他们俩。

　　"啊，可能是在山上，手机没信号，所以没接到电话，我现在去看看怎么回事，你先拍戏，小心点。"大宽匆忙说了几句就转身跑掉了，倪想看着他的背影，老觉得哪里不太对。

　　"女二号准备了。"

那边的副导演在喊人，倪想急忙收起思绪朝摄影棚的位置走去。

她一边走着，一边寻找余宋的身影，她得把那个明显是礼物的首饰盒还给他，别说她不打算和他在一起，就算在一起也不会一开始就收这么贵重的礼物。

余宋也不知道上哪儿去了，她找了一圈都没找到，还是决定暂时搁置了。

山上这场戏没顾盼什么事，但意外的是她这会儿竟然在，正穿着大衣靠在椅子上喝水围观。倪想瞥了一眼，顾盼立刻笑眯眯地看过来，那副得意的样子很难不让人猜想她接下来又要搞鬼。

倪想在心里叹了口气。

顾盼认定了网上的那些东西是倪想发的，但她不觉得那些东西对倪想自己造成的影响比对她还恶劣。她变得越来越好了，起码是很励志的，但倪想呢？

算了，现在还是专心拍戏不要想那些了，天气那么冷，希望这场戏可以一次过。

脱了外套放到一边，倪想哈了口气在手上，站到自己应该站的位置，手扶着一边的一棵树，做出着急的样子。

导演挥挥手，场记拿着场记板上来喊了场次、镜号，将场记板"啪"的一声合上，拍摄便正式开始了。

倪想将自己置身于叶雨甜的世界，想着唯一一个对自己好的人失踪在荒郊野外，心里那份急切溢于言表。

她一步步地往前走，视线在树木之间来回寻觅，手放在两颊边大声唤着陈煜的名字，可始终没有得到任何回应。

"他不会真的出什么事儿吧？"

倪想念着台词，心里真的开始发慌。有那么一瞬间，她是真的希望余宋马上出现在自己面前，她觉得自己是入戏了，没想那么多，也不敢想太多。

倪想专注于表演，导演看着屏幕上的画面频频点头，觉得倪想表现力非常不错，选角选对了。

一旁看戏的顾盼看见这一幕皱了皱眉，冷笑一声，心说：好戏还在后面呢。

　　想到这里，顾盼下意识地看了看周围，小声对助理说了什么，助理就点点头走开了。

　　倪想在树林里转了一圈，这是一个长镜头，最后定格在一片人工湖边。有一块玉佩掉在了湖边，倪想跑过去捡起来，看着上面的"煜"字，慌张地对着漆黑平静的湖泊大喊："陈煜！"

　　那声音响彻山谷。

　　"咔！"

　　导演一声令下，拍摄结束，倪想听到了自己期待的那句话。

　　"过了，表现不错啊，倪想，继续加油。"

　　毫不吝啬的夸奖从导演口中说出，是对倪想顶着寒风和"姨妈痛"努力表演的鼓励。她笑了笑，摸了摸鼻子，有点发堵，心里那股焦急似乎还没有找到释放处。

　　好在下一场戏很快就继续开拍了，还是她自己一个人的戏，情节是……因为担心陈煜，叶雨甜直接跳进了湖里，一边哭着一边喊陈煜的名字，然后陈煜在树林里听见声响便过来了。

　　陈煜看见叶雨甜跳湖那一幕，说不感动是假的，他自然要上去救她。他这份急切和认真，阴错阳差地让叶雨甜误会他们之间是互相喜欢的。

　　不过陈煜出现的戏是在下一场，要拍完她跳湖里这场再接上。倪想猜想剧务大概已经去找余宋了吧，她回眸看了看，在场记上来拍板的时候，深吸一口气，测算着叶雨甜此时的矛盾心情，闭上眼一步步朝湖中走去。

　　人工湖不深，是为了影视城拍戏特别造的，最中央也顶多只到演员腰部那么深的高度，溺水这个问题是不存在的，最大的问题大约只是会很冷。

　　马上进入冬季的日子，这样的天气下冷水真的挺遭罪，再加上倪想还来了"大姨妈"，身体本来就畏寒难受，这一下去那透心凉，别提了。

　　尽管会很难受，倪想还是得一步步下去，继续拍完这场戏，如果有差错，还得来第二次，那样只会让自己更难受。

于是倪想努力在水里喊着陈煜这两个字，眼角也不知道是真的掉泪了还是被湖水给弄湿了，有很明显的水迹。

导演看着监控屏里的画面，很满意地点了一下头，觉得倪想今天的状态真不错。她本身的条件就比剧本里女二号角色更好，她虽然人胖了点，但五官还是无可挑剔的，现在哭得梨花带雨煞是好看，画面很美很动人。

等到她移动到距离湖中心三分之二的位置时，导演就喊了"咔"，并打算拍下一场。

然而顾盼在这时站了出来，对导演笑吟吟道："这场戏拍得真不错啊，看来我推荐倪想真的推荐对了，不过导演，我刚才看到她好像把妆哭花了，有点不真实，要不补个淡妆再拍一次？我们这部剧将来是要在卫视台钻石剧场独播的，之前都精益求精，这次也要更精细吧？"

顾盼说得头头是道，一副为了这部戏操碎心的模样。导演琢磨了一下觉得也对，但倪想这个时候已经上来了，正由人帮着脱掉湿了的戏服，因为知道要下水，戏服里面事先垫了一层塑料袋，所以里衣短时间内没有湿。

她光顾着庆幸了，没听见顾盼跟导演说了什么，等导演告诉她要重拍一次的时候，她整个人都傻了。

"重拍一次？刚才不是……"倪想想说什么，但顾盼就站在导演身边笑得讳莫如深，她顿时就明白是怎么回事了，便把后面的话咽回了肚子里。

然后倪想就被化妆师拉去补妆，道具组的人马上把她湿掉的戏服拿去烘干熨好，左右不过半个小时，下水戏第二场次再次要开拍了。

这次站在湖边时，倪想很明显感觉到小腹的痛感，这种疼痛女孩子大约都是清楚的。她迟疑地站在湖边，盯着黑漆漆的湖水看了许久许久，在场记上来拍场记板的时候，她深吸了口气，闭了闭眼告诉自己，这是最后一次。

如果还有第三次，到时再想办法说服他们吧。

就这样，倪想再次走进了湖水里。顾盼在湖边看着这一幕，嘴角的笑简直要挑上眉毛了。

倒是顾盼身边的小助理有些发抖，好像很害怕一样，顾盼发觉之后就疑惑道："你抖什么？很冷吗？"

小助理慢慢抬起手指着斜前方的位置，顾盼顺着看过去，立马浑身一凛，下意识地朝后退了一步。

余宋就站在斜前方的位置。

他一边跟副导演说话，一边状似不经意地望了过来，眼神明明清清淡淡的，甚至停留的时间都不长，但顾盼就是能感觉到他生气了。

不，不能只说是生气了，他应该是……怒不可遏。

余宋生气是什么样子？

很难想象。

感觉他大部分时间都温和有礼，很好相处。

他似乎永远不会因为什么事情生气，似乎没什么东西可以让他真的动怒。

以上是作为一个外人的顾盼的想法。

她当然不会知道在人后，在单独相处的时间里，余宋有不一样的一面。

这样的一面，至今只有倪想一个人见过，甚至连他的经纪人都只是窥见过一点一滴，不曾深入。

这会儿余宋依旧保持着他良好的风度和修养，点了根烟跟副导演随口聊了几句，然后在湖中拍到最后一幕戏的倪想就一直没等到那声"咔"。

她等到的是从身后传来的那个熟悉悦耳的男声。

"叶雨甜？"

倪想怔住了，诧异地回头望去，这个惊讶是下意识的，要比演出来的真实许多。导演看着屏幕上的画面轻声对副导演说："余宋这个建议真不错，你看现在倪想表现出来的惊讶，要比'咔'了之后再接上自然很多。"

副导演笑道："您说得对，余宋这个演员还是很有想法的。"

导演也笑着点头说："对，后生可畏。放下张敬的电影不拍来拍这部电视剧，他也算有眼光，知道我的戏不会差。"

导演之间都会相互攀比，余宋放弃张敬选择了他，导演自然非常得意。

比起他们诸多的想法，场上拍戏的余宋和倪想就简单多了。除却一开始见到余宋的惊讶，倪想已经聪明地了解到了目前的情况，导演这是直接把两场戏接起来了。

她迟疑了一下，脸上战战兢兢的惊喜有一部分是演出来的，更有一部分是真的。

也没什么不好意思承认的，在听见余宋的声音，转头见到他的那一瞬间，倪想是高兴的。

也许是因为知道接起来两场戏之后，她就可以回家了，又或者仅仅是因为她一直在寻找他的身影，但一直找不到，现在终于看见了，心里有个地方被填满了吧。

总之倪想现在的情绪很充沛，想象着剧本上叶雨甜的心情，倪想一步步往回走，艰难地回到快到岸上的地方。

她可怜兮兮地提着裙摆，吸了吸鼻子，仰头对站在湖边的余宋说："陈公子，你没事啊？你没事就好，我方才到这边来找你，见到你的玉佩掉在湖边，以为你……以为你出了事。"

她一边说着话，一边慢慢将自己一直攥在手里的玉佩拿出来。

饰演陈煜的余宋抿了抿唇，将手中的折扇扔到地上，快步上前蹚过水面，将几乎跌倒在水里的倪想抱住，一步步地走上岸。

"你何必这个样子，你姐姐呢？她……没来吗？"余宋微微蹙眉，眼睛在周围看了看，似有些失落，又似是解脱。

他单手抱着倪想，另一只手拿着玉佩，垂眸思索片刻道："这玉佩是我随身之物，现在你捡到了它，今日便送给你吧。"

倪想愣住了，接过玉佩，错愕又惊喜地看着他："真的给我了？陈公子，你都还没送过礼物给我姐姐呢。"叶雨甜那种自卑和胆怯，在这一刻被倪想表演得活灵活现，她矛盾又欢喜，觉得自己终于有些地方可以稍微和姐姐相比了，这是她这辈子都不敢幻想的事情。

余宋似乎笑了一下，又好像没有，他慢慢放开了倪想，随后两人四目相对，倪想紧紧攥着玉佩。道具师适时地打开鼓风机，吹两人的发丝和衣袂，那幅画面实在美丽，导演都看得入了戏。

时间差不多的时候，群演喊着"公子"二字自树林里出场，倪想和余宋两人一起回头看去，导演喊出一声"咔"，今晚属于女二号的戏到此就结束了。

倪想听见那个"咔"字后好像虚脱般颤抖着要摔倒，余宋直接把她横抱起来，头也不回地朝暖和的地方走去。

之前他已让肖楠准备好了电暖气和热水，等戏一结束他就抱着倪想到了这儿。

由余宋的女助理帮忙脱掉湿透的戏服，倪想被余宋拉着坐到温暖的椅子上，这椅子下面很显然铺了电热毯之类的东西，这会儿热热的，倪想多冷啊，一坐上去就不舍得下来了。

"你的经纪人呢？"

等倪想坐好，余宋就坐在一边的椅子上开始兴师问罪。他皱着眉，肖楠是个合格的助理，见老板要做不符合人设的事情了，直接驱散了周围的人，把刚才倪想换衣服用的布帘子拉到了一边，这个摄影棚的私密小角落立马就与众人隔开了。

倪想哆哆嗦嗦的，脸色发白，她吸了吸气说："有点公关上的事，他先回去处理了，我一个人可以的。"

余宋蹲在椅子边注视着她，晶亮的眸子里萦绕着和平日里不太相同的神色，有那么点阴沉，可能还有一点……疯狂？

不太确定。

"你别担心我了，我没事，躺一会儿就好了。"倪想伸手推着他说，"你身上的衣服也湿了，赶紧去换掉吧，不然要感冒了。"

余宋直接抓住了她伸过来推他的手，视线下垂，抿着嘴角，良久才说：

"我是男人，我没关系。"片刻继续道，"今天是我的错。"

倪想愣了一下不解道："怎么是你的错，你什么也没做啊？"

余宋再次望向她，这次两人对视时，她可以清晰地看见他眼中翻涌的危险火光。

"正是因为我什么都没做，所以才是我的错。"他用一种克制的语气缓缓诉说着心中难以平复的情绪，"我本来想去给你找个替身，让别人替你下水，我又不放心助理去做这件事，就亲自去了。恰好有人打电话给肖楠说要过来，但我等了很久都没见到人，赶回来的时候已经太晚了。"

倪想诧异地看着他，没想到他消失的那段时间是去为她找替身。她心里特别不是滋味，不知该怎么形容，突然觉得自己特脆弱，看着眼前的男人如此自责，为自己那么费心安排，还照顾着下了戏的她，这么多年了，除了做梦的时候，她根本就没敢幻想过。

女人总会在难受的时候变得很脆弱，倪想的"姨妈"对此"功不可没"。

而一想到"姨妈"，倪想的肚子就疼得受不了，直接咬住下唇伸手去捂着了。

"怎么了？"

余宋发现了她的不对劲，立刻便要查看，但倪想怎么可能给他看呢？

于是余宋理所当然地被拒绝了，他半蹲在椅子边目光执拗地看着她，倪想迟疑许久还是叹了口气道："我来例假了，可能是因为泡了冷水，现在不太舒服。"

岂止是不太舒服，简直要痛死了，看她的表情就知道。

余宋二话不说起身走出帘子，倪想看着帘子摆动的幅度，心里在想，也许重新找个男朋友也没那么坏，被人关心照顾的感觉真的太好了，让她贪恋无比。而且，余宋在她心里，好像一开始就占据了不一样的位置。

只是……到底还是迈不出那一步，说不出那句话，只敢在心里想想罢了。

外面，顾盼一直在忐忑地等着余宋出现，今晚的夜戏只剩下一场了，就是和属下一起回到京城的陈煜恰好遇见了终究没忍住想要出城找人，却和守城士兵发生冲突的叶雨薇。

然后两人有一场比较虐的对话。

顾盼本来想着，也许拍戏的时候余宋就好了，就不会那么吓人了。她心里喜欢他，不希望他讨厌自己，可当她终于看见他时，意外发生了。

他直接去了导演那里，两三句话说完，导演直接道："好啦，今天先这样，收工啦！"

收工了？

居然就这么收工了？

她等了一晚上的戏就这么不拍了？

顾盼想上去找导演问个清楚，但又觉得没必要再去自取其辱，肯定是余宋说他有事没办法拍了所以才推后的，大家都是演员，又那么红，通告多，偶尔有点小事推迟几场戏也可以理解。

可是……顾盼看着余宋让助理收拾了东西，直接回到倪想身边，拉开那道帘子，扶着倪想起来，也不管别人看他们的眼神，就那么直接地将明显还不太乐意的倪想扶走了。

那一刻她真是恨不得刚才下水的人是自己，真是恨不得演女二号的人是自己。

有那么娇气吗？不就下了两次水，她这么多年可以走到今天岂止下了两次水？当年给倪想做陪衬的时候，她不知道吃了多少苦，背地里还要被有心人嘲笑是倪想的"伴舞"，怎么换到今天，她终于可以趾高气扬了，却不能让倪想尝到她分毫的痛楚呢？

不但不能达到那个目的，甚至还因此被喜欢的人厌弃，她心中爱慕的男人还对倪想那么好，好像她是个跳梁小丑一样……这一切的一切，让顾盼绝望。她好像一辈子都逃不出倪想的阴影了，时值此刻，她是真的有些崩溃了。

顾盼吸了吸鼻子，仰起头不让眼泪掉下来，心里越发坚定了不能放过倪想的想法。

而倪想何其无辜。她一点都不希望余宋这么大张旗鼓地送自己走，现在网上那些传闻她还没应付完，真不希望再出现什么新绯闻。

退一万步讲，即便她决定要和余宋发展什么，现在也不是让别人知道的时候。

可余宋根本就油盐不进，等远离了众人视线又把她抱了起来，任凭她怎么说都不为所动。

倪想实在没力气挣扎了，只能由他去了。等到了车上，她坐在副驾驶上，车子里早就开好了空调，温暖的风迎面吹来，她看着驾驶座上余宋专注开车的侧脸，突然觉得年轻真好啊。

虽然自己和余宋其实没有差几岁，可能还一样大，但她出道早，经历多，所以老是有一种自己年纪要大一些的错觉。

她其实很羡慕余宋，遇见了自己一见钟情的人，就把所有精力和感情全都释放在对方身上，这个世界上有千千万万的人，可他眼里只有那么一个人。

那么执着，那么纯粹，让人忍不住被吸引。

这么多年过去，倪想一直以为自己已经无欲无求，已经可以淡然面对任何事，可现在遇见余宋，她感觉心里某个地方好像又快要活过来了。

这到底是好事，还是坏事呢？

车子停在倪想家楼下。她解开安全带拉开车门，下车后跟余宋道别，今晚两人之间的一切到此就该结束了。

只是理想很美好，现实却不是那样发展。

当倪想忍着腹痛拉开车门走下去的时候，还没来得及关上车门，就看见驾驶座的男人快速下了车，三两步就到了她这一边，拉住了她软绵无力的手臂。

"我没事了，不用这样。"倪想试着抽回手臂，但不管她用多大的力气，余宋都不打算放手。

她困扰地皱起了眉，他沉默了一会儿，将拉着她手臂的手换成扶着她的腰，紧紧揽住她让她靠在自己身上。

余宋身上很温暖，大约是车里空调开得很大的缘故，她靠在上面像依偎着一个暖炉，对目前这样的身体状况的倪想来说，诱惑力实在太大了。

"我送你上去。"

他说话依旧温和和浅淡，但透露着不容置喙的坚决。倪想听了一遍就见鬼地闭上了嘴不再拒绝，难不成余宋会魔法，可以操控人的意识？

她胡思乱想的时候，余宋已经揽着她进了公寓楼，站在电梯门口等电梯。

现在已经快晚上九点了，入了深秋之后下班时间提前了，人们大多已经回到了家，但还是有一些人晚归，所以等在电梯外的不仅仅是他们俩。

余宋暂时放开了倪想的腰，微低着头扶着她的手臂。

倪想侧头看着他的脸，他戴着墨镜和口罩，明明露在外面的地方没多少，但他身上那种明星的气场让他即便如此也很惹人注目。

有个年轻小姑娘本来靠在一边玩手机，瞧见他们就紧紧盯着这边。

余宋好像没看见一样，等电梯来了就拉着倪想走进去。小姑娘显然被自己内心的猜测吓到了，有点没反应过来，而等她反应过来时，电梯门已经关上了。

她唯一来得及看见的，就是在电梯关闭之前，余宋微抬下巴，即便隔着墨镜，似乎也可以感觉到他些微的视线，叫人心里怪忐忑的。

"你这样上去，明天网上可能就有人爆料你和神秘女子进了公寓楼，×个小时之后才离开。"

电梯里就倪想和余宋两人，倪想说出了自己心中的担忧，无非是希望他赶紧下去，不要真闹出这种新闻，只是他的回答有点出人意料。

在电梯门打开的那一瞬间，余宋也不看倪想，一边拉着她往外走，一边说道："你会让我在你家待几个小时吗？"

倪想心头一跳，莫名有点脸红。

她当然不会。

所以也无须担心。

奇怪的害羞，再加上腹部的疼痛促使她加快脚步到了自家门口，拿了钥匙将门打开，她走进去转过身，要和余宋说再见，却见到他摘掉了口罩和墨镜，面带着微笑，一点点地推开了挡在门口的她。

他漫不经心地走到了门内，轻轻抬手，门就那样被他关上了。

倪想脸颊上的红色越来越深了，她张嘴想说什么，却不知道怎么组织语言，怎么都这么大了遇见这种事还会这么手足无措？又不是没谈过恋爱，真是丢死人了。

倪想转开头不太想面对余宋，脚下挪了挪想去卧室，余宋却直接把口罩和墨镜放到了一边的桌上，然后直接将她抱了起来。

倪想惊呼一声，皱着眉挣扎起来，他在她开口骂人之前，凑到她耳边轻轻说道："你的卧室是那间吗？我抱你进去，你休息一会儿，吃了药我就走。"

他话是这样说，可倪想注视着他的脸，他眉梢眼角分明写着的是：我不想走了。

倪想压低了眉眼没有言语，他抱着她走进卧室，轻轻地把她放到床上，还拉起被子要给她盖上。

倪想在这个时候冷静克制地说："我自己来就可以了，我已经好多了，时间不早了，你先回去吧。"

余宋手上动作不停，面不改色道："我来了不到五分钟，你已经赶了我三次。"说话间，他已经摊开了被子帮她盖好了，顺便走到床尾，半蹲下来盯着她穿在脚上的鞋子，随后一边抬手给她脱鞋，一边说，"我就这么惹你讨厌吗？"

讨厌？怎么可能呢，你长成这个样子怎么可能会有人真的讨厌你？

倪想一言难尽，她挣扎着不想让余宋给她脱鞋，差点都坐起来了。但男人的力量本就比女人大，她现在还病着，更加不是他的对手，所以最后还是他达到了目的。

她垂眸睨着给自己脱鞋的余宋，他大约是觉得……荣幸，甚至还面带笑容，是那种很专注、很虔诚的笑容。

他的笑容让倪想越发浑身不适。余宋应该也察觉到了这一点，给她脱完鞋之后，嘴角的笑意越发深刻了。

他也不起身，就那么蹲在床尾浅笑盈盈地望着她。

倪想被他看得浑身不自在，硬着头皮问道："你笑什么？"

她这么一问，余宋嘴角的弧度又扩大了。他慢慢站起来，自上而下俯视了她很久，忽然脚步一动，转过身朝后一仰，就那么躺到了她的身边。

他稍稍一扭头，就对上了她瞪大的眼睛。

或许是察觉到自己现在的行为有点过了，余宋笑了一下解释说："抱歉，刚才忽然有些头晕，一不小心就倒下了。"

倪想嘴角狠狠抽了一下，她看起来那么傻吗？这样的鬼话也想骗到她……

余宋咳了一声，慢慢起身，背对着她坐在床的另一边，整理了一下衬衫领口问道："你的止痛药放在哪儿？女孩家里应该会常备这种东西吧。如果没有的话，我可以去帮你买。"

倪想表情有点古怪，他这是在开玩笑吧？以他的知名度，就算全副武装去店里买药，第二天也得上头条，到时候可要怎么解释？

一个大男人去药店给女人买痛经的药物，这是恋爱了，还是恋爱了？

倪想只当余宋是随口一说，抬手指了指床头柜的位置说："下面有个药箱，里面有个蓝色的药盒，药就在里面。"

她话音一落，余宋就照她的指示找出了药盒，看上去很专业。

他把药放到桌上，说了一句"我去烧水"便转身出了卧室。

他一出去，倪想就大大地松了口气，明明屋子里还没供暖，进来之后也忘记开空调，可她居然热得出了汗，因为什么不言而喻。

余宋真的是分分钟要人命。

本来一个男人长成他这样就已经够祸国殃民了，现在又做出这些让女人根本无法抵抗的体贴事，再继续任由他这样下去，她肯定要被搞定的，这毋庸置疑。

得赶紧让他走，倪想这样暗暗告诉自己。

余宋的动作很快，没多久就端着水杯进来了。明明只是透明的水杯，被他修长白皙的手端着，仿佛是最完美的装饰品，悦目极了。

"要我扶你起来吗？"

他走到床边放下水杯，好像打算弯腰把倪想扶起来。倪想立马一个鲤鱼打挺自己坐了起来，这副模样按理说挺滑稽的，但余宋并没有笑，反而敛起了嘴角的笑容。

倪想没看他，并没察觉到他的变化。水杯里的水还有点烫，她在手里端了一会儿又放回了桌上，这才看向他，迟疑了几秒说："水有点烫。"

余宋拉过卧室里唯一的那把椅子，淡淡说道："刚烧开，是会有些烫。"他抬起手腕看了看表，又道，"刚才说了，你吃完药我就离开，现在水有些烫，我就再等一会儿。"

倪想闻言有些无语，余宋直接抢先一步道："不要再说什么你自己可以之类的话，我不希望你再拒绝我第四次。"

一个晚上被女人连续拒绝了三次，这大约是余宋这辈子都没有经历过的事吧。

倪想这个女人已经让他有过太多新鲜的经历，真是永远都出人意料。

对上余宋认真的视线，倪想知道他不会轻易妥协，她说再多也是白费口舌。她白着脸转开视线，打算这么冷漠地和他僵持着，让他看到她的坚决。

倒是余宋，他沉默了一会儿，状似不经意地提起了一个话题："你签的经纪公司叫什么名字？"

倪想眨了眨眼，不太清楚他问这个的意图，所以没有很快回答。余宋很快解释说："我还要一会儿才走，我们总得聊点什么，这样干看着对方，我倒是乐意之至，但大约你不会舒服。"

确实不太舒服。

倪想一手放在被子下捂着肚子，一手放在被子上面握着拳："我的经纪公司是彗星传媒，公司的艺人不多，你大约没听过。"

她刚刚回答完，余宋英俊好看的脸上就浮现出一点兴味。

他微微侧了一下脸，过了一会儿才说："有点巧，我刚好听说过这家公司，因为这家公司从注册开始到现在，似乎就签了一个艺人，却一直稳稳当当地产生着营业额……这些钱是哪儿来的呢？"

余宋的话让倪想立刻皱起了眉。

他听说过自己那家名不见经传的小经纪公司？

而且他还说公司旗下就只有一个艺人？

倪想面色怔然："我们说的肯定不是同一家公司，大概是名字比较相近，你记错了。"

余宋没多说，他直接拿出手机，找到一条短信递给了倪想。倪想没接，余宋又朝前递了递，她咬了咬唇只好接过来。

等看清楚手机里的短信，她整个人都不太好了。

"是'彗星传媒'这几个字吧？这是李戈发来的短信。前阵子我让他去注册子公司，他听说了一件有趣的事，所以就跟我说了两句。现在看来，彗星传媒唯一的艺人好像就是你。"

余宋说了一大段话，倪想却只听见最后一句。

除了签约的时候，她几乎没怎么去过她的经纪公司，大宽也不提让她过去的事。甚至，公司里都没有任何领导和她联系过，就算有什么指示，也是通过大宽传达下来。

以前她好奇，问过大宽几句，大宽说公司不大，艺人不多，所以没那么多规矩。在公司旗下的艺人里，倪想这样的都还算是比较红的，所以有好资源当然紧着她这边。

她那时觉得这理由挺可信，大宽也没必要骗自己，所以从未怀疑。

现在看来，这里面好像的确有些猫腻。

但是……

倪想忽然抬头望向余宋，有些困惑道："余宋，你告诉我这些的目的是什么？"她把手机还给他，等他接过去才继续说，"我总觉得你想告诉我很多事，可你又不明说，老是旁敲侧击。其实我这个人很笨，不太能领悟你的意图，要不你就直接告诉我，我的经纪公司有什么问题？"

她直截了当地说了这么多，余宋却一个字也不回答了。

他收起手机望向桌子上的水杯，端起来试了一下水温。

倪想见此继续道："就算我的经纪公司旗下只有我一个艺人，它存在的问题又是什么？一直有稳定收入进账，那可能是我的片酬或者出场费分成，总不会这公司是谁拿来控制我的吧？"她自嘲道，"就我现在这个样子，谁还稀罕来控制我的工作和发展？"

本来余宋对她的话基本上全都无视了，可当她说到这里时，他忽然抬起眸子盯住了她。

那种感觉大约就是——你猜对了。

倪想对上他的视线，意识到什么后不由得浑身一凛，肚子的疼痛好像都不那么难以忍受了。

她皱眉看着余宋："你是不是知道什么？知道就全都告诉我，不要拐弯抹角。"

面对她如此直接的追问，余宋直接将手里的水杯递给了她，答非所问道："可以吃药了。"

倪想这会儿哪还有心思吃药，立刻就要拒绝，但余宋又把药拿了过来说："我待的时间不短了。"

这是变相在说他该走了。

也是，时间再久一点，真被发现就更难说清楚。

倪想权衡了一下两件事哪件更让人揪心，果断端起水杯喝了药。

余宋最喜欢的就是倪想痛痛快快的性格，等她喝完药，他就接过杯子放到了一边。

"我走了，你好好休息。至于你问我的事，真相到底是什么，你该去问问你的经纪人。"

语毕，他站起来拍了拍风衣外套上不存在的尘，双手抄在口袋里，温文尔雅地笑了一下，算是跟倪想告别，然后他就干脆利落地转身离开。

倪想以为他会这样走掉，不会回头，谁想到刚走到卧室门边他就回过了头。

黑色风衣的衣袂打着旋儿，看起来凌厉又精致。

"有句话忘了跟你说。"

倪想注视着他歪了歪头，问他："什么话？"

接下来的话应该很让余宋身心愉悦，否则他不会用那种陶醉而满足的表情说出来，让倪想在听到他的话之前就仿佛被感染一样紧张浮躁。

"你之前不是问我笑什么吗？我那时在想，从我送你回家到现在，你虽然面上一直在拒绝我，却没有一再坚持。这说明你心里，已经开始接受我了。"

你心里，已经开始接受我了。

直到余宋走了很久，倪想仍然在想这句话。

相比较这句话，经纪公司的疑问似乎都显得微不足道了。

七年了，跟何如墨分手之后，倪想觉得自己可能再也不会喜欢上任何人了。就算喜欢，也不可能像爱何如墨那样爱对方。可目前看来，好像不是的。

这个世界上所有的关系都是需要经营的，那些你曾经以为可以为之付出生命的感情在如今看来，除了"不过如此"的感慨，再也没剩下什么别的情绪了。

倪想靠着枕头，一边揉肚子一边思考，想着想着，自己先笑了。

不是都做好决定不接受了吗？现在还在苦恼什么？已经发生的事无法改变，但她希望可以决定自己的未来。她不想再重蹈覆辙，更畏惧于接受余宋后生活的改变，也不相信自己能真的和他走到最后。她不想再经历一次万念俱灰的分手，所以在意识到自己可能心动了的时候，她及时止住思绪，逼迫自己转开注意力。

注意力一转开，就满是对现实的怀疑。

此时此刻，大宽并不知道倪想那儿发生了什么，要是知道，就算是冒着被余宋的眼神杀死的危险，他也一定要赖在倪想家里不走。

可惜他现在正忙着找出向营销号爆料的人，根本不知倪想收工后发生的事。

说起这个爆料人，肯定是对倪想历史有些了解的。当初江城的综艺节目播出后，有人扒出顾盼曾在的组合，却刻意抹掉了倪想的痕迹，这应该是顾盼的粉丝做的，毕竟谁都不想让别的人抢了自家偶像的风头。

他们是绝对不会主动爆倪想的料的，那这个把倪想详细的资料，还有她最胖时期照片保存得那么全面的人到底是谁呢？

大宽忙了一晚上，打了十几个电话，花了一笔不小的钱才从营销号那里拿到了爆料人的 ID。

结果是个新注册的小号，一时之间，他也不知道该怎么查出这个小号的真实身份。

左思右想了良久，大宽还是拨通了何如墨的电话。和以前一样，他的电话何如墨每次都会很快接听，不管是几点。他真的非常怀疑何如墨是不是个每天晚上都不睡觉。

等电话接通了，大宽就说出了自己的困扰，还把查出来的 ID 告诉了何如墨。

何如墨听完，沉默片刻说：“明天我会想办法把这个人找出来，你处理掉网上那些垃圾，不要让想想被这些事搞坏心情。”

大宽连连称是。何如墨又嘱咐了一些事，在挂断电话之前，他问大宽：“那个余宋，除了拍戏的时候，有没有和她接触？”

想到自己上次已经说假话了，这次再说真话也意义不大了，所以大宽干脆豁出去了，仗着山高皇帝远，道：“我在的时候没见，我不在的时候就不知道了。应该不会吧，片场那么多人，还有媒体，就算余宋自己不在意，他的经纪人肯定也不干。"

这话好像让何如墨安心了，他道了别便挂断电话。

其实何如墨这个时候还在拍夜戏，张敬导演的电影是人人挤破头想拍的，真的开始拍了也很辛苦，因为张导为了电影效果，什么场景都会要求演员亲力亲为，不允许用替身。电影又是动作戏，拍了半个月下来，何如墨身上已经有不少伤口了。

接完了大宽的电话，他便安排了人去查爆料的小号，自己打算继续去拍戏。好巧不巧，这个时候又来了个电话，号码没存在他手机里，但挺熟悉的。

他对数字很敏感，有过目不忘的本领，这串号码在几年前他身边人的手机里曾出现过。

是顾盼的手机号码。

何如墨沉默几秒，接起电话，语调冷淡道："什么事？"

顾盼倒是很意外何如墨知道是自己，呵呵笑了一下就说："这么晚了何影帝在忙呢？不过张导的电影有人想这么忙都没机会参与，我特羡慕你。"

何如墨根本没心思也没时间和她在这儿打马虎眼，直接就要挂电话，顾盼察觉到不对，立刻说道："我要跟你说点倪想的事，我现在和她在一个剧组，今晚发生了很有趣的事，你肯定特别想知道对不对？"

何如墨朝摄影棚走去的脚步顿了一下，朝前来问询的经纪人摆了摆手，直接往角落去了。

已经准备睡觉的大宽在浴室里忽然打了个喷嚏，奇怪地咕哝了一声。

第十一章

告白

接下来几天，《妃常爱吃》剧组里气氛异常和谐，女一号和女二号不掐了，男一号和女二号关系好像也非常好，经常是拍完了就凑到一起——说得准确点，那是男一号主动凑过去的。

顾盼作为众人口中的女一号，面上的确和倪想这个女二号和谐多了。她不再在拍戏时看倪想笑话找倪想麻烦了，在余宋主动靠近倪想时，除了自己暗地里恨得牙痒痒之外，也没有做任何其他不必要的事，让大宽都有点意外了。

除了这一点，另外还有一点转变让大宽心里不太踏实，这个转变来自于与他朝夕相处多年的倪想。

好像自从那晚他去处理"黑子"之后，倪想就开始和他保持距离了。

以前两人虽然不是时时刻刻都黏在一起，但总是亲密无间的。他们之间没什么话是不能说的，倪想有什么苦处难处也主动告诉他，两人都不跟彼此客气。

但现在不一样了。

不知是不是大宽自己心虚，才觉得倪想在疏远他，现在他在片场，倪想总会以各种理由让他自行离开，他一开始还没觉得怎么样，次数多了就不放心了。

在剧组拍摄进行到一半的时候，大宽终于忍不住了，在倪想下了戏之后躲过别人的视线，把她拉到了一边。

141

如果以前这么做，倪想会很随意地拉开手臂问他什么事，但现在倪想只是轻轻挣开了他的手，隔着一点距离和他面对面。

她说话的语气也客客气气："有什么事吗？"

大宽搓了搓手，冬天在外面拍戏是真的冷，可倪想的态度更让他心冷。他沉默一会儿说："我觉得你最近不对劲，你要是对我有哪里不满意，你就直说，别老这么一直冷着，咱们这么多年相处，我是什么人你还不清楚吗？"

要是换作以前，倪想肯定会毫不迟疑地说一句"我当然清楚"。可是现在，看着大宽心虚的表情，倪想知道事情不会那么简单。

他要是真问心无愧，就不会是这样妥协的态度，而会理直气壮地来质问她到底发什么疯。

倪想何其了解大宽，正因为了解，才会先用这种态度来试探他。

可惜，试探的结果让自己失望了。

过了一会儿，倪想才轻声说："没什么事，就是最近兴致不高，可能是身体不舒服，外加拍戏太累了吧。"

大宽瞪大眼睛看着她说："姑奶奶，祖宗！别逗了，好吗？你每天拍戏什么样我没看见？你和别人都笑嘻嘻的，就跟我冷冰冰的，当我傻吗？"

倪想望着他笑道："我这不是也和你笑嘻嘻的吗，我哪有冷冰冰啊？"

大宽彻底慌了，直接拉过一边的木板凳坐下去，可那只是临时摆的道具，根本架不住人坐，他这么一坐就直接坐到了地上，顿时"哎哟"一声捂着屁股痛呼起来。

倪想看着，克制了半天还是没忍住，嘴角扯了几下。

"怎么回事？"道具组的师傅跑了过来，看见这一幕捂着额头无奈道，"我说大哥，这是道具啊，不是真用来坐的，你没事吧？"

大宽别提多心塞了，捂着屁股站起来拉着倪想就走，一边走一边说："你要想笑就笑吧，不用忍着。倪想，我告诉你，不管你在想什么，觉得我做了什么，我都受着，我不说什么，但我有一点必须告诉你，那就是我绝对不会害你。"

他停住脚步，认真地看着倪想道："我可能哪里做得不够到位，但我绝对不会做害你的事，知道了吗？"

倪想注视着他的眼睛问："真的吗？"

大宽点头，认认真真地说："真的。"

倪想慢慢笑了一下，轻声说："但我老觉得，咱们俩关于对我好还是害我这两件事的衡量有区别。"

大宽哼了一声说："男人和女人在这方面的认知本来就有区别，你也别拿这个说事，你就赶紧告诉我，你到底在别扭什么？"

倪想缄默许久，终于说出了让大宽苦恼的问题。

"我最近听说，咱们公司旗下其实就我一个艺人，你之前跟我说有好几个的，你为什么要骗我？说来也奇怪，公司的老板和高层除了签约的时候见过一次，后来就一直没见过了。咱们公司也不是什么大公司，怎么就这么忙，也不想着见一见占用资源的艺人呢？"

倪想的问题一个接一个丢出来，大宽险些有些招架不住。

余宋收工后就开始寻找倪想的身影，找到皇城附近的时候终于看见了她。当他瞧见站在她身边拘束又无措的大宽时，就知道他们在谈论什么了。

他也不着急，点了一根烟，站在路边漫不经心地抽着。

约莫过了十几分钟，见倪想笑了一下转身离开，他才掐了烟迎了上去。

倪想远远就瞧见了余宋，他那样的人，就算是站在角落里也能让人一眼看见，她实在很难装作什么都不知道。

这些日子以来，不管是戏里戏外，余宋都对她十分照顾，哪怕她严词拒绝，不给他好脸色看，他也好像感觉不到一样，丝毫不会收敛。

这人心脏也太强大了吧。哪怕是她，整天遭人冷脸也会身心疲惫。

他现在给她的感觉就是不顾一切。

不管是工作人员还是演员，他都不放在眼里，什么都不避讳。

这不，她才出来没一会儿他就找过来了，他是不是在她身上装了定位器，不管她躲在哪儿，他都能准确找到？

"可以走了吗？"等走到倪想面前，余宋很快说，"我今天晚上没安排，我们一起吃个饭吧，我今天一天都没正经吃东西。"

前面是邀约，带了个"吧"字，似乎是请求和商量的语气，后面直接说自己一天都没怎么吃东西，要是她还拒绝的话，就是纯粹让他饿着了，倒显得她很不近人情。

可她现在要做的，大概就是不近人情。

倪想本就因为大宽的事心烦意乱，现在也没心情再招架余宋，甚至对他生了一些怨念。

她现在才察觉到，那天夜里在她家时余宋有故意引导她的嫌疑。

他可能对事情的来龙去脉了解得很清楚，大概在很早之前就知道这些了，却忍到那个时候才说，还不肯说清楚，他到底想干什么？

倪想真的很讨厌他的故弄玄虚，所以这会儿的冷脸比起平时更刻薄了些。

"抱歉，我没时间，我正忙着解谜。"

所谓解谜，显然是针对余宋那知而不言的行为。

余宋抿唇注视她，她看都不看他一眼便走。

远处，大宽望着这边，想起刚才自己对倪想的解释。

他含糊其词地说公司效益不好，所以很多艺人到期都没有续约，这才只剩下她一个艺人。

倪想没说信或者不信，只是拍了拍他的肩膀就走了，这倒让等待着更多暴风雨来临的大宽越发茫然无措。

这可怎么办？

倪想分明是发现了什么。

她是怎么发现的？何如墨不是把搜索引擎里关于彗星传媒的介绍都美化过了吗？这么久了她都没察觉，为什么现在察觉了？

难道是……他定了定眼睛，难道说，是余宋？

夜幕降临，今天回去时倪想没有开车。

那辆车本就来路不明，她已经不想再开了。

她步行回家，路过一条美食街，注视着街上来往的人群，眼里没有焦距。

她的思绪早就飘远了，飘到了大宽和她一起辛苦奋斗的开始与过程，飘到了他们之间可疑的点点滴滴，飘到了大宽提起那个男人时模棱两可和试探性的语气。

一切都有着那么强的引导性，让她想不往那边想都不行。

她有些疲惫地坐到了路边的台阶上，过了一会儿，身边忽然响起一个悦耳的男声。

他用幽雅宛转的声音沉沉说道："怎么路边有只小猫在发呆？"

倪想倏地回头，看见余宋半弯着腰正在看着她。

尽管他戴着口罩和墨镜，还裹着围巾戴着帽子，但她依然可以感觉到他眼睛里满满的笑意，这感觉好怪异。

街上人来人往，仿佛只有他们这一坐一站静止着，路灯的光芒照亮了他整个人，此刻这幅画面太美好了，美好到她从这以后再也没能忘记。

他怎么会在这儿？

明明自己那么刻薄地拒绝了他，为什么他还会出现？

这是天意吗？

在她最茫然失意的时候，陪在她身边的是他。

曾几何时，她也幻想过，希望有一天，能有一个不管她怎么赶都赶不走的人陪在她身边，让她再也不用担心被人抛弃和伤害。

可她知道那一天很难到达。

余宋会是她的那个人吗？

尽管他有诸多隐瞒、心意难测、行事神秘，尽管她内心自卑、缺乏勇气，但是……

他有可能会是那个赶都赶不走的人吗？

倪想不觉得自己那般冷酷拒绝之后还会有人倒贴她。

她现在是个什么样子她很清楚，所以余宋的再次出现才显得那么难能可贵。

她说不清自己是什么心情，但这次余宋出现之后，她没再拒绝他。

他只说了那么一句话，随后便沉默下来，开车将她带离了人来人往的大街。像是主人找到了自家的流浪猫，虽有些生气，却还是失而复得的感情更深刻。

街边也的确不是个说话的地方，夜幕可以作为一时的遮掩，却不是最安全的保障。

余宋带她去了一家高档会所。进入会所需要 VIP 身份卡，这可以摒弃掉大部分来尾随的狗仔。

夜晚是会所营业的高峰期，倪想和余宋一进来就有好几个衣着精致的服务小姐走上来热情招待。

倪想知道余宋到这里来肯定会表明身份，这些姑娘大概也知道这个全副武装的男人是谁，不想和他在公开场合扯上关系，心里还在猜测着他故意泄露事情给她却又不明说的目的，所以她下意识地往旁边挪了几步。

但是很快，她就被余宋牵住了手。

倪想神色一顿，低头看了看他紧握着她的手，抿了抿唇。

"找个安静的房间。"

余宋简单说了一句，服务小姐便非常有专业素养地带着他们朝内部走。

倪想跟在余宋身边，时不时抬头看看他，似乎有话要对他说。

余宋适时地放慢脚步，在和前面带路的服务小姐拉开一段距离后，他微微低头轻声说："担心被人发现？"

余宋的声音很好听，压低声音说话时带着一种十分性感诱惑的喑哑。

倪想觉得耳根发热，稍稍侧头躲开，面不改色道："你想多了，只是想告诉你我没胃口，不用点东西吃。"

余宋轻扬嘴角，气质内敛地笑了笑，笑意不达眼底。

"那可怎么办，你没胃口，我看到你却胃口大开。"

这话太有歧义，听得倪想起了一身鸡皮疙瘩，她蹙眉去看余宋，余宋却转开了视线。两人一前一后地走着，她忽然有些后悔在路边的决定。

不该一时心软脆弱跟他走的，她还没弄清楚他的目的，她总是不愿相信有人会单纯因为喜欢她才靠近，她更愿意相信他有何种目的不得不靠近她，大宽和彗星传媒的问题恰好让她有了确信这一点的理由。

偏僻的包厢其实距离没多远，走一段路就可以到达。

来到包厢后，服务小姐便告辞离开，倪想看着打开的门，昏黄的灯光，暧昧的环境，她犹犹豫豫止步不前，余宋直接把她拉了进去。接触到他炙热的手，她忍不住颤抖了一下。

"很冷吗？"余宋似笑非笑地关上门，拉着她的手却没松开，还是她回过神来挣开了。

余宋将空着的手缓缓握成拳，抬眼望着落地窗外江城的美丽夜景淡声道："空调温度挺高的，你很快就不冷了。"

倪想找了把椅子坐下，和余宋的距离有点远，算是隔着桌子面对面。

她抬手摸了一下桌上摆放的水杯，显示她多少有点紧张，但仅仅是这么一个小动作，余宋便很快走过来给她倒水。倪想就那么看着，很长时间都没说话。

说实话，余宋这样的男人单单是站在那里看着你就足够诱人了，更不要提他还对你好，无时无刻不在表达对你的爱意。

倪想已经很多年没被人这样珍之重之了，对方还是这样优秀的人，她很清楚这种情况继续下去，她是绝对没法不动心的。

也许，其实她已经动心了，只是不愿意承认罢了。

等余宋倒完那杯水，倪想伸手去把杯子端了起来，慢慢用唇试了一下温度，感觉到是温水之后，她便将温水一饮而尽。

随后，她放下杯子，抬眼正视着余宋，一字一顿道："余宋。"

突然被她这么连名带姓地叫，余宋似乎并不惊讶于这样的正式，他笔直地站在倪想身边，低头看着这个他追逐了很多年终于有资格站在她身边，终于找到了他的女孩，听着她认真地对他说："我承认我不讨厌你，但还没到能接受你的地步。我现在只想搞清楚一件事，你究竟什么时候是真，什么时候是假？关于我，你还知道哪些我不知道的事？我不想再自己解谜了，我希望你能全都告诉我。"

有那么一瞬间，只因一句"我承认我不讨厌你"，余宋就觉得自己这半辈子抛弃了理想，走进鱼龙混杂、硝烟无形的娱乐圈真是太值了。

但他也听见了她后面的话。

他立在一侧，黑沉沉的眸子一眨不眨地凝视着她。他脸部轮廓深邃，眉眼却又极具东方古典美，东西方的美在他脸上融合，一点都不矛盾，反而恰如其分。

"你问我什么时候是真，什么时候是假？"他看着她，稍稍弯下腰，她可以用目光轻易地描绘出他高挺的鼻梁、凉薄的唇瓣。

"面对你的时候，我只有真，没有假。"他似叹息般道出这个事实，长而浓密的睫毛微微颤动着，让他整个人都柔和无辜起来。

这还是倪想第一次看见他这种眼神，不免有些失神。

余宋就这样望着她说："至于你提到的，你不想自己解谜了，想知道一切，我却不能答应你。"他用一种惋惜的语气说，"我可以答应你的任何要求，唯独这件事，我不能全部告诉你。因为……在你还没爱上我的时候就知道这些，我担心你接受不了。"

得多大的打击才会让人接受不了，才需要爱上他之后才能知道？

倪想紧蹙眉头，他们距离太近了，呼吸都交织在一起，她感觉脑子里混混沌沌，已经不能正常思考了。但她还是努力说了一句："为什么爱上你我就能接受了？"

余宋古怪地笑了笑，又靠近了她一些，沙哑地低声道："因为一旦你爱上我，你之前爱的一切都会变成过去式，它们发生什么变故都不会伤害到你了。"

倪想怔在那儿，脑子里反复回响着他这句话。

只有爱上他，让她之前爱的一切成为过去式，她才不会被那些过去式的变故伤害到？

他在暗示什么？

难道是……

倪想想到那个人，突然觉得自己无限接近真相，但就在她下决断的那一秒，她感觉唇上一凉，属于男人的气息吞噬了她的一切思绪，她睁大眼睛盯着余宋近在咫尺的脸，他……

他在亲她。

脑子里喧嚣了半天，最后定格在一个念头上。

此时此刻，那个数以亿计的女孩子心目中的白马王子，亲了她。

没有女人是不虚荣的，只是虚荣的程度不同。

倪想也不例外。

此时此刻，心底深处早就埋葬了很久的薄弱虚荣让她几乎失去了理智，但幸好只是几乎，她还没有真的完全失去。

比起她，做出这一切的余宋好像反而更紧张。

倪想尚能保持着些微清醒，他却有点先把持不住了。

修长的双臂紧紧桎梏着她，她几乎淹死在那海潮般的亲吻中。

她回过神来，用尽力气推开了他。

余宋被推开，他站在原地安静了好一会儿，才缓缓抬手轻轻触碰自己仿佛还带着她味道的唇瓣。

他微斜眸子睨着她，那个夹杂着复杂感情的眼神让他看上去更具神秘魅力了。

倪想不想承认，她其实是喜欢这个吻的。

只存在于不确定中的感情被这个吻勾了出来，她神色沮丧地垂着眸子，许久才道：“时间不早了，我该回去了，既然我的问题你不愿意回答，我可以自己寻找答案。”

她起身想走，余宋这次没有阻拦她。

但在她走之前，余宋沙哑地开口问："爱上我有那么难吗？"

倪想身子一僵，双腿像灌了铅，半晌没有动弹。

"会有你来找我问清楚一切的那天吗？"

在此刻这种前提下找他问清楚一切，等于变相告诉他，她爱上他了。毕竟他之前说过，只有她愿意接受他的时候，他才能不再顾忌一切，把全部原委和盘托出。

倪想久久未语，在她再次抬脚离开之前，她压低声音道："也许吧。"

也许——这是一个模棱两可的答案，但至少不再像她一开始那样严词拒绝。

余宋在她背后低沉地笑出了声，倪想心绪烦乱，再没犹豫，头也不回地离开了包间。

夜幕深沉，倪想觉得自己一直以来都像个提线木偶，被夜幕后的人操纵着一切。

余宋的出现大概是这场木偶戏中最大的变数，他让她猛然醒悟，开始怀疑她此刻拥有着、经历着的一切，是否只是"楚门的世界"。

她望着天空，星星低垂，好像伸手便可触及，但她知道那很遥远。

那颗星星就像难辨邪正的余宋，似乎她触手可及，但其实很远。

她会有鼓起勇气去摘星的那一天吗？

不知道。

就像她跟余宋说的那样。

也许吧。

余宋真的是个让人捉摸不透的人。

明明前一晚两人算是"不欢而散"，第二天他竟然再次若无其事地出现在她面前。

一大清早七点钟，昂贵的保姆车准时地停在倪想家楼下，倪想下楼打

150

算去片场的时候，就瞧见了那辆扎眼的车。

她自己也知道，其实在昨晚最后的时刻，她没有直截了当地拒绝他，在某种意义上就是给了他希望，甚至是给了他一个机会。

但她没想到这人会如此顺杆爬。

她惊呆了，眼睁睁看着车门拉开，肖楠坐在门边让开位置，笑着对她说："倪想姐，快上车吧，等你好久啦。"

倪想表情古怪地沉默着，她现在很想回到楼上戴个口罩拿副墨镜怎么办。本来她不怎么出名，不太在意这些，但余宋这车太显眼了，已经引起了早起路人的围观，现实几乎不容她多想就把她逼上了车。

她一上车，肖楠快速把车门关上，透过车窗朝四周看了看，对司机说道："走吧。"

司机没言语，直接照办，车子开得很稳当，倪想却坐得有些不自在。

肖楠给她让出的位置就在余宋身边，余天王这会儿老神在在地靠在那儿，长腿交叠，修长如玉的手搭在膝上，姿态闲适，面目沉着。

而在他们前面一排坐着的，除了肖楠之外，还有余宋的经纪人李戈。

李戈全程都把视线锁定在倪想身上，微蹙眉头一副挑剔的样子，倪想尴尬不已，正想把事情说清楚，余宋就直接握住了她的手。

温暖传递到她冰凉的手上，他缓慢而不容置喙道："老李，你熟悉一下，我女朋友倪想，以后多多照顾。"

女朋友？

什么时候的事？

她怎么不知道？

倪想震惊地脱口道："你是不是记忆错乱了？我怎么不知道自己什么时候成了你的女朋友？"

余宋转眸望向她，一双深邃幽深的狭长眸子里波光流转。

"昨天晚上。"他语气淡淡道，"你忘了？"

倪想嘴角狠狠一抽："我没忘，但我昨晚没答应你吧……"

"你拒绝了吗？"

那倒是没有。倪想一时无言。

"在我这里没拒绝就等于接受，只是时间早晚而已，我提前行使一下作为男友的权利没什么不对。"

听听这话，完全就是下达通知，和你商量的意思一点都没有。别说倪想，李戈都有点接受不了，看着倪想的眼神竟然带了点怜悯。

本来李戈睡了一晚上，早上起来自家摇钱树就多了一个不怎么般配的女朋友，还不允许他有异议，他还挺生气的，但现在看看，人家分明和他的处境差不多，也是一脸蒙，他顿时有了同病相怜的感觉。

受余宋古怪性格折磨的人终于不再是他一个了，他突然对这女孩有好感了是怎么回事？

"倪小姐大约不需要我照顾。"李戈瞥了倪想一眼道，"她连你都能搞定，连你都能忍受，本事大得惊人，想来也不需要我照顾。"

倪想苍白无力地解释："李先生，余宋发疯，您可别跟着他一起发疯，根本没有他说的那回事，我和他什么关系都没有。"

李戈耸耸肩说："没关系也迟早会变成有关系的，我比你了解他，所以在我努力接受现实的时候，倪小姐你还是努力面对现实吧。"

倪想只觉得自己昨夜到清晨那满心的焦躁混乱在此刻都消失不见了，取而代之的是无力和好笑，她这算是被人赖上了吗？被余宋这样的人赖上，大概是很多女孩子做梦都不敢想的事，如今被她碰上了，她大概该感恩戴德的，但其实她不是那种人。

如果是讨厌的人赖着自己，哪怕他是天王老子，她也只会十分不耐烦。

但她一点都没有因余宋的自说自话而生气。

她握了握拳垂下头去，看上去既像是言尽于此，又像是真的在面对现实。

车子一路行驶到江城影视城。

肖楠打开门，倪想先下了车，当余宋打算下车的时候，李戈终于开口说话了。

"你一会儿再下去，就算你现在急不可耐地要宣誓主权，也等电视剧拍完再说吧。那时也好拿点热度给你们俩创造点效益。"

李戈终于找回了理智，做了这么多年的金牌经纪人，他不可能时时刻刻都跟着余宋发疯，那他们工作室明天就直接关门大吉了。他虽然气余宋自作主张，可依然在为他们的未来考虑。余宋望向李戈，李戈直接一瞪眼，噔噔地走掉了。

倪想这时已经走出了一段路，李戈气冲冲地从她身边走掉时，她微微侧头顿住了脚步，就在她迟疑的这一瞬间，余宋跟了上来，特别自然地抬手摸了摸她的头。

肖楠看着老板这副热恋中的风骚姿态，真想一脚踢翻这碗狗粮。

"放手。"倪想偏头躲开，想和余宋拉开距离，因为越靠近片场，来往人员越多，还有不少媒体，她可不想这么不明不白地上头条。

余宋也看见了那些人，有些索然无味地收回了手，但他最多退步到这个程度，让他真和倪想离很远来避嫌他可做不到。两人就那么肩并肩走着，身后跟着提着大包小包的肖楠。

大宽停好车进了影视城，老远就瞧见了万众瞩目的余宋，自然也看见了和余宋走在一起的倪想。

尽管他们没有什么肢体接触，甚至都没有对话，但大宽是什么人啊，他有多了解倪想，现在就有多害怕。

糟糕了，一夜之间，一切都不在他的掌控之中了，倪想和余宋即便没有在一起，应该也离此不远了。

回头想想停车场里蒙了一层灰的大众辉腾，以及昨晚何如墨发来的短信，要大宽给他一个满意的交代，这个交代自己到底要怎么给？

"先生？您拉着我干吗啊？"

身边传来一个女孩不解的声音，大宽转过头去，看着便利店门口站着的女店员，白着一张脸说："那个什么，你们这里有胶带吗？我急用。"

第十二章
倪想的护花使者
CAI ZHE XING XING
BEN XIANG NI

今天《妃常爱吃》剧组的片场气氛很奇怪。

主要原因就是剧组里腕儿最大的男一号余宋先生。

以前的余先生对外虽然也是温和有礼，很好相处，从不迟到也不耍大牌的好人，但是今天……余先生身上，不对，应该不仅仅是身上，连周身的气场都弥漫着一种恋爱中的浪漫气息。

具体体现在哪里呢？

比方说，今天有一场女一号和女二号在雨中争吵的戏，暂时用不到男一号的角色，按理说一直都那么累的大明星可以去休息一会儿，但余宋没有。

他就站在一边看顾盼和倪想拍戏，怀里还搂着一个保温杯，好像很担心不搂着水就会冷掉一样。

肖楠站在余宋身边，时不时递上毯子或者拿小电暖气，穿着层层帝王戏服的余宋似乎一点都不冷，即便呼出来的白气都让他戴着的平光眼镜上漫起了水汽也不在意，继续搂着保温杯看。

而那两位女演员呢？

顾盼倒还好，除了拍戏时恶狠狠的表情真实得有点可怕之外也没什么奇怪表现。

倒是倪想，喊了 Action 之后虽然也能入戏，拍完片段不忘词，可是导演一喊咔后，她就整个人都有点不自在了。这会儿两人都淋着雨，全身湿淋淋的。顾盼身材多好啊，即便湿淋淋也有一种柔弱美，倒是倪想，衣服贴在身上后更显得她壮了。这副壮士的样子还要被余宋在一旁围观，她内心五味杂陈，自卑感又冒了出来。

还好雨戏一场就过了，顾盼没闹什么猫腻，估计她自己也不希望再淋一场雨，拍完瞪了倪想一眼就走了，走的时候还一步三回头，盯着后面围观的余宋。

余宋见她们拍完了便快步走来，把手里的毯子盖在倪想脑袋上，使劲地给她擦。

这样的行为要是助理或者工作人员来做是一点问题都没有的，服务演员嘛。

可余宋来做就有点不合适了。

余宋和倪想两人在外人看来简直就是东施和范蠡在一起，他们怎么可能不被围观？

倪想现在浑身发冷，冬天拍雨戏真的是遭罪，她还沉浸在刚刚的自卑当中，抬眼就见余宋微抿嘴角，眼底蕴藏着忧虑，半点嫌弃和不屑都没有。

忽然，她就觉得自己太小看他了。

余宋应该是不一样的，如果他和那些普通男人一样，他们也不会发展到今天这个地步。

她只不过放下了一点点戒备，他便彻底展开了攻势，不再像之前那样略带含蓄，其实这也是需要勇气的。

热脸贴人冷屁股能不需要勇气吗？更别提余宋那种怕是一辈子都没被拒绝过的人了。

哪怕他有诸多隐瞒，但他对她的感情大约也有几分真，从他不顾周围的围观视线，一心一意对她好就能看出来。

倪想一直担心，仅仅是他在节目里讲述过的剑桥故事不足以维持一段真正的恋爱，但看他认真为她擦拭头发的样子，她又产生了自我怀疑。

是否是经历太多，受到过太多伤害，才让她变得那么患得患失，止步不前？

想到这里也不管别人怎么看，倪想顺势脱掉了戏服外袍，扯掉戏服里披的防雨膜，接受着余宋的照顾。

大宽刚才就站在一边看着，这会儿实在忍不住了上来帮倪想，倪想看了大宽一眼，客气地笑了笑，没说话，大宽心里别提多难受了。

还好，她至少没拒绝他帮忙，身上的湿衣服被拿走，她披上了余宋递过来的长羽绒服外套，不再看大宽，直接走了。

余宋作为护花使者，自然也跟着她走了。

大宽站在原地目瞪口呆地看着他们的背影，克制了许久还是追了上去，在倪想身边小声说道："你们现在已经这么旁若无人了吗？"

余宋淡淡地瞥了一眼大宽，大宽尴尬地笑了笑。余宋脸上没有表情，他现在还穿着戏服，一身玄色帝王打扮，头上金冠束发，一颦一笑充满了威慑力，虽然鼻梁上架着的一副平光眼镜稍微有些出戏，却别有一番斯文儒雅气质。

"喝水，热的，暖和。"

他不对大宽的话做什么回答和反应，直接把自己一直很宝贝的保温杯给了倪想。

倪想接住保温杯愣了愣，她之前看到他一直护着保温杯，还以为他是要自己喝的，谁知竟然是给她的。

她还没说什么呢，一边的肖楠就感慨道："倪想姐，余宋哥抱了保温杯好长时间呢，生怕凉了，里面是姜汤。他知道你有雨戏，特地请人给你煮的，你快喝点。"

得到了自己助理的助攻，余宋笑得十分英俊得意，好像就等着谁来说这句话似的，生怕倪想不知道他对她好。

倪想紧紧握着保温杯，打开闻了闻里面的味道。说真的，姜汤味道不会多好，可想起这是余宋的心意，她还是毫不犹豫地一口闷了。

喝太快的结果就是，她忘记了这是保温杯，余宋一直搂着，所以姜汤的温度……她喝下去可真是被烫坏了。

156

"嘶——"倪想低呼一声使劲给嘴巴舌头扇风，烫得眼泪都出来了。余宋赶紧上去接过杯子将她抱住，正要想办法给她处理一下嘴里的烫，身后就响起一个冷嘲热讽的声音。

"倪想，该不会是第一次有人给你送姜汤吧？喝那么猛做什么，又没人跟你抢，真是自找苦吃。"顾盼站在他们后面，也端着一杯姜汤在喝，但这是她助理给准备的，就为了气一气倪想。

等倪想转头看过来的时候，她得意地挑挑眉说："你也不看看自己都胖成什么样了，喝杯姜汤都急头白脸的，你还是好好减减肥，少吃点少喝点吧。"

走到今天，倪想的体重一直受人诟病，心里早就不会因此有太大的起伏，虽然还是有点心塞，但也只是一点点。

她这会儿已经好了一些，但说话还是有点不自然，于是只能简短道："我会的，你忙，我休息。"语毕，她直接转身离开。

倪想要走，余宋自然跟着，余天王这会儿像跟屁虫一样，倪想走到哪儿他就跟到哪儿，哪怕全组的人都用疑惑和不可思议的眼光看着他，他也完全不放在心上，心态好到没朋友。

倪想一路看下来，等站定脚步就对余宋说："虽然这里是剧组，但工作人员也不是个个都嘴巴严，你做到这个地步，真不怕被所有人知道吗？"

余宋特别不介意剧组环境恶劣，他直接坐到一张粗糙的椅子上，去看倪想的时候阳光洒在他脸上，但那温暖的程度，一点都比不上他好看的笑容。

真是一个每时每刻不挑角度也能拍出完美剧照的男人，那么多女孩甚至是男性都追捧他的确可以理解。对于女人来说，这样的男人几乎完美；而对于男人来说，这样的男人值得学习和效仿。

"热了，你可以坐了。"

余宋坐了也就一会儿，开口说话时不是回答倪想的问题，而是让她坐下。

原来他刚才直接坐下是在替她暖椅子，倪想心头一顿，甜蜜混着酸涩袭上心头，看着那把椅子坐也不是，不坐也不是。

"坐下。"余宋见她犹豫，按住她的肩膀强行让她坐了下去。

倪想抬眼望着他，他淡淡说道："至于你之前的问题，我的答案是——我巴不得被所有人知道我在追你。当然，如果你不介意，我更希望他们知道的是我们已经在一起了。"

倪想心里莫名发酸，眼睛也酸楚起来，她低下头不想他看见她软弱的样子。几秒钟后，她实在克制不住心头激荡的矛盾，冲动地抱住了眼前人修长挺拔的身体。

这样突然的拥抱让余宋呆住了。

他低下头，专注地凝视了很久抱着他的倪想，虽然只能看见一个发髻的顶部，但依然不妨碍他在脑海中补齐她可爱的脸。

"起来。"

余宋突然开口说话了，直接把她从椅子上拉了起来。

倪想愣了愣，不知道他是怎么了，难道他不想让她抱吗？她承认刚才的行为有些冲动，自己有点后悔，但不至于惹他生气吧？

倪想被余宋拉着走，路过的工作人员还有躲在一边的群演朝他们指指点点，余宋对此毫不在意，面不改色，倒是倪想皱着眉，有些拘谨。

余宋要带她去的地方她很快就知道了，是服装组那边。这会儿正是中午，大家都在吃盒饭，余宋一出现，所有人立马放下盒饭笑着打招呼，殷勤极了。

如果是平时，余宋会很和善地和他们打招呼，即便他内心不喜欢应酬，但在外人面前营造出来的人设不能坍塌。

然而他这会儿突然变得不太友好，他放开倪想的手，望着一个小姑娘说："女二的服装是谁负责的？"

小姑娘愣了愣道："是我，有什么问题吗，余先生？"

余宋把倪想拉到面前，指着她的发髻说："假发套不合适，好多地方都有缝隙，涂太多胶水对她皮肤不好，快要杀青了，为什么还没换成合适的？"

此话一出，直接把小姑娘问傻了，她当然知道发套的尺寸有点不合适，一开始也没在意，因为毕竟不是什么太大的问题，不耽误拍摄，倪想自己也没意见……

见小姑娘不说话，余宋压低眉眼，面无表情道："刚才拍过雨戏，收走戏服的时候，为什么没把发套也换了？她下午暂时没戏，你先卸掉发套拿去吹干。"他把解决办法说完，语调转变，冷冷清清道，"只此一次，再有下次，我会觉得你无法胜任这份工作，自然会有别人代替你。"

小姑娘愣住了，傻乎乎地盯着比自己高出一个头的余宋，其实她也是余宋的粉丝，这样的男人有谁不喜欢呢？在剧组他对工作人员都很好，平日里说话浅淡温和，从不发脾气，也不耍大牌，迁就所有人，演戏也认真，简直是无可挑剔的偶像。

只是，此时此刻，这位完美偶像那波澜不惊的英俊脸孔却有些骇人，他依然是英俊的，甚至还弯着眼眸，她本该觉得温善的，却不自觉地打了个哆嗦。

"我……是我失职了，再也不会这样了。"小姑娘马上道歉，给倪想鞠躬表示认错，并保证以后一定尽职尽责。

倪想看了看余宋，其实他也没怎么样，就问了两句话，小姑娘没见过他这样，一时有些接受不了吓到了吧。

倪想略微思索，觉得有必要替余宋挽回一下他的形象，毕竟他所做的一切都是为了她。

她放缓声说："我没事，下次注意就好。你快吃饭，先不用管我，我摘了头套也该去吃饭了，今天的盒饭好像很丰盛。"

紧张的气氛被她缓和了一些，但依然有人心有余悸地看着余宋。

余宋自己好像不知道一样，笔直地立在那里也不走开。

倪想觉得，搞不好明天就要有余宋在剧组耍大牌的消息被爆料出去了，但相信的人大约不多，毕竟他在媒体和观众面前塑造的形象实在太成功了。

顾盼站在不远处看着这边，其实她一直跟着他们，只是他们没发现她而已。

她握着手机，咬牙忍了很久，等手机响起看完短信后，她才慢慢露出一个笑容。

须臾，身后传来经纪人的声音，顾盼回眸望去，对方凑到她耳边轻声道："我刚才看见有人在偷拍余宋和倪想，估计是存了要爆料的心思，你怎么看？"

顾盼听完经纪人的话，望了一眼倪想所坐的方向，哼了一声说："这消息不能爆出去，在大家眼里我才是余宋的CP，突然爆出来这么一个比我层次低得不是一星半点的女人，岂不是拉低了我的档次？"

经纪人双臂抱胸道："你的意思是处理掉？"

顾盼冷笑一声道："当然要处理掉。不要着急，事情很快就会有转机的，余宋是我的，除了我，他找谁都不行。"

与此同时，江城国际机场，一架从国外归来的飞机缓缓落地，头等舱休息室的人拿开毯子，戴上墨镜，提起昂贵的行李箱，面无表情地下了飞机。

走出一段路之后，便看见大批接机粉丝，他微微侧头，隐藏了利刃般的情绪，提着行李箱缓缓走出去。

工作人员赶紧上来接过他手中的行李箱："何先生，您接下来要去哪里休息，车就在出站口等着。"

何如墨抬起手腕看表，似乎笑了一下，慢条斯理道："我不需要休息，麻烦送我去江城影视城。"

今天剧组的通告里安排了大夜戏，是一场臣子造反的逼宫戏。

已经成为皇妃的女一号，不再垂涎自己姐夫的女二号，身为皇帝的男一号，以及作为皇帝亲信下属的男二号，都要在这场戏里出演。

倪想老早就做好了拍大夜戏的准备，大宽现在什么都不敢直接跟她说了，只能默默准备御寒衣物和保温杯。倪想自己准备了暖宝宝，打算贴在膝盖和小肚子上，再在外面套上戏服，这样既看不出来，还保暖。

其实这种事不用避着人，戏服里穿了秋衣秋裤，不会走光，但一身帝王装扮的余宋却不允许她这样，非要拉个帘子挡着。

倪想弄好了撩开帘子出来，就看见他靠在帘子旁边的桌子那儿，正目不转睛地盯着地角缝隙处一株迎着寒风摇摆的小草，不知在想些什么。

她踌躇了一下，到底还是走上去问："在想什么？"

余宋倏地回过头，眼睛里有些来不及收起来的情绪，深深浅浅，翻涌更迭。

倪想看得微怔，余宋回过神来后退了一步，掩饰性地转开眸子望向一边。

"你……怎么了？"

按理说，如果她真不想和他在一起，他的异常不该她来管，多关心对方只是多给对方希望罢了。可不论是昨夜发生的一切，还是今天经历的所有，都让倪想觉得自己不能不管余宋。

她朝前一步跟上他，仰头望着他脸上的表情变化。余宋下意识垂眼看了看她，随后立刻抬起眼睛快速说道："你的裙子没弄好。"

倪想低头看去，果然看见裙摆掖在腰带里，她赶紧扯出来，显得有些尴尬。

他刚才那副神情该不会是因为这个吧？裙摆没整理好，露出了里面的秋裤，实在毫无美感，难不成丑到他了？

表情怪异地变了变，倪想没什么表情道："谢谢，我弄好了，你别介意，我下次不会这么不小心了。"她其实更想说，"下次我会注意不丑到你。"

她话说得有些负气，余宋挪动的脚步不小心踩到了她踢来的碎石子，皇帝戏服的官靴底部做了一些高度，材料有些滑，他一个不注意差点摔倒。

倪想赶紧上去扶住他，等余宋站稳了便低头看着他的脚说："你怎么样？没有崴脚吧？"

她低着头观察了很长时间，并没注意到余宋是什么表情，只能感觉到他的视线一直定在自己身上。

半晌得不到回答，她才抬眼去一探究竟，这就对上了他深邃复杂的眼睛。

"你奇奇怪怪的。"倪想下意识地想要后撤身子，拉开一点距离，但下一秒她的后腰就被他的手臂揽住了，整个人都被他抱进了怀里。

"你离我远一点。"他可算开口说话了，语气无奈又悠长，"不要靠我那么近。"

倪想不明所以，解释说："现在是你抱着我，我也想离得远一点，你快放开我，这边都是人，一会儿说不定就有人看见我们了。"

她都这么讲了，按理说余宋应该赶紧松开手臂停止这个暧昧的拥抱行为。

他却反而越抱越紧，将她的挣扎轻易化解。

他微微低头，在她耳边轻声说："你刚才在里面整理衣服，我在外面站着，也不知道怎么回事，脑子里就总是想一些不应该想的事情，所以才有些失神。你很好看，别胡思乱想，怀疑自己的魅力。"

他这话说得太直接太坦白了，听得倪想老脸一红，明明还没真的答应在一起，却不由自主地跟着他进入了恋爱状态。现在被他这样紧紧抱着，不远处已经有人过来了，明明她该让他松开的，可话到了嘴边就怎么也说不出来。

这胳膊还不听话地抬了起来，反抱住了她身边的男人。

情不自禁，真的是情不自禁。

肾上腺素和多巴胺上来了，就不是理智能做主的了。

余宋的身材那么好，胸膛炙热而坚实，她慢慢靠着他，总觉得可以就这么靠到天荒地老。

"你还是不要离我远一点。"余宋慢慢说着话，带着深思熟虑后的豁然感，"就算克制起来比较困难，我还是希望你靠我近一点。你会不会觉得我不够矜持，像个浑蛋？"

大约这也是看脸的吧。

如果是个长得不怎么样，油头猥琐的男人，倪想真会觉得像个浑蛋。

但这事儿发生在余宋身上，却像是难得的纯情。

倪想抿抿唇，她知道自己现在该放开他，回归理智。她应该尽可能地解释清楚自己刚才冒失的行为，但当她抬头望向余宋的脸，到了嘴边的话又咽了回去。

一个熟悉又陌生的男声打断了他们难得甜蜜的单独相处。

"看来我来得不是时候。"

这个声音带着极力克制却于事无补的阴沉与愤怒，好像一阵冷风刮开了刚才拥抱的两个人。

站定脚步，倪想难以置信地望向余宋身后，一个高大挺拔的男人风尘仆仆地站在那儿，他穿着黑色的长大衣，系着厚重的围巾，用戴着手套的手摘掉了脸上的墨镜，露出了那双倪想再熟悉不过的眼睛。

"很意外在这里见到我吗？倪想。"

何如墨站在那儿，将墨镜塞进大衣口袋，双臂自然下垂，一步步朝亲密而立的倪想和余宋走来，脸上的表情从一开始克制的沉默渐渐变成了忍无可忍的冷然。

"我倒是觉得自己来晚了，晚得有些可怕，你们竟然已经发展到这个地步了。"何如墨一字一句地说着，似乎并不觉得倪想在这里面有什么责任，直接望向余宋道，"滚开，不要站在我的女人身边，这话我只说一次。"

余宋一身古装，和倪想身上的戏服不要太相配，两人并肩而立，倪想已经冷静下来了。其实她早该猜到的不是吗，那天晚上余宋暗示得很明显，她必须爱上别人才能顷刻间了解一切秘密，这些秘密自然和她之前爱过的人有关。

是何如墨。

好像知道是他之后，一切谜团都迎刃而解了，那种被蒙在鼓里，被人戏耍操纵多年的耻辱让倪想愤怒地握紧了拳。

而余宋站在倪想身边，无声地握住了她紧握成拳的手，给她力量。

他一直都平平静静，眉梢眼角都没有过一丝一毫的特殊变化，仿佛出现在他面前的并不是什么紧要的人。

"这句话，我可能要原封不动地还给何先生。"

余宋缓缓开口，依旧那么彬彬有礼，身上明黄色的龙袍对一身现代装束的何如墨有着排斥而压制的气场，这让何如墨很不适地扯掉了领口的围巾，直接丢在地上，露出纤细白皙的颈项。

大宽在这个时候赶到。刚才片场忙碌，他听到工作人员小声议论见到了何如墨，一瞬间就明白了何如墨今天的来意。

他立刻赶了过来，为的是不让事情发展到无法弥补的地步。

"何先生！"大宽一到现场就冲到了几欲爆发的何如墨身边，紧张地拉着他的胳膊，"这里是片场，您要做什么还是找个适合的地方再说吧，您也不希望明天的新闻头条变成什么三角恋内容吧？就算您不介意这样的报道，也不希望倪想再受到当年的指责吧？"

似乎是最后一句话打动了何如墨，他缓缓收起了凌厉的表情，勉强露出一个笑容，但那笑还不如不笑，看得人心里发寒。

"那就劳驾你去跟导演说一声，今晚他的男一号和女二号有点别的事，不能拍夜戏了。"

何如墨轻声细语地说完便转身离开，在回身之前，他刻意忽略掉表情冷漠忍怒的倪想，对始终站在她身侧呈保护姿态的余宋道："我相信余先生可以调节好时间的，对吗？以你目前的地位，导演大约只是抱怨一句，不会太不满。"

事实的确如此。

如果是余宋出面请假，导演虽然会发牢骚，但还不至于拒绝。

所以，整个剧组准备了许久的大夜戏就这样泡汤了。

工作人员和群演的反应都差不多，十分无语，但也没办法，导演都忍了，他们这些小角色自然也没反驳的资格。

本来大家对余宋的印象还不错，这样一来难免会打折扣，但余宋已没心情在意这些了。

李戈找到肖楠，有点生气地说："余宋呢？他去哪儿了？今天这是怎么回事，谁来告诉我他突然有什么重要的事需要耽误重戏，而我这个当经

踩着星光向你

164

纪人的却不知道？"

肖楠上前替李戈顺着气："李哥，余宋哥已经走了，我看他好像是和一个……有点像何如墨的人一起开车走的，只换下了戏服，妆都没来得及卸。"

李戈愣住："何如墨？他什么时候跟何如墨关系这么好了？他不是很讨厌何如墨吗？当初要跟何如墨抢资源的是他，最后放弃的也是他，难不成他俩还英雄惜英雄，发展兄弟情去了？"

肖楠瞠目结舌地看着李戈："李哥，您这脑洞怎么比我都大……"

李戈愤怒地拍了一下肖楠的脑袋，即便很不高兴余宋的行为，但事已至此，只能尽量去善后。

另一边，余宋离开时乘坐的是他的私人车辆，开车的也是他本人。

至于车上的其他座位，副驾驶上坐的是倪想，这是一定的，后车座上坐着的自然就是大宽跟何如墨了。

有些微妙的是，何如墨的位置就在副驾驶后面，也就是说，倪想后面坐的就是他。

这样的安排实在让余宋无法专心开车，好几次都险些闯了红灯，幸好都停住了。

何如墨这人存在感很强，即便坐在后面不言不语，可不管是开车的余宋，还是坐在副驾驶位的倪想，都能感觉到他的气息。

相较于余宋内心的焦灼烦躁，倪想则平静得多。

她一直低头在背包里翻找什么东西，面色很平静。

这车子里最不平静的人大约就是大宽了。

他现在是猪八戒照镜子，里外不是人。在何如墨这边，他已经摆明了是不被信任和早晚要被处理的；而在倪想那边，他又成了背叛朋友的人。也许未来他不但要失去工作机会，还要失去自己这些年最看重的朋友。

车子被余宋开进了江城市某高档别墅小区，在一栋两层别墅外停下，车库门缓缓打开，车子直接开了进去。

倪想也不问这是哪儿，等余宋停好车她就跟着下了车。下车之后，她也不说话，直接转到了余宋身边，拉住了他垂在身侧的手。

尽管余宋表面上十分平静，似乎并没受到何如墨影响，但心里的那种紧张和危机感只有他自己知道。

他何其了解倪想，怎么会不知道何如墨之于倪想的意义，他觉得自己现在在她心里的分量根本无法跟何如墨相比，即便他答应了三个人谈一谈，心里却没什么把握。

但是，现在不一样了。

从倪想下车来到他身边，握住他的手的那一刻起，他就知道自己什么都不用担心了。

在车库不算明亮的光线里，余宋安静地与倪想对视，几乎只是那么一瞬间，两个人就都明白，也许之前倪想还犹犹豫豫，未曾定下什么关系，但今晚过去之后，一切都会不一样了。

何如墨的出现是为了阻挠余宋和倪想继续发展，他绝对不会想到，反而是他的出现，让一直患得患失、止步不前的倪想有了继续下去的勇气。

第十三章
前任与现任

CAI ZHE XING XING
BEN XIANG NI

余宋带众人来的是他在江城的居所。

倪想跟在他身边走进客厅，来到会客区坐下，大宽和何如墨跟在后面。何如墨的视线始终定在倪想和余宋交握的手上，她比七年前刚出院时瘦了很多，从背影看，依稀可以看出当初那纤细的线条，这让他的心"咯噔"了一下，本要爆发的愤怒硬生生忍了下去。

"随便坐。"余宋回过头淡漠地看着两个多余的人，简单地说了三个字。

倪想从背包里取出化妆包，对余宋说："你先跟我来一下。"

余宋看了一眼她手里的包，忽然想起在车上时她一直在背包里翻找什么，原来是在整理化妆包。她这是惦记着他走得匆忙，都还没来得及卸妆。

余宋的心情忽然好了很多，再次见到何如墨，她心里想的、记挂的都是他的事，这难道不是最好的结果吗？

余宋含蓄内敛地勾了勾嘴角，余光瞥见黑脸的何如墨，面上克制不住地带了一些得意色彩。

何如墨怎么可能任由他们就这么离开？

在余宋跟倪想要走的一瞬间，他冷声开口道："你们有什么事是必须背着我才能做的？倪想，你坐在那儿，不要去。"说到最后，冷漠的声音完全转变成了一种温和的，甚至略带哀求的语调，和开始时对余宋说话的语气截然不同。

大宽现在是慌张的，但哪怕慌张也不得不感慨一句，影帝不愧是影帝啊，

167

语气转变如此之快之自然，他们这些凡夫俗子完全学不来。

而何如墨这样说话，终于让倪想用正眼瞧了瞧他。

几乎就在倪想看过去的一瞬间，余宋抓住了她的手，不自觉地收紧力道。

哪怕他什么也没说，她也能体会到他心里的担忧和不自信。

或许说出来要让人笑话，余宋这样的男人会不自信？

得是什么样的女人才能够让他这样的男人不自信？

仙女下凡，艳冠天下？

可偏偏不是那样。

倪想这人，说得好听点，长得不难看，性格不错，没什么脾气，但也不是软柿子，谁都能欺负；而说得差一点，那就是身材没看点，相貌不突出，性格温暾没有特点，几乎挑不出一个完全无人可比的优点。

感情有时候就是这样没道理，时间的早晚、相遇的契机都很重要，不能早也不能晚，刚好遇见的就是那个人。

时隔数年，倪想变成今天这样，再也不是当初那个光彩照人的女神，却仍然有这样两个男人因她变得敌对。想着想着，倪想就笑了。

"那我们在这里弄吧。"

即便她看了何如墨一眼，话却是对余宋说的。

她坐下来，拉着余宋坐到她身边，开始旁若无人地帮他卸妆。

因为底子好，化妆师只给余宋上了底妆，连眉都没描，他五官精致如画，不需要太多复杂修饰，多了反而会影响他本身的英俊。

当她的手一点点地在他脸颊上移动时，很不合时宜的是，余宋感觉到心跳加速。

他垂下眼不去看倪想的脸，视线定在她白皙的手上，心跳却越发快了。

何如墨今天来的目的是结束倪想和余宋的来往，怎么可能眼睁睁地看着他们卿卿我我？

在倪想开始帮余宋卸妆的第一时间他就受不了了，但理智让他耐着性子又忍了一会儿。

可最终他还是没忍住，直接站了起来，把倪想放在桌子上的化妆包拿起来丢到了一边。

卸妆进行到一半被迫中止，倪想再次看向何如墨。

何如墨望着她一字一顿地强调："你是我的女人，我不允许你再跟他有任何来往，现在回到我身边来，不要让我说第二次。"

说完话，何如墨就朝倪想伸出了手，尽管话语强硬，眼睛里却带着无声的祈求，似乎在说：请你千万不要拒绝我。

可倪想怎么可能顺从他？

七年了，七年的时间，一个国家都可以发生翻天覆地的变化，更不要说一个人的感情。

"何先生，你刚才说的话，我只当没听见，今天晚上我们最好也当作没见过面，你和大宽一起走，可以吗？"倪想这么说是不想毁掉彼此曾有过的美好过去，至少在这一个月之前，她跟何如墨的曾经都是她最美好的回忆，只是现在已经一点点变了味道。

何如墨怎么可能答应她？

他深呼吸道："不可能的，倪想，你了解我，我怎么可能真的对你放手？你应该已经猜到了吧，或者余宋帮你查到了什么？没错，你的车是我送的，我借着大宽的名义，这些年来一直让他替我照顾你。你经纪公司的幕后老板是我，帮你拿到综艺节目机会的人也是我，虽然你当初要和我分手，但我一直都没说过我同意。这些年我一直在你身边，只是没和你见面，我全心全意对你，你怎么能这样对我？"

说到最后，何如墨的眼睛几乎赤红，里面萦绕着极致的愤怒和困惑，还有像泪水一样潮湿的东西。

倪想慢慢放下了手里的化妆棉，很冷静地把它们收拾干净，之后才看向何如墨。

相较于七年前，何如墨更加成熟了，大约是因为回来得着急，没怎么注意形象，下巴上可以看见青青的胡楂，更添了几分成熟男人的性感。

七年的时间，他可以说是从头红到尾，现在又在拍张敬导演的电影，上映之后难免又要收获许多影帝奖项，他身上有那么多光环，前途无可限量。

如果七年前的倪想没有生病，现在可能会比何如墨发展得更好，有更加无懈可击的事业，站在娱乐圈最顶峰的位置俯视着他。

但这只是如果。

"何先生，"她开口跟何如墨说话，那么客气，好像陌生人一样，"你的意思我大致明白了，你是在告诉我，这些年来我努力减肥、努力生活、努力表演，其实都是徒劳的，仍然是全靠着你的关系，我才可以有东山再起的机会，才有节目可以上，有电视剧可以拍，对吗？"

何如墨愣住了，看着倪想没说话，有些后悔自己的鲁莽。

明知道自己说出那些话会得到倪想什么样的反应，可他还是忍不住说了，否则这些年的隐忍不发不全都白费了吗？

"你让大宽来找我，帮我振作起来，又安排了假的经纪公司，找了那么多人陪大宽演戏给我看，让我没有心理负担地接受这一切馈赠，我是不是应该好好感谢你，对你感恩戴德？我要是觉得愤怒，觉得被隐瞒着这一切很可笑和生气，是不是显得太矫情？"

倪想说这些话的时候特别平静，从开始怀疑大宽以来，这些日子足够她来平复最初的愤怒和不甘了，她现在只是在陈述事实。

"我感谢你对我的帮助，我也真的从里面获益了，对此何先生要求什么偿还，经济上的我一定倾尽所有。"倪想慢慢站起来，居高临下地俯视着何如墨，说着让他通体发寒的话，"但何先生，拜托你以后不要再这么做了，你觉得这是为我好吗？你让我觉得自己根本就一无是处，要不是看在你的面子上，没有人会正眼瞧我，我就是个废物，永远也回不到过去了，你觉得你真的是在为我好吗？"

倪想的每个字都像冰锥一样扎在何如墨的心上。

她说完话转身便要离开，余宋站起来跟她一起走，自然是要送她回去。

何如墨安静地看着他们离开的背影，倪想刚才的话反反复复出现在他耳朵里，他开始回忆，他们为什么会走向分手的结局？

好像从一开始就是他的自以为是和掌控欲在作祟。

现在好像也是如此。

看上去他是在帮她，但其实也在泯灭她真正的价值，甚至是在操控她的未来。

他当真是让她成了"楚门的世界"里的女主角，她该多恨他，他很清楚。

然而，清楚归清楚，他依然不觉得自己有什么错，他觉得她只是在钻牛角尖。他做这一切的初衷都源于对她的感情，如果爱也是错，那么他愿意永远错下去。

他是绝对不会就这么让余宋抢走倪想的。

他爱了她这么多年，若今日功亏一篑，那七年前他何必费尽心思让她错失陈锋导演的电影，以她另一半的身份欺骗医生，在明明可以使用普通药物的情况下，坚持让她使用激素药物。

美其名曰是为了保证治疗速度和效果，其实他的私心只有他自己知道。

他想打断她的腿，让她飞得不要太高，高到他抓不住。

那个时候他完全没想到，哪怕有一天她狠狠摔倒在地，他也依然会有被抛弃的一天。

余宋一直将倪想送到了她的住处，并且跟着进去了。

天气很冷，倪想的衣衫略单薄，进屋之后仍然觉得通体发寒。

她慢慢走到窗户边，拉开窗帘朝下看去。小区里的路灯照着停在明显位置的黑色轿车，但凡从这里路过的人，都能看见车子的全貌。

"你把车停在那里，被人看见就知道你在这里了。"

她平淡地说话，听不出情绪起伏，也无法确定她现在心情如何。

余宋关好门就走到了她身边，顺着她的视线看下去，缄默片刻道："看见正好。"

倪想怔了怔，回眸望他。他深邃的眸子凝视着她昳丽的容颜，不管是她最邋遢的时期，还是已经苗条很多的此刻，他都觉得悦目动人，从未变过。

"你会觉得我自私吗？"

他突然说了这样一句，让倪想有些不解，但他紧接着就为她解了惑。

"当初你跟何如墨分手，因为不愿意拖累他，也不愿意再承受指责和谩骂。现在我这样急于和你在一起，急于昭告天下，等同于把你再次放在了以前的境地，你是不是很讨厌这样？"

余宋很少说这么多话，倪想听完没有很快回答，只是拉上了窗帘。

她走回到客厅，坐到沙发上，拿起遥控打开空调，感受着拂面而来的暖风，她勾了勾嘴角。

"谈不上讨厌。"她合了合眼，"我之前好像就说过一次，我不讨厌你。"

"嗯，你还说即便不讨厌也没到要接受我的程度。"他不咸不淡地补充。

倪想轻抚着自己的手指，垂着眼睛说："那时我的确觉得没到那种程度。"

余宋注意到她话里的"那时"两个字，散漫沉郁的神色微微凝滞。

他侧头看她，带着些隐约幽深的希冀。

"但经过今天的事，我觉得……"她放缓了声音，一时没有接着说下去，这种沉默简直是对聆听者的折磨。

余宋焦灼地松了松领口，低沉而富有磁性的声音压抑地问道："觉得如何？"

倪想慢慢抬眸，凝视着难得不冷静的男人，过了片刻道："我觉得其实也没什么不好。"

余宋愣住了，好像没料到真能听见自己想听的答案。

其实在跟何如墨的修罗场中，倪想始终是站在他这边的，单是如此便足够让他高兴了。

可说到底心里还是会不满足，希望得到肯定的证明，希望能有个真切的身份。

他倒也做好了两万五千里长征的准备，在她开口之前虽有奢望，却未真的想过奢望成真。当一切真的成了现实，他反而有一种虚幻的不真实感。

倪想看他那副沉默的样子就能猜到他的心情，她双手平放在膝上低声说道："可能是我年纪大了吧，也可能是我现在承受能力比较强了，又或者是我已经没有年轻时那种舍己为人的劲儿了。你说的那些事，我现在已经不觉得有什么了。"她仰视着站立的男人，眯了眯眼道，"我以前介意你对我有所隐瞒，也觉得你对这段感情可能只是不甘心，我们即便在一起也不会有长远结果。我一把年纪，心脏也不够强大，自认为不能再经历一次失败的恋爱，所以才一直拒绝你。"

"但你现在改变主意了。"余宋缓慢开口，清冷的声音里夹杂着几分不确定。

倪想倒是意外坦诚。

她靠到沙发靠背上，显得十分放松道："嗯，今晚的事让我改变了主意。何如墨的出现解开了我的一切困惑，也让我感受到了自己内心深处的真实情绪。"

"什么真实情绪？"他漆黑如墨的眸子一眨不眨地盯着她，盯得她鸡皮疙瘩都起来了。

但是她没有退缩。

她望着他柔柔笑道："我其实也是想要你的，你那么好，又有什么样的女人不想要你呢？"

她想要他。

她说得那样直接坦白，让余宋都有些回不过神来。

他站在窗户的位置，灰色的大衣，松开的衬衣领口，看上去英俊又典雅。

倪想家客厅的窗帘是深褐色，平日里看着挺一般，现在成了他的背景板却瞧着异常高贵。

"站那么远做什么？"倪想抿嘴浅笑，低柔地说了句，"过来。"

"过来"，多简单的两个字，像叫自己的宠物狗一样。

余宋是什么人？年纪轻轻的天王巨星，打个喷嚏都能上热搜的当红艺

173

人，怎么可能被人用这样的语气牵着鼻子走？

可他真的就很乖地走到了她身边。

这恐怕是所有女孩子梦想里的一幕场景吧。

就拿倪想目前的情敌顾盼来讲，明眼人都看得出来她对余宋的感情，可余宋对她的态度呢？和对倪想的态度简直没有可比性。

那个别人为之疯狂为之沉迷的男人在她的面前有着截然不同的反应，这种反差令人着迷深陷。

"既然我改变了主意，也要向你表示我的诚意。"倪想拎起水壶倒水，水是早上烧的，现在已经冷了，她盯着水杯里的冷水说，"关于我和何如墨，就像眼前这杯水，这水就是他现在在我心里的位置。它已经冷了，就算我现在很渴，很想喝，也不会再喝了。"

余宋安静地看着她。

过了一会儿，倪想站了起来，拎着水壶去烧了热水。

回来后，她站在余宋面前说："你看，现在水壶里装的热水才是我需要的，我不会为了已经不能喝的冷水而放弃正需要的热水，它让我感到温暖，这就是我现在的心情——你能明白我的意思吗？"

话说得这么直白，再不明白就是傻子了。

她其实是想打消他的顾虑。

他对她的了解显然比她想象的多，甚至她不知道的事他也知道。

既然她现在决定接受他了，就不希望何如墨成为他们之间的障碍，所以才有了上面的话，才有了她表示出来的"诚意"。

想到这些，余宋紧绷的神情略微缓和。其实这么多年来，他已经很少因为什么事有情绪波动，他所有的不对劲，所有的异常，不过全给了她罢了。

见余宋放松下来，倪想却有点惆怅，她一边弯腰倒水，一边说："你刚才问我会不会觉得你自私，那你会不会觉得我不识好歹？尽管我不需要甚至是讨厌那些事，但从何如墨的角度来看，他这些年确实在默默帮我。当年我变成那样他也没想放弃我，是我自己要和他分手。现在真相大白，

174

我觉得自己被骗被操控了，对他那么冷漠，你会觉得我很渣吗？"

余宋没有用言语回答他对这个问题的看法。

从根本上来讲，他和何如墨是两种完全不同的男人，他更像倪想，因为他们三观一致。

所以他一点都不觉得她今天的所作所为过分，过分的是何如墨。

自作聪明而自食恶果，何如墨谁都怪不了。

余宋直接站了起来，把倒完水的倪想拉到怀里。

两人一起坐到沙发上，接触到沙发的是余宋，而倪想则坐在他有力修长的腿上。

"不管你对他做什么都没关系。"余宋的声音就在倪想耳边，她感觉有点痒痒的，忍不住闪躲，但效果并不理想。

他再次开口说话，她感觉到炙热的呼吸袭来："他做过的那些事本就该被你冷漠对待。"

倪想有点糊涂了，扭头看他："听你的语气，他好像还做过什么别的事？除了经纪公司和大宽，还有什么事是我不知道的？"

余宋垂下眼睫微笑了一下，并没往深里谈论这个话题。

现在不是说那件事的时候，虽然说出来可以让何如墨在倪想这里完全失去竞争力，但想到倪想知道真相后的心情，他觉得还是不要让她难过伤心为好。

反正她已经是他的了，过去受到的伤害绝不会再重来，知不知道又有什么关系。

"今天晚上我们都还没吃饭，你饿不饿，我做饭给你吃。"

余宋直接转移了话题，这个话题还真吸引了倪想的注意。

"你会做饭？"她睁大眼睛看着他，足以见其惊讶。

余宋的手圈着她整个人，她的背贴着他温暖的胸膛，他慢慢朝前，加大手上的力道，让怀抱收紧了许多。

倪想脸一热，一把年纪的人了，难免有些羞涩。

"留学时吃不惯英国菜，会自己煮东西吃，厨艺尚可，你要试试吗？"他悦耳的嗓音有着蛊惑人心的魔力，而且他要说的还不止这些，"我还有很多令你惊讶的本事，等你有心情了我们逐一试试如何？"

如何？

说是征求意见，但看看那张俊脸上陶醉而讳莫如深的神色，倪想忍不住想多了些，本来就红的脸顿时更红了。

余宋看着看着，如画的脸上慢慢染上了跌宕诱人的色彩，他"嗯"了一声，低低沉沉道："你的脸为什么那么红？你该不会是……想歪了吧？"

此话一出，倪想再也坚持不住了，她面红耳赤地推开他："我去给你找围裙，你坐在这里等着，不要跟过来！"

说完也不等余宋回答，倪想匆匆跑进了厨房，还关上了门。

说是找围裙，其实她一进来就捧住了热炸的脸，对着厨房的玻璃看着自己的倒影。

真是太丢脸了，余宋这个家伙太可恶，她很清楚一个男明星的基本素养——他百分之百知道他怎么做最性感，他故意将他最惑人的样子展现给她看，世上能有几个人把持得住？

余宋虽然听见倪想说不准自己跟上去，但其实在她进入厨房的一瞬间便跟到了厨房外面。她站在门内，他站在门外，两人隔着一扇木门，像有心电感应一样全都靠到了木门上。

贴着门的那一端，他们仿佛可以听见彼此的心跳声。

"咚、咚、咚……"

悠长稳定的节奏令人心安舒缓，余宋沉默很久缓缓开口："倪想，你能听见我说话吗？"说着，也不需要她的回答，他很快接着说，"我今天很高兴。其实一开始我很担心，也会害怕，怕你会丢下我跟何如墨复合。但你后来跟我去我家，对他说那些话，离开时也不赶我走，还让我送你回来，也没有说什么需要静一静之类的话，我真的……"

他慢慢低下头，嘴角弯着，笑得深情而温柔："我不知道该怎么跟你说，但我希望你知道，任何时候任何地点，只要你想我了，只要你需要我，不要有任何考虑，直接来找我。就算以后我们吵架了也没关系，就算你喜欢上了别人也没关系，只要你还愿意来找我，我就永远会先向你低头。"

他将内心深处所有的感情都在这一刻宣泄而出，那一瞬间他觉得好轻松，积压多年的感情，对她的思念与这些年来的努力，全都在这一刻得到了回应，他觉得哪怕下一秒就死去，也没有遗憾了。

他慢慢直起身，后撤几步站在门外耐心地等待，等着里面的人出来。

时间嘀嗒嘀嗒地流逝，那扇象牙白的门终于缓缓打开，他朝思暮想的女孩从里面走出来，手里拎着一条印了 Hello kitty 的围裙。

她闪着明亮的眼睛望着他，笑颜俏丽道："围裙找到了，我帮你系上？"

余宋看着围裙上的 Kitty 猫愣了愣，稍稍偏头抗拒道："有别的选择吗？我可以不系……"

他话还没说完，倪想就拉开围裙作势要帮他系上，他虽觉得图案幼稚却没真的拒绝她，而是笔直地站在那儿等着。

她其实根本不打算给他系围裙，而是……直接扑进了他怀里。

她把脸埋在他怀里，闻着胸膛上好闻的味道，使劲蹭了蹭。

这个时候说什么都是破坏气氛。

所以余宋明智地保持沉默。

他紧紧地抱住怀里的姑娘，本来还有点因为饥饿而喧闹的五脏庙瞬间平复了。

倪想可真好吃。

他在心里喃喃道。

第十四章
她不爱你
CAI ZHE XING XING
BEN XIANG NI

送走了余宋，一个人躺在床上的时刻，倪想还是忍不住想起了何如墨。

倒不是说她对这个人还有感情，而是何如墨的情况有点特殊。

许多年前他们在一起的时候，除了她的学业和工作过于繁忙，没什么时间经营感情之外，他们在其他方面相处得都非常好。

可以感觉得到，何如墨还是爱她的，也是因为爱她才这么多年不放手地参与她的生活。

即便那看起来等同于操控她的人生。

这份间隔多年，双方不曾真正接触交流的感情，走到现在恐怕已经只剩下不甘心。

就算她妥协，他们重新走到一起，也绝对回不到过去了。

说白了，错过了就是错过了，就算勉强在一起也只会让原本美好的回忆变得一塌糊涂。

但依照何如墨的性格，这么多年的执拗，他不可能因为今晚的对话就理智地放弃。

成为他们之间牺牲品的大宽，今后的生活怕也不会好过。

倪想望着天花板想了很久，夜里三点多才渐渐睡着。

她不知道的是，在她家楼下，本该离去的余宋其实根本没走，还有另一个人，自从余宋和她一起上了楼，就一直安静地等在这里。

那人的车子就停在余宋的车旁边，看起来很陈旧，不管走到哪儿都不会让人联想到这是资深影帝会开的车。

车子的主人正是何如墨。

往常他会让司机开车，但今天是他本人。

余宋下楼要走的时候，就看见了车子驾驶座上的何如墨。确认余宋发现了自己，何如墨便降下车窗和他对峙。

何如墨面无表情道："要是余先生不忙，我有几句话想和你说，你我都是公众人物，在车上谈更安全一些。"

何如墨现在的状态给人一种"你敢上车我就敢弄死你"的感觉。

阴暗的光线很适合他那张黑脸，稍微理智一点的人都不该现在靠近他。

但余宋还是上了车。

他绕到车子另一边上了副驾驶座，刚一上车，何如墨就上了车锁。

余宋睨了睨被锁的门，又转头看何如墨。何如墨直视前方冷漠地笑了笑说："别怕，我不会把你怎么样，我看上去像是会违法的人吗？"

余宋并不言语，只是安然地看着他，与往常的神色并无差异，就那么平平静静，眼中波光粼粼，一颦一笑都显得高深莫测，捉摸不定。

尽管他只是保持平常的模样，还是让何如墨觉得他在以胜利者的姿态朝自己释放冷意。

他凭什么这么平静？

自己的心已经快被撕成碎片了，凭什么他还能那么冷静自持？

他到底凭什么？

想到这些，何如墨有些无法保持冷静，他抬手扯掉了领带，松了松领口，长舒一口气之后才开口说了酝酿许久的话。

"余宋，你不应该和倪想在一起。"

他说得那么肯定，仿佛只要余宋反驳，他就能找到许多理由来压制对方一样。

可余宋根本就不反驳，就那么淡淡地看着他，有时人在发表意见时并不怕被对方反驳，更怕对方不屑一顾。

"你觉得我说的很可笑？"何如墨紧紧攥着方向盘，车子熄了火，里面一片黑暗，除了借着月光可以依稀看见对方的表情之外，他眼底的赤红余宋根本看不见。

余宋还是不说话，他越是不说话，何如墨就越觉得自己像个笑话。

"倪想她根本就不爱你！"他很快说了这样一句话，说完之后就先笑了，似乎在嘲笑余宋。

这话的确令余宋平静的表情变动了一下，但变动很细微。

他这次给了何如墨回答，答案直击何如墨最不能忍受的地方。

"但她也不爱你。"

她也不爱你。

不爱你。

何如墨连呼吸都停住了。

这么多年了，当初倪想因为爱他而分手，他一直默默在她背后守护她，他觉得不管过多久他们都还是相爱的，这是他们之间的默契。

但时至今日，尽管他很不愿意面对，却也不得不承认，倪想是真的不再爱他了。

或许还有些留恋，但那些留恋不是对他这个人，而是对他们曾经真挚无瑕的感情。

只是那段感情真的无瑕吗？

真正导致那段感情走向灭亡的人其实根本不是倪想，是何如墨自己。

不过没关系，没人会知道这个，他会带着这个秘密进棺材。

"你觉得你赢了？"很久之后，何如墨才好像终于找回了声音一样，轻慢地笑着说，"余宋，你觉得你现在是个什么位置？你只是她用来忘记我的工具罢了，你只是她在目前的人选中可以接受的一个最佳选择。她年纪不小了，大约也想有个稳定的未来。我太了解倪想了，就算她不爱你，她答应了和你在一起之后也会对你好，让你产生你们相爱的错觉，其实那都是你一厢情愿而已。我在倪想生命中的意义是抹杀不掉的，你一辈子都要活在我的阴影下。或者说，过段时间你和倪想的事一公开，你猜猜你那些粉丝会怎么攻击她？你知道她当年为什么和我分手吗？"

何如墨这段话说得很长。

余宋也难得听得很认真。

他对倪想的事了如指掌，不可能不知道她当初为什么跟何如墨分手。

今夜在楼上时，倪想也说过了，她现在心态变了，不会再那么"舍己为人"。

她也会自私，所以他相信她不会因为压力离开自己。

只是，何如墨话里其他的词句，每一个都像钉子一样钉进了余宋的心里。

倪想是不爱他的，至少现在还不够爱，就像何如墨说的，她只是因为他对她好，付出了真心。她也不讨厌他，或者还有点喜欢他，希望找个人定下来，所以才和他在一起。

一段没有感情的关系，就算可以修成正果，但那是他希望的吗？

似乎是为了说服自己，余宋这次的回答终于带了一些情绪波动。

他一字一顿道："她会爱上我的。"他压低声音，加重语气说道，"她会爱上我的，只是时间问题而已。你说了那么多，只是在掩饰你对这件事的担心。"

他话音落下，何如墨一个字都说不出来了。

何如墨有些阴鸷地盯着余宋，余宋也不去理会，伸手打开车锁下了车，开着自己的车离开了。

透过后视镜，何如墨看着余宋的车消失不见，好几次冲动地想要上楼质问倪想，朝她发怒，可最后都不了了之。

凭什么？

到底凭什么？

七年了，人生有几个七年？

凭什么倪想就能那么潇洒地挥挥手说再见？

这些年他即便没出现，也一直在为她打算，即便操控了她的生活，甚

181

至让她开始怀疑自己的才能和价值，但都是为她好啊，她从中受益了，不是吗？

她为什么可以那么冷淡，难道当初山盟海誓说着爱他的人不是她吗？

女人就可以这么善变吗？

何如墨深吸一口气，为了避免自己因为激动做出后悔的事情，他赶紧发动车子离开了小区。只是，他此刻内心起伏不定，精神根本无法集中，开车是非常危险的事。

等上了城市道路，即便夜已深，街道空旷了一些，但还是有往来车辆。

何如墨满脑子都是倪想，过去的，现在的，甜美的，冷漠的。

全都是她的影子。

他根本没办法专心开车。

前方车辆不止一次打出会车灯光，他却一丁点反应都没有。

等到最后无可扭转时他才大梦初醒，下意识地打转方向盘，对面车辆刺耳鸣笛，剧烈的碰撞声过后，他的车撞上了路边护栏。

本就是陈旧的车，这么一撞安全气囊瞬间出来了，何如墨记忆中的最后一幕就是被压扁的车头还有剧烈的头痛。

这一切都发生在夜里三点多钟，所有人都在休息，都不知道。

第二天，倪想照常去剧组拍戏，因为车子不能开了，余宋便担负起了每天接送她的职责。

本来他每天都坐保姆车，但用保姆车接人太显眼，所以现在只能由经纪人把保姆车开去片场，引开媒体的关注，他自己则开别的车接人。

他们从倪想家楼下离开，余宋开车很稳，因为时间早，避开拥堵路段走隧道也不堵车，所以车速很快。

倪想坐在副驾驶座，车上放着早餐，她正在考虑要不要吃。

"其实我已经吃过了，你吃了吗？还是你吃吧，反正时间还早，一会儿到片场先别下车，在车上把饭吃完。"

倪想这么安排了一下，觉得很合理，所以就把饭盒放回了原位置。

余宋本来一直在开车，看上去和平时没什么不一样，可他说话时就显得有点情绪不稳定。

他直视前方道："那是我亲手做的，就算你吃过了也还是吃一点吧。"

余宋亲手做的饭，倪想昨晚是吃过的，味道很不错。不过饭菜越好吃，倪想的罪恶感就越大，因为体质原因，好不容易减下去的肉最近正在飞速重现，她今天已经吃了早饭，肚子饱饱的，看着余宋准备的早餐免不得有点抗拒。

"这样啊。"她为难了一下，觉得还是不能辜负余宋的好意，最后打开饭盒简单吃了一点。

她剩了大部分没动，想着让余宋吃一些，他是男人，今天的通告里有大量动作戏，很需要体力。

然而经过昨晚跟何如墨的对话，余宋即便没表现出什么，心里还是介意的。

所以倪想本是好意的行为落在他眼里就变成了嫌弃。

他握着方向盘的手紧了紧，等车子转入隧道，车内光线变暗之后，他意味不明地说了一句："不愿意吃就算了，勉强自己也没什么意思。"

倪想愣了愣，转头朝驾驶座看去，余宋英俊的脸庞在隧道明明灭灭的光线下，显得十分寥落。

他这是怎么了？

今天剧组变成了没有硝烟的战场。

即便不知道发生了什么事，工作人员们也能感受到几位主演间四溅的火花。

比如余宋的专属化妆师，平时给这位大明星化妆，他总是温和配合，但今天不是。

余宋全程面无表情，让化妆师每次说"抬头"或"闭眼"时不由得两股战战，小心翼翼。

再说说倪想，大约是余宋的不正常让她有些心不在焉，上妆时也不怎么在状态，尽管还是温和好说话，但还是有些不太对劲。

最跳脱的要数顾盼了，往常她上妆时都挺有性格，说白了就是脾气不太好，可今天她特别好相处。

瞧见余宋和倪想的变化，她心里高兴极了，连对待平时瞧不上的群演都和颜悦色了。

肖楠看了一圈下来，悄悄地跑到倪想这边，低声问她："倪想姐，余宋哥今天是怎么了，一句话也不说，化完了妆就一直坐在那里看剧本，我给他水他也不喝，你们吵架了？"

倪想努力回想了一下昨晚的事情，他们真正确定了关系，还一起吃了饭，怎么能算是吵架呢？于是她摇摇头说："没有，今天早上他情绪就不太对，是不是有什么别的事？"

肖楠否认道："不可能，我跟着余宋哥这么久，只知道你的事才会影响他的心情。"

倪想不知自己是不是应该受宠若惊，迟疑了几秒就被肖楠拉着往余宋那边走去。

她远远就感受到了余宋那生人勿近的气息，以前那些仰慕他的工作人员都不敢靠近他了，他附近可以喘气的生物估计就只有她和肖楠了。

等走到他身边，他连头都不抬一下，继续看剧本，可他已经很久没翻页了。

他当真是把心思放在了剧本上吗？

肖楠倒是大胆，走过来直接凑上去打搅余宋道："余宋哥，倪想姐来了，她说有话要跟你说。"说完这些，他就完全不管倪想能不能圆回来，猛朝她眨眼。

等余宋抬眼朝倪想望过来的时候，倪想连苦兮兮的表情都不敢做了。

"呃……那个……就是，上次你送我的礼物还记得吗？"

倪想绞尽脑汁想了一个话题。上次余宋出去参加开幕仪式，回来时送了她包装精美的礼物，她一直都没打开，里面是什么也不知道，但左右不过是珠宝之类的。她一直都把礼盒带在身上，想着找时间还回去，毕竟那时他们什么关系都没有，今天这首饰盒就派上了用场。

"我本来想还给你的，所以一直没打开，但我们现在的关系……我觉得可以收下。"倪想撩开戏服裙摆，里面穿着长裤，她从裤子口袋取出首饰盒，"我一直带着。"

这话题似乎挑对了，余宋本来面无表情的神色有了一些缓和，虽然还是很有限，但看得出来他不抗拒谈这个。

肖楠见此松了一口气，赶紧搬了把椅子让倪想坐下，随后特有使命感地把风去了。

夏年是这部戏的男二号，对余宋特别崇拜，今天一来就发现余宋心情不好，跃跃欲试地想来安慰一下，来的时候恰好撞上肖楠。

肖楠立马说："夏先生你有什么事儿吗？余宋哥这会儿正忙呢，没时间见人。"

夏年使劲抻长脖子往里面看："忙？忙什么呢？你帮我跟余宋哥说一声，就说我来了，找他请教演戏的问题。下面这场宫变戏我要演个叛徒，我多好一个人，让我演叛徒，我心理上落差大啊，怎么缓和一下？"

肖楠无奈道："你可以去请教一下别人嘛，现场又不是只有余宋哥一个男演员，还有那么多老戏骨呢不是？"

夏年有点不乐意，但还是不得不走开了，他走到一边的时候正好撞见顾盼，顾盼问道："你怎么一副无精打采的样子？被余宋拒绝了？"

夏年惊呆了问："你知道我去干吗了？"

顾盼翻了个白眼，说："你整天嘻嘻哈哈的，除了余宋能让你有情绪波动，还能有谁啊？你去找他了？他……心情怎么样？"

顾盼老早就知道余宋今天不会高兴，故意这么问是想确定一下，她不好亲自过去，夏年来得正好。

夏年听顾盼问也没多想，直言道："好像不太好。刚才我要过去，被他助理拦住了，我好像看见女二号在那边。就是演叶雨甜的那个演员，叫倪想，圆乎乎挺可爱的那个。"

　　圆乎乎挺可爱？

　　现在男人的审美已经退化到这个地步了？

　　顾盼拧眉道："她圆乎乎挺可爱，那我呢？"

　　看顾盼那副嫉妒的样子，夏年非常奇怪道："你在吃醋吗？吃倪想的醋？为什么？难不成你喜欢我？"他笑眯眯地指着自己说，"看我夸她，所以你不高兴了？"

　　顾盼直接撩起戏服一脚踹向夏年，因为是宫妃的装束，头上好多珠翠差点都戳在夏年身上。为了生命安全，夏年赶紧跑掉了。

　　他走了，顾盼又小心翼翼地朝余宋那边走了几步，隔着老远就看见倪想坐在余宋身边。

　　倪想身上穿着戏服，没什么腰线，但也不至于虎背熊腰，就跟夏年说的那样，圆乎乎……还挺可爱的。

　　烦死了！

　　这个女人真是阴魂不散！

　　以前压着自己，让她过了那么久毫无尊严的生活也就算了，几年过去了，她可算出头了，现在又来抢她看中的男人！

　　何如墨到底是干吗的？回来了一点用都没有！

　　想到这里，顾盼气鼓鼓地走掉了，找助理拿到手机，直接拨通了何如墨的电话。

　　电话响了一会儿才接通，顾盼正想问候一下何如墨的智商，就发觉那头传来的声音不太对。

　　"你好？"

　　这根本不是何如墨的声音。

　　顾盼愣了一下，移开手机看了看，自己没拨错电话啊，于是奇怪地说了句："您好，请问何如墨在吗？"

电话那头很快回复道："何先生现在不方便接电话，请问您有什么事儿？"

顾盼迟疑了一下说："我有点事得和他本人说，你可以告诉他，我是顾盼，让他接电话。"

"原来是顾小姐。"接电话的人明显认识她却道，"很抱歉，顾小姐，如墨现在不能接你的电话，他住院了。"

"住院了？"顾盼一听这话，脑子里顿时脑补了一部三角恋戏码，男一号和男二号为了女主角大打出手，可这女主角偏偏是自己最讨厌的倪想，要不要这么狗血？

还好，对方给的解释并不像她想的那样。

"如墨昨晚开车出了事，现在正在医院接受治疗，已经脱离了危险，但短时间内不能有什么外出活动，还请顾小姐保密，我也是受如墨嘱托才告诉你这件事的。"

何如墨嘱咐对方在顾盼打来电话时说实话，那就说明他早就料到顾盼会有不满。

顾盼抿抿唇，思索了一下，询问了对方医院的详细地址后便挂断电话。

收起手机之前，她看了看上面的时间，这部戏马上就要杀青了，一会儿就要拍摄最后几场戏，倪想想圆圆满满地结束这部剧的拍摄是不可能了。

她古怪地笑了一下，念叨道："何先生，我这也是帮你，相信你肯定不会介意的。"

她加快脚步朝倪想和余宋所在的方向走去，这会儿倪想正坐在那儿等余宋给她戴项链。

她拆开了余宋送给她的礼物，里面是一条项链，吊坠非常秀气小巧，是一颗心形钻石，不看品牌都知道必然价值不菲。

她下意识想拒收，但对上那双深邃好看却萦绕着雾气的眼睛，她彻底投降了。

"挺好看的，但下次别买这么贵重的东西了。"

她侧着头，发髻垂下来的发丝落在余宋正在系项链的手上，痒痒的，就跟他现在的心情一样。

看着倪想顺从迁就自己的模样，余宋也不想再这样闹别扭。可他就是忍不住嫉妒，忍不住吃醋，忍不住害怕。他也不想自己像个怨夫一样摆脸色，但就是控制不住自己。

还好他现在稍微平静了，他努力微笑了一下，虽然有点苦笑的成分在，但至少不像一开始那么压抑。

他放空情绪给倪想戴上项链，还没来得及系好就听见了顾盼熟悉刺耳的声音。她在一边嘲讽道："我说倪想啊，你居然还有心思在这里和别的男人卿卿我我？何如墨都出车祸住院生死未卜了，你还能和别的男人暧昧亲密，笑得跟朵花似的，我真的甘拜下风，十分佩服。"

她的话成功地让在场的两个人都变了脸色，倪想和余宋一齐望向她。

就这么对上两人的视线，顾盼心头惊悚了一下，不自觉地后退了一步。

呃，干吗这么吓人？

现在后悔还来得及吗？

顾盼的出现成功地让倪想和余宋之间刚刚好转的气氛消失了。

肖楠听见声音快速跑回来，手里还端着热水瓶，有点生气地说："顾小姐，你没看见那边挂着'闲人免进'的牌子吗？你怎么随便进别人的地方呢？你快出去。"

顾盼还没跟倪想他们深入对话呢，就被一个小助理这么往外赶，不生气才怪。

她横眉冷声道："关你什么事，一个小助理还敢来赶我？你才该出去。"

肖楠被顾盼说得有点生气，但他确实就是个小助理，人家也没说错，所以只能委委屈屈地看向余宋。

余宋刚才还是坐着的，这会儿慢慢从椅子上站起来了。他已经换好了戏服，黑色的皇帝便服，头戴金冠，剑眉星目，顾盼这么和他对视着好像就入戏了，到了戏中那个被他深爱着的叶雨薇的身体里，莫名地开始伤感。

"你是该离开，这里是我的地方。肖楠就算只是个助理，也是我的助理，不是你的，你没资格这么说他。"

余宋一点都不给顾盼伤春悲秋的时间，简简单单一句话就让她不得不从角色里面走出来。

她面红耳赤道："余宋，你就一定要做得这么绝吗？你为什么会变成这样？为什么这个女人一出现，我们之前的和谐就全都没有了？你忘记我们一起拍上一部戏时有多默契吗？"

肖楠实在看不下去了才说："顾小姐，你清醒一点，余宋哥和哪个女演员拍戏都很默契的，因为他演技好啊。"

顾盼被肖楠说得嘴角一抽，她无言以对，只能愤怒地握着拳把目标转向倪想。

倪想一直不言不语地围观，她就冷嘲热讽道："哎哟，看看我们倪小姐，看热闹看得多专心啊。说来也是，毕竟余宋年纪轻，成绩也比出道时间久的何如墨更上一层楼，相较于何如墨，换我我也选余宋啊，是不是？"

倪想皱了皱眉，她本来不愿意理顾盼，但顾盼这么言语相逼，她当然要替自己解释一下。

只见倪想分毫不因顾盼的嘲讽而窘迫，面无表情地走上前与她直接面对面，特别淡定地说："顾盼，你少说两句，我知道你也喜欢余宋，你这样说话只会让他更讨厌你。另外，我选择余宋是因为他值得我选，我从来没拿他跟何如墨做过比较，希望你也不要老是拿他们俩做比较，他不会喜欢。"

顾盼被倪想这么教训，顿时感觉时光好像倒退回到许多年之前。

那时候她刚进团，很多事都不懂，倪想有时说好几次她都做不好，然后倪想就会这么教训她。虽然她每次都被说得很不高兴，但奇怪的是总能因此而记住，不再犯错。

再后来她做得好了，熟悉了这一切，倪想也不再教训她了，却变成了经纪人和公司训她，比如抢了倪想的镜头，没接好倪想的动作，好像他们总是有层出不穷的理由挑剔她。

她一直觉得那都是倪想跑去诉苦才让自己被骂的，现在也这么认为。

"你以为现在还是以前吗？还来这么训我？省省吧，倪想，你有那个心思，多关注一下躺在医院的何如墨比较好。"顾盼阴阳怪气道，"你是不是抓错重点了？看来何如墨现在在你心里真的什么都不是了，他现在生死不明的，你来跟我辩论的居然是'不要拿他和余宋做比较'这件事，你太让人寒心了！"

这句话顾盼可算是说对了，成功地抓住了倪想心里的痛点。

倪想转身就要走，一边走一边拆着头发上的钗饰。余宋的目光始终定在她身上没离开，在她目不斜视地从他身边走过时，他收回视线直视前方，抬手拽住了她的手腕。

"你别去。"

他声音放得那么低，带着异样的情绪，这种反应连顾盼都震惊了。

要是哪天余宋肯这么和自己说话，不管要她做什么她都乐意。

倪想这个浑蛋到底是走了什么狗屎桃花运，怎么一个个美男子全都因为她着了魔？

连顾盼这个事态之外的人都这么动容，倪想当然也受不了余宋的冷淡。

她叹了口气折回道："好，我不去，说来以我的身份现在也没必要过去，希望他没有事吧。怎么好好的就出车祸了？"

倪想抿了抿唇，打算继续拍戏。

余宋求证般地凝视了她好一会儿，见她不是说假话才缓缓松了口气，稍稍放松了拉着她手的力道。

顾盼来这儿的目的就是要搞事情，她怎么肯就这么走掉？她立马说："怎么好好的就出车祸了？那得问问你自己，或者应该问问你的'男朋友'。"

顾盼咬牙切齿地说了最后三个字，说完就见余宋挡在了倪想面前。

他直视顾盼，顾盼心头一跳，掩饰性地转开了头。

余宋不理会她的闪躲，上前几步，低着头用只有他们俩能听见的声音说："顾盼，要么你现在就走，要么就闹到尽人皆知，我觉得后者对你没什么好处，你觉得呢？"

顾盼心里没底，她是喜欢余宋的，绝对不想看见他这样子，听听那压低的语调，因为声音低沉而让人误认为温和，但其实……仅仅是现在这样和他对视，她已经足够心凉和失望了。

被自己喜欢的人威胁还有讨厌，任谁都受不了。

顾盼心酸得不行，想起自己这是在自取其辱，便抹着眼泪跑掉了。

余宋心里想着倪想的事儿，根本没把周围的人放在眼里，顾盼一走他就拉着倪想离开了。肖楠一脸蒙地愣在原地，没有一个人发现在不远处的大树后面，有人收起相机，笑得贼眉鼠眼。

倪想被余宋一路拉到摄影棚的角落，后面有大大的道具挡着，这里只有他们俩。

他脚步一停就低头吻住了她的唇瓣，不同于以前的浅尝辄止，这次他吻得非常用力，好像担心一放松她就会跑掉一样。

倪想被余宋吻得都快不能呼吸了，忍不住开始挣扎，但这挣扎全都被余宋紧紧地制止着。

男人与女人的身体力量差距体现于此，除非余宋想放开她，否则她根本不能重获自由。

在快要窒息的那一秒，倪想不得不咬住余宋的舌尖，他这才放开了她。

她在身体自由的一瞬间开始疯狂喘息，一边喘气一边指着余宋摇头，余宋抿着流血的唇瓣望着她，此时的他是什么表情呢？

难以形容，既让人心疼，又让人觉得可恨。

他就像个做错了事的孩子一样，既不肯认错，还委屈不满。

倪想好不容易平复了呼吸，就等到了他主动的解释。

"昨天晚上我从你家离开时何如墨就在楼下，我和他聊了几句就走了，也许他是心情不好才出了车祸。到目前为止媒体还没有消息爆出来，只有顾盼知道，应该是他和顾盼早有联系。再者，他本人的伤情肯定没有顾盼说的那么严重，她会这么说只是希望我们争吵，所以……"说到这里，余宋抬手抹掉了嘴角的血迹，动作潇洒利落，锐利的眸子里充斥着占有欲，"所以你不能去，你只能在我身边。你听见了吗，倪想？我们继续拍戏，今天要杀青，你不能再无故缺席，那些人就是想我们不好，你不能让他们得逞。"

余宋是个什么样的人？

英俊完美的大明星，每个女人的梦中情人，每个女人都想看着电视里的他，然后爱着生活中的他。

他是每个女人的梦想。

原本即便是要恋爱，他也有自信和手段掌控恋爱的节奏，每天都享受着女友的倾慕和爱恋。可是，现在完全不是那样。

他变得不再自信了，连他都讨厌现在的自己，也不愿意再这样继续下去，所以他选择坦白一切。

倪想好长时间没说话，就那么安静又复杂地看着他。

当剧务开始到处找男一号和女二号去拍戏的时候，倪想才朝前一跨步，紧紧抱着余宋，踮着脚在他耳边轻声说："我听见了，余宋，我听你的。"

无论是她此刻主动靠近的姿势，还是她乖顺又坚定的语气，都让余宋瞬间平静了下来。

他低下头，她后撤身子，两人对视片刻，剧务恰好出现在这里，疑惑道："余先生，倪小姐，你们怎么在这儿呢？该开拍了，就等你们了。"

倪想转过头笑着颔首，也不说话，拉着余宋的手腕便走。

剧务早就听说这部戏的男一号和女二号有猫腻，但还是被他们如此旁若无人的样子给吓了一跳。

这两人压根就不像在娱乐圈，就算恋爱了，怎么也不背着人呢？

剧务挠挠头，奇怪地叹了口气，殊不知这两人恋爱的消息，此时此刻已经被人以超高价格卖给了"超级星探"，正在他们完全不知情的情况下闯入吃瓜群众的视线……

第十五章

非他不可

CAI ZHE XING XING
BEN XIANG NI

微博对倪想来说非常鸡肋：

一来她没有多少粉丝，微博数据也不太好，连个网红都比不上；

二来她没什么新闻，也没什么需要去微博宣传的通告。

她微博里就只有些《妃常爱吃》开拍后转发的电视剧官方消息。

就是这样一个不毛之地火速成了各种观光团的驻扎地，甚至于那些从不曾对她施舍过关注的媒体都开始关注她，不停发布一些她的履历。

这当然不是倪想的什么作品爆红了，而是因为她和余宋的恋情被曝光了。

最后一天拍戏，戏份一直到傍晚才结束，这一天拍完，所有演员的戏就都杀青了。

倪想一直在认真地拍戏，手机放在裤子口袋里，掩在厚厚的戏服下，轻微的动静是引不起注意的，但一直振动就很难忽视了。

等导演一声"咔"喊完，倪想便立刻找了个没人的地方把手机拿了出来，哈着冷气点了几下屏幕。

然后她就惊呆了。

满屏幕的转发评论，十几万的信息，不过短短一下午的时间，即便不看内容，她也能多少猜到一点缘由。

等她点开仔细看看，果然，这号召力也只有余宋有了。

这些媒体可真是怪才，不但挖出了她当年生病的照片，连她在剑桥跟顾盼一起录的那期节目都找出来做对比了。

看着自己最美时期的照片与现在的形象比较，倪想私心觉得还是可以的，就是还有点胖，但至少没胖得那么厉害了。

只是，有条评论下有人发了她刚出院时媒体的偷拍，那就有点让人难以接受了。

偏偏这家伙还要在那张照片后面贴上余宋刚出道时的照片，那画面太美，美得倪想直接屏蔽一切收起了手机。

余宋这会儿也收工过来了，他来的路上一边走一边看手机，倪想站在原地冻手冻脚地等着，已经猜到他也发现了微博上的动静。

说来也是，那动静简直惊天动地，余宋就算自己没看见，李戈也会告诉他。

说来也巧，倪想刚刚这么一想，就看见李戈由肖楠劝着朝这边快步走来。倪想顿时后退了一步，脑补着待会儿会是什么样的情景，有点想先走一步。

不过看看余宋那表情，嘴角勾着，好像心情还不错的样子，似乎对这情形很满意，让跑过来的李戈越发不满了。

"余宋，事情闹成这样，你那是什么表情？你这副样子让我很难不怀疑这件事是不是你自己爆出去的。"李戈气急败坏道。

余宋瞥了一眼周围，肖楠很能干，早就清场了，这边除了他们几人也没谁了。

余宋拉了一把椅子坐下，身边留了个位置，抬起修长白皙的手朝倪想招了招。倪想迟疑几秒，还是顶着李戈冷飕飕的视线坐了过去。

等她坐下，余宋还颇为满意地摸了摸她的头。

李戈怎么可能看得下去这一幕？瞬间炸毛了。

"你俩别给我吃狗粮，我发起疯来连我自己都怕。"他瞪余宋道，"这明显是剧组的人把消息卖出去的，'超级星探'那边连个消息都没给我就发出去了，这是太长时间没爆炸消息饥渴坏了，关系都不打算要了——你想怎么办？"

余宋就那么坐着，他的经纪人都快气炸了，粉丝也都快炸裂了。

他的女友如果是一直疯传的顾盼还好，大家起码有个心理准备。这么突然爆出来一个名不见经传的倪想，虽说上次他们一起录制的综艺节目反响不错，还滋生出一批 CP 粉来，但那也只是臆想啊。

现在居然成真了，那么不相配的形象，粉丝们简直快要哭了好吗？

一大批人开始在余宋的微博底下留言"突然思念顾盼""丑拒"之类的词句，余宋现在居然还可以保持那么清醒冷静的状态，也是挺厉害的了。

李戈见余宋不说话，轻描淡写地坐着看手机，虽然看的也是今天爆出来的群众反应，可不说话是怎么回事？他最讨厌人不说话了。

"你倒是出个声啊，虽然是你自己的工作室，不用担心老板让你如何如何，但你不为自己的未来想想也得为你的女人想想吧。你去看看倪想的微博，都成战场了，多难听的话都有，居然还有说倪想像凤姐的，这我可就不同意了，倪想比凤姐好看多了好吗？"李戈越说越生气，这其实也是把倪想当成自己人了，话里话外地护着她。

李戈说的情况余宋也发现了，即便不在倪想的微博底下，就在他自己的微博底下也有很多人留言说什么"我向我以前嫌弃顾盼道歉"之类的话，他不是没有担心，但转头看看倪想的神色，似乎并没有受到这些影响。他思索了一下，依依不舍地收回一直放在倪想头顶的手，放在了手机屏幕上。

余宋当着李戈的面做了一件让他吐血的事。

余宋直接转发了"超级星探"的爆料微博。

那条爆料微博的内容大致就是说余宋真正的"剑桥情人"根本不是顾盼，而是以前跟顾盼一个组合的倪想。当年倪想还是那个团的队长，但后来生病发胖就退出了，几年后复出，一直在做搞笑艺人，之前还和余宋在江城电视台的综艺节目上一起出镜，他们才是正经的男女朋友关系。而顾盼，只不过是个幌子罢了。

微博底下还贴出了三人在《妃常爱吃》剧组里对峙的视频以及图片。

粉丝们被啪啪打脸，情绪都不太好，一个个都说这应该是剧照路透，抱走他们家偶像不约，可现在……

余宋直接转发了微博，内容非常简单直白。

他说：情况属实。

四个字，情况属实。

在微博转发出来的一瞬间，粉丝们的脸都被打肿了。

大部分人还是比较理智的，觉得偶像年纪到了也该谈恋爱了，虽然恋爱对象不尽如人意，但只要偶像喜欢就好了。而且倪想也没啥黑历史，在一起就在一起吧，偶像这么坦坦荡荡承认了女方的存在，一点都不糊弄人，还挺值得佩服的。毕竟以余宋目前的地位，跟倪想这样的女孩谈恋爱真是什么好处都没有。

当然，有理智的，也就不乏激进的，还有一部分人扬言着要脱粉，但都被淹没在了或失望或祝福的大潮中。

李戈目瞪口呆地看着余宋，好像不认识他一样。

倪想还不知道余宋做了什么，直到手机微博上弹出头条提示——爆炸！余宋承认与十八线艺人倪想的恋情。

"你居然承认了？"

这句话几乎是倪想和李戈异口同声说出来的，两人说完了还奇怪地看了对方一眼，随后一起望向余宋，等着当事人的答复。

余宋端坐在椅子上，特别稳当地说："承认了，不后悔，感觉特别好。"

"……"

这一大堆省略号都不足以表现倪想和李戈此刻的无奈。

倪想哭笑不得地轻推了一下身边的余宋道："你也太实诚了，也不知道含糊一点，就这么直接说出来，你的粉丝本来是完全不信，还在替你辩解的，你这样不是……"

"你这样不是打他们的脸吗？他们以后还能挺你吗？"李戈接过了倪想的话茬，义愤填膺道。

余宋抬眼睨了睨一唱一和的两人，也不好奇他们怎么突然就"同仇敌忾"

了，直接拿出手机，找到页面给他们看。两人一看，什么话都说不出来了。

余宋给他们看的是热门转发里的一条微博，发微博的是余宋粉丝团一员，头像还是余宋在《妃常爱吃》里的定妆照。

粉丝的微博内容是：我"爱豆"真是所有男人的典范！恋爱了就坦然承认，不让女方受猜测和辱骂！娱乐圈里这么痛痛快快说话的简直独一份！长得帅气又疼女朋友！清流啊清流！比十万个心！

微博底下，许多粉丝都在刷这个话题，表示对偶像的支持。

倪想看完稍稍低下了头，失笑道："时代真是不一样了。"

是啊，真是不一样了！换作几年前，粉丝们可没有这么宽容，要是有的话……她现在也不会遇见余宋了。

要说他承认恋情，除了当事人和粉丝的反应之外，就数顾盼反应最激烈了。

大门被她一脚踹开，肖楠正拦着她，她不顾一切地闯进来，瞧见李戈，也瞧见了并肩而坐的倪想和余宋。

顾盼顿时火冒三丈地叫："余宋！"她声音尖锐刺耳，简直要把人的耳膜给刺穿。

余宋侧过头，微眯着眼伸出手指作势掏耳朵，这举动越发惹得顾盼伤心难过。

"你到底有没有想过我？"她红着眼圈说，"你和我都传了那么久的绯闻了，你就算对我没兴趣也该在宣布和倪想的关系时稍微顾及一下我吧？现在满互联网都在说我倒贴你，是我在操控整个CP粉后台，是我在为难你们，我都被传成巫婆了，你就连句话都不肯替我说吗？"

这一声声质问声嘶力竭，连余宋的经纪人李戈都听不下去了。

"等等，顾小姐，你这话说得就不对了，难道你和余宋的CP粉高层不是你团队的人吗？你真当我们什么都不知道吗？你一直引导舆论，不就是想给我们一个讯号，就算以后余宋要找个人炒恋情都不好意思找别人，只能来找你吗？"

李戈的话让顾盼噎住了，她瞪大眼睛盯着他不说话，于是李戈继续道："我和余宋提过这件事好几次了，他一直都想给你留点面子。毕竟你是女孩子，闹得太僵对你名声不好，你现在拿这个当理由来说余宋，就有点不太讲道理了吧？"

被戳穿的顾盼面红耳赤，指着李戈一个字都说不出来。半晌之后，她深吸一口气，一字一顿道："好，余宋，李先生，你们厉害！既然你们这么不把我当回事，那我也不会再心慈手软了。"略顿，她看向倪想，委屈又愤怒道，"倪想，我不会让你压我一辈子的，你给我等着！"语毕，也不等倪想回复，她直接抬脚走了，真可谓来也匆匆，去也匆匆。

倪想微蹙眉头慢慢从椅子上站起来，顾盼的状态让她有点担心，她正想和余宋说这个，余宋就跟着站起来提起了别的。

"一起去吃饭，你们两个也去，我们庆祝一下。"

庆祝？

李戈听见他这句话都气笑了，再回头看傻乎乎的肖楠，不禁在心里翻了个白眼。

他们团队里可不能再有这样的傻白甜了，再这样下去，余宋还不得带着倪想直播上天？

尽管心里不情愿，李戈却是刀子嘴豆腐心，说去吃饭庆祝，还真的都去了。

他们一行四人去了余宋的爷爷那里吃火锅，自己准备底料和蔬菜，忙活了半晌。

一堆人围着不大的桌子热热闹闹地喝酒聊天，这个时候，余宋前所未有地高兴。

倪想本来还心事重重，可看他脸上那种从未见过的轻松、炙热的笑容，好像她的烦恼都算不了什么了。

乌云一刹那间全都飘走了，她的心里、脑海里，只剩下余宋的声音、余宋的笑容。

如果说之前倪想决定和余宋在一起，是抱着这样好的人她不想错过，也想自私一回，为自己活一次的想法，那么现在她心里是真的有了这个人的位置。

即便他们相处的时间并不长，即便他们才刚刚确定关系，即便她一直以来都缺乏勇气。

有时候真正对的那个人，你一见到他就知道是他。

不需要计较时间的长短，他走进门来，站在你的视线里，你当时就能知道，就是这个男人。

我非他不可。

第十六章
很久很久以前就爱你
CAI ZHE XING XING
BEN XIANG NI

医院的高级病房外守着几个保镖，除医护人员外谁也无法进入病房。

病房里，何如墨躺在病床上，手里端着水杯，正在吃药。

忽然，病房门被人从外打开，何如墨的经纪人走进来，表情不太好看，有些阴沉沉的。

何如墨一眼就看出问题，他摸过手机，还没打开看，经纪人就冲上来把手机拿走了。

"你生病了就好好休息，等好些再看吧。"经纪人含糊其词道。

何如墨不动声色地放下水杯，也不去抢手机，直接拿起遥控器打开电视。经纪人愣了愣，又要上来抢遥控器，这下何如墨直接把手挪开了。

随着他的动作，电视机打开，画面停留在他昨天才看过的娱乐新闻频道，上面正在播放插播进来的热点闻，关于……余宋恋情曝光的事情。

这时何如墨头上还缠着纱布，手上也是一片白色，他看着电视，神色专注又克制。

当他听见节目主持人说出余宋和倪想的恋情，还展示出媒体拿到的照片和视频时，他直接将桌子上的水杯扫到了地上。

"啪嗒"一声，水杯被摔得粉碎，水洒得满地都是，经纪人吓得噤了声。

看来那句古话说得真是没错。

凡事都要趁早。他虽然是先来者，但这几年太过迁就倪想，太担心再走错一步，也太过妇人之仁了，搞得现在不但人躺在医院，还对外界发生的一切毫无准备，措手不及。

陆媛就是这个时间来看何如墨的。

她带了花和水果，一地的狼藉落在她眼里，她怎么会不知道是因为谁。

又是因为倪想。

七年了，即便已经过了这么多年，能让何如墨这样愤怒的人始终只有倪想。

"陆小姐来了。"经纪人看见她好像见到了救星一样，立马转移话题，"快进来坐，如墨身体好多了，医生说再过一周就能出院，你来的时候没被人跟着吧？"

陆媛是何如墨的前女友，是在倪想之前就跟着何如墨的女人，现在在江城电视台做导播，之前倪想和余宋录节目时，她还想过要作妖。

这些年，何如墨也换了经纪人，这个经纪人虽然不知道陆媛跟何如墨那些过去，但也清楚他们关系不一般。

"没有，我很小心。"陆媛把花放到桌上，又放下水果，放缓声音对处于崩溃边缘的何如墨说，"你前阵子就一直让我抽时间来见你，现在我来了，不过好像来得不是时候，需要我先走吗？"

何如墨慢慢转过头，眉目冷漠地望着她。

陆媛最不希望被他这样对待，哪怕他生气或者假笑也是好的，就是不要这么冷漠地对她，她完全受不了。

"我先出去，你们聊。"经纪人很有眼色地告辞出门。

陆媛蹲在病床边，小心翼翼地收拾着地上的杯子碎片，何如墨就那么沉默地看着，许久都不开口。

等陆媛收拾完了，洗了手坐到病床边，他才嘲讽般地笑了笑，看得陆媛顿时无措起来。

"你笑什么呢？"她勉强笑了一下，想装作不那么尴尬的样子，可收效甚微。

"你放心，我不是在笑你。"何如墨开口，语调沉郁，令人担忧，他自嘲道，

"我是在笑我自己，你刚才那副样子，就和我在倪想身边的时候一样。"

要说什么情况下最让陆媛觉得不堪，那就是现在这种时刻了。

陆媛立马站了起来，有点激动道："如墨，你不要老是拿她跟我比，也不要再和她纠缠不清，她都已经和别人在一起了，今天还公开了恋情，你回头吧，好不好？我一直在等你，我们还在一起，好不好？"

何如墨要是能说"好"，他就不叫何如墨了。

他有多执着，陆媛比谁都清楚，所以她知道自己说了也是白说。

只是，她没想到自己的好心劝诫与表白，最后收到的却是警告。

"我叫你来不是让你说这些的。"他按下手里的遥控器，关了电视，解开病号服领口的扣子，淡漠地说，"我查到前阵子在网上发倪想黑料的人是你，没错吧？"

陆媛一愣，那件事有段时间了，她以为做得神不知鬼不觉，根本没料到何如墨能查到。

"只要花点钱就能查清楚的事，没你想的那么难。"何如墨看出陆媛的心里话，漫不经心地对她说，"你想把爆黑料这件事推到倪想头上，让顾盼去跟倪想互撕，你则坐收渔翁之利，我说得没错吧？"

陆媛彻底沉默了。

她知道自己现在什么都不用说了，因为何如墨什么都知道。

"陆媛，这是我最后一次找你，你记着，不要再耍小花招，我现在没心情管你，要不然，我会让你在江城电视台干不下去。"

当你深爱了许多年的人对你说出这样狠的话时，你会是什么心情呢？

陆媛不知道别人是什么样的，她只知道自己的心都被人撕开了。

她气愤，却也知道何如墨就是这样，她再生气他也不会放在眼里，他心里、眼里只有倪想。

陆媛气笑了，直接拿了背包转身就走，一边走一边哭，把站在门口的经纪人都吓了一跳。

望着陆媛的背影，经纪人总觉得有些风雨欲来的味道。

事实上也的确如此。

但这风雨不是朝着他而来，是朝着倪想去的。

晚上吃完了火锅，余宋便送倪想回家休息，车子停在楼下，两人在车子里互相对视，倪想欲言又止，余宋直接倾身过去吻住了她还带着点火锅味道的唇。

比上次有些霸道的吻不同，这次他吻得很轻，浅尝辄止，很快就回到了自己的位置上。

倪想愣了愣，凝视着他没说话。余宋望着车子的后视镜，借此来掩饰自己此刻雀跃却又复杂的心情，用一种故作冷静的语气说："我今天很高兴，比早上的时候高兴多了。"

他说话时一直看着后视镜，不去看倪想的反应，也许是因为没意识到，也许是因为……有些害怕看到她的反应。

他语速很快地说："我早上有些不对劲，我向你道歉，我想你会原谅我的。我那时只是有点纠结，但现在没有了。我知道就算你不是因为爱我才决定和我在一起，你也早晚会爱上我，只是时间问题而已。只要我努力，就一定有收获。"

说到最后，他终于看向了副驾驶的位置，倪想安静地望着他，用一种温柔又含笑的眼神，这眼神直接让他踏实了。

他情不自禁地扬起嘴角，又一次倾身吻在她嘴角，被她有些无奈地躲开。

她低低地说了一句"有酒味"，脸颊略红地逃下了车。

余宋目送她上楼，这个时候，他根本没想过她都已经到楼下了，在上楼的时候还会遇见什么人什么事。

一个名不见经传的十八线演员家在哪儿，媒体是需要一段时间才查得到的，再者，他回来的时候那么小心，自然不会被人跟踪，所以这时在楼道里倪想可以遇见的，就不会是什么媒体记者。

她所遇见的……是从医院跑出来，连病号服都没换，只在外面披了单薄大衣的何如墨。

他站在黑暗的楼梯拐角处，深夜里，没人经过这里，倪想在按电梯之前看见了他。他面色苍白，几乎与夜色融为一体，比起人，倒更像是个鬼。

倪想预料过会再次见到何如墨，但她没想到会那么快，还是在她家楼道暗处。

下意识地看了看左右，担心周围有人把何如墨这副样子曝光出去，她一点都不想因为自己把他牵扯到什么风波里，更不想自己才对外公开和余宋在一起了，就马上闹出四角恋的绯闻。

一个顾盼已经够麻烦了，再加一个何如墨，三家粉丝来撕，那画面简直不敢想象。

"你不用担心，这里没人，我在这里等了很长时间，灯灭了又亮，那么多次，一个人都没有。"

何如墨开口说话时声音带着彻骨的寒意，就和腊月的寒风一样，吹透了大衣，直凉到人的骨头里。

倪想拉紧了外套，手里还提着余宋给她买的夜宵，因为他觉得她晚上吃得太少了。

何如墨的视线落在她手里提着的东西上，古怪地笑了一下说："看来真是有男朋友的人了，也不像以前那样严格节食了。我一直跟大宽说，让他给你多买点吃的，但你每次都不肯吃。"他脸上笑意加深，压低声音，"看来也是分人的吧，要是我当初亲自来给你送东西，你会吃吗？"

倪想不知道该跟何如墨说点什么。

她也不想谈到大宽，自从出事之后，大宽就跟人间蒸发了一样，想来也是何如墨的手笔。她想过要帮帮大宽，但如此就会不可避免地跟何如墨联络，她现在还不想那么做。

她思索了很久，开口的第一句话是："你穿得太少了，现在天气冷，还是赶紧回医院吧。"

她说完话就拿出手机，想给大宽打电话。大宽肯定能联系到何如墨的经纪人，她想让对方过来把他接走。

只是，她的动作都消失在了何如墨的下一句话里。

"原来你知道我住院了。"他依旧笑着，笑得伤人自尊，"我还以为你不知道呢。你知道我住院了，却不闻不问，高高兴兴地去恋爱、去吃饭，那是不是只有我死了，你才会过来看我一眼？"

这话说得实在让人不舒服，倪想皱了皱眉道："这里不是说话的地方，你不冷吗？先把衣服穿上。"她要脱掉自己的外套给他。

可何如墨直接后退一步，无声拒绝。

倪想沉默地看着他，他站在寒风里和她对视片刻，接着缓缓朝前走了几步，垂头望向地面，用命令的语气说着哀求的话语。

"你回到我身边吧，想想。"他好像忽然激动了起来，朝前几步抱住了倪想的腰，语调仓促又混乱，"想想，是我错了，我不该答应跟你分手。这么多年我一直都在等你回来，我帮你开公司，给你介绍业务，让大宽照顾你，这些都是我做的，我知道这样是操控你，可我也是为你好。我知道错了，你原谅我，回到我身边，别离开我好不好？"

倪想诧异地站着，耳边回荡着他压抑快速的言语，心乱如麻的结果就是，手里的外卖掉在了地上，洒得满地都是，也打湿了何如墨本就单薄的衣裳。

他似乎毫无察觉，依旧抱着她不肯撒手，即便她苦苦挣扎他也毫不动摇。

"你原谅我好不好？我真不能没有你。我们可以暂时不让媒体知道你和余宋分手，我来处理这件事，我一定可以处理得很好，你相信我。"他仰起头，"你说话啊，你给我一个答复，算我求你了。余宋他已经拥有很多东西，可我只有你，你知道我爸妈都不在了，我在这个世界上就你一个心上人，你不能离开我的倪想……"

倪想预想过很多和何如墨再见的情形，或者和平的，或者强势的，但绝对没有这样的。

她根本无法招架这样的何如墨。

她咬着下唇拉住何如墨的胳膊，蹙眉说道："你冷静点，这里不是说话的地方，我们换个地方。"

可惜何如墨现在根本什么都听不进去，一直在不断重复着让她回到他身边的话，她听了许多遍，最后忍无可忍地爆发了。

"够了，何如墨！你根本不用这样！我不值得你这么做！"她有些崩溃地说，"你求我做什么？你口口声声说你错了，要我原谅你，可你到底有没有搞清楚，你现在不还是在逼我吗？"

何如墨被她吼得愣住了，怔怔地看着她。倪想趁此机会远离他，转开视线冷声道："何如墨，我们已经分手很多年了，刚才那些话我只当没听到，你以后都别再说了。我已经答应了余宋要好好和他在一起，我不会做对不起他的事。或许你不愿意听，说得直白点，我喜欢他，我不会和他分手，即便有一天我们分了手，我也不会再和你在一起。"

要说前面那些话还不足以毁灭何如墨的话，最后一句已经彻底让他无法自控了。

他身体虚弱，穿得少又冻了那么久，此时站得很不稳当，身体摇摇欲坠。

倪想蹙眉看向他，他眼神呆滞，视线没有焦距，她不确定要不要打120。

陆媛不知道从哪儿钻了出来，冲上去抱住何如墨心疼得直掉眼泪，她扭头就瞪着倪想说："倪想，你太残忍了，你怎么可以这样对他？你怎么忍心？你们曾经那么相爱，他对你那么好，这些年一直默默为你付出，你就是这样报答他的？"

陆媛的话像钉子一样钉在倪想心头，让倪想忍不住想，她真的做错了吗？

她又做错了什么呢？七年前就已经分手的人，七年内很少联络，他甚至还对外有过绯闻女友，她也不是没有因此难受过，但都挺过来了。

她好不容易看开了，放弃了过去的一切，他现在冒出来说这些话，和她又有什么关系呢？

她从来没想过要伤害任何人，可到头来，好像每个人都会因为她受伤。

倪想眨了眨眼，沉下声音说："时间不早了，你好好照顾他，送他回医院，我要回家了，再见。"她快速说完，直接按下电梯，门一打开就走了进去。

在电梯门关闭之前，她再次说道："还是不说再见了，我们再也别见比较好。"

她说完话电梯门正好关上，何如墨看着她的身影一点点消失在门后，无法自控地想要上前拦住她，可是没有用。

他没有力气，他的病还没好，身体也冻僵了，如果不是陆嫒扶着他，他早就摔倒了。

"如墨，你别这样，你想想你自己，你别这样啊。"

陆嫒不停地掉眼泪，何如墨靠在她身上支撑着自己的身体，他感觉到自己在不停地颤抖，脸上有什么东西不断流过，他知道那可能是眼泪，他好像是哭了，他不想让自己这么狼狈，可他控制不住自己。

他慢慢抬起手，看到自己的手一直抖，就和他的心一样。

这个世界上喜欢他的人那么多，可唯独这一个他喜欢的，完全不再理会他了。

多年前，他觉得自己是世界上最幸福的人，他爱的人也爱他，他们在一起，被所有人祝福，这是所有人梦寐以求的东西，他轻而易举就得到了。

大约也是因为太轻易了，所以才会贪心地想要更多，那时发展得比他更好的倪想像风筝一样一点点飞远，他们因为工作繁忙而疏于联络，她甚至还接到了陈锋导演的邀约，要去拍冲击戛纳的精品电影。他那么害怕自己抓不住她，所以才在她生病的时候违背她的意愿，瞒着她不曾问过医生是否可以弃用激素药物，让她的身材变得那么糟糕。

可是……时间过去那么久了，就算上天要惩罚他，难道惩罚得还不够吗？

不行，不能这样下去。

何如墨强迫自己一点点站起来，深吸一口气变得冷静一点。

207

他不要这样。

他不要这个结果，他要的是倪想即便被他欺骗，被他伤害，也还是会回到他身边，还会深深地爱着他。

他会让自己如愿的。

媒体的力量真是不容小觑，才与余宋公开关系几天，倪想的住处就被查了出来。

因为《妃常爱吃》这部戏已经拍完了，大宽又没脸继续来找倪想，给她接通告，所以倪想现在处于没人管的阶段，她一个人窝在家里联系律师办理与公司的解约事宜。

这天刚挂了律师的电话，就发觉门外有些吵闹，她奇怪地走到门口透过猫眼朝外看，这一看就吓了一跳。

外面很窄的楼道里挤了一堆拿着"长枪短炮"的人，住在她对面的住户都因此出不了门，正在和他们吵闹。

倪想立马从里面挡住猫眼，把门反锁住，走进屋子里开始换衣服。

这完全是她下意识的反应，她要换衣服离开这里，可换好了衣服坐在沙发上，才发现她根本走不掉。

门口堵着那么多人，她一出去就被逮住了，怎么可能逃走？

倪想抿了抿唇，有点犯难，恰好这时手机响了起来，原以为是律师给她回电话了，但拿起来看了看，来电显示上虽然仅仅只有"余宋"的名字，却已经足以让她安下心来。

说不清是怎么回事，反正就是那一瞬间，她的心情忽然就平静了下来，好像即便前面有任何荆棘险阻，她也有自信能完全跨越了。

倪想很快接起电话，余宋的声音和缓又平稳地传了过来："我在你家楼下，车牌号是0927，你收拾好行李下来跟我一起走。"

跟他一起走？

倪想蒙了一下，举着手机来到窗前，果然看见一辆车牌号是0927的黑色轿车。

那辆车有点旧，熄了火，从楼上看不清楚开车的人是谁，但可以确定的是，那些挤在楼道里的媒体绝对想不到那是余宋的车。

能走当然是好，目前最好的选择就是暂时离家，可门口有人守着，她又要怎么出去？

倪想琢磨了一下，看了看自家不算太高的楼层，以及窗户底下的花坛，果断对余宋说："你等着，我马上下去。"

语毕，她直接挂了电话，余宋都来不及把下楼的办法告诉她。

其实余宋都已经替她想好了，让肖楠上去把媒体带走，告诉他们晚点他会亲自给他们一些新闻，这样他们就不会为难倪想了。

不过倪想好像很有主意似的，余宋也就暂时放弃了自己的安排。

楼上，倪想正飞速收拾着东西，她没拿行李箱，因为不方便丢下去，只拿了方便的大手袋，将平日里常穿常用的东西塞进去，最后还不忘把跟经纪公司的解约文件放进去。

勉强拉上了拉链，她喘了口气开始了她的下楼计划。

倪想这些年拍过很多东西，其中就有与动作戏相关的。

虽然因为身材问题，她的动作不是很灵敏，但这会儿有余宋在楼下等着，她就告诉自己千万不能出丑，尽量以一个优美又快速的姿势爬出了窗外。

她踩着窗户边缘，一点点跳到楼下的露台上，现在是上班时间，楼下的房子没人在家，要是在家的话，估计得把她当作贼抓起来。

楼下等着的余宋根本没料到她会这么下楼，一直都低头盯着手机，看着网上发布的那些关于倪想的"黑料"。

其实无非就是一些不理智的粉丝，在知道余宋和倪想恋爱之后发出来泄愤的罢了。

混了这么久娱乐圈，余宋早就对这些免疫了，即便是对他的污蔑，他也从未放在心上。但这次不一样，他们抹黑的人是倪想，他越看越生气，渐渐握紧了拳头。

忍无可忍，无须再忍，余宋直接冷着脸对副驾驶座上的肖楠说："我发几张图到你微信，你把这些图上的人都找出来，让他们马上删除微博并道歉，否则就找律师起诉他们。"

话说出去好久都没得到回应，只见肖楠一直保持着一个吃惊的表情望着车窗外。余宋微微蹙眉，好看的眸子眨了一下，稍稍侧头跟着望向了窗外。

这一望，他手里紧握的手机就直接掉了下去，"啪嗒"一声落在脚边。

只见他深爱的姑娘灵敏地从二楼露台跳到一楼露台，然后身手矫健地跳下一楼窗台。

几乎在她落地的同一时间，余宋拉开车门冲了出去。

你能想象吗？

倪想准备好自由落体的一瞬间，就被及时赶到的高大男人抱住了。

她仓促地回头，诧异地看着轻而易举抱着她的余宋，嘴唇动了动，却说不出话来。

"那个，余宋哥，你们不适合在这里久待，万一待会儿再有别的媒体来，看到你们这个样子，他们可能会高兴得好几天晚上睡不着觉。"肖楠无奈的声音响起。

倪想闻言赶紧从余宋怀里跳了下来，顺手替他抚平大衣上的褶皱。

她脸红红的，看都不敢看余宋，提着手袋直接冲进了车子里。

余宋也不点破她的别扭，跟在她身后上了车。

等两位主要人物坐好，驾驶座上的司机马上开车离开。倪想也没问他们这是要去哪儿，在她的认知里，余宋肯定是要送她去住酒店，等风头过了再回来。

或者干脆再重新租一套房子，反正马上片酬就要打下来了，她也不差这几千块钱。

她现在比较关心的是，余宋望着她的眼神有点奇怪，专注又深邃，似乎在思考什么，让她本来就颇为心虚的表情越发显得无措了。

"你没事吧？"她好奇地问，"在想什么？"

踩着星星奔向你

他没说话，只笑了一下，笑得神神秘秘，让她越发好奇。

余宋将她可爱的神情尽收眼底，他抬起手，先在自己鼻尖上蹭了一下，似乎觉得有些好笑，随后便在她窘迫的注视下将手伸过去，帮她将扰人的碎发一点点捋到耳后。

当他骨节匀称的手指触碰到她耳朵的一瞬间，她的心里已经不仅仅是紧张了。

她怔怔地凝视着这个近在咫尺的男人，相较于何如墨硬朗的长相，余宋其实更符合她的审美。

温和之中带着一些疏离，笑的时候优雅内敛，不笑的时候睿智慑人，矛盾至极的反差在他身上融洽地展现着，令人不自觉地被他吸引。

在拍摄那期综艺节目之前，倪想从未想过自己可以和余宋发展出如今的种种。

有一个问题一直困扰着她，她望了余宋很久，觉得此时应该适合问了。

"你为什么这时才来找我？"她喃喃道，"为什么不一开始或者早些年来找我？"

她的询问没头没尾，余宋却明白她想知道的是什么。

他的笑渐渐消失，视线稍稍错开了一点，望着车窗外飞速倒退的画面，许久之后才低声道："一开始是不自信，觉得你不会看得起我，你当时也有男朋友；后来是时机不成熟，其实你说我没早些时去找你不太对，只是你没有发现我……"

余宋这样的人会不自信吗？

显然是不会的。

只是，在出道的前期，余宋是真觉得自己配不上倪想，也没能力给她需要的生活。

就算他出现在她的生活里，也只是个无足轻重的小人物。

甚至，他所处的层次还没机会接触到能知道倪想住处以及联系方式的人。

再到后来，倪想渐渐复出，走上另外一种演艺路线的时候，他才算是小有所成，在网络上有了不少粉丝，人们都叫他"流量小生"。

那时他就开始找倪想了，只是两人的身份差距又从一个极端走到了另一个极端，尽管他很想每次去见她的时候直接走过去说一声：嗨，你好，我是余宋，我喜欢你很久了。

但想起她跟何如墨分手的原因，他又犹豫了。

她会和何如墨分手就是因为舆论压力，他那时还没有建立自己的工作室，粉丝年龄也还小，上面又有老板，做很多事都不自由，难免会重蹈何如墨的覆辙。

所以他一直忍着，直到那次综艺节目。

拿到出演嘉宾的名单时，他看着上面倪想的名字，就知道时机到了。

这一切的一切余宋什么都没说，他只是认真地和倪想对视。

倪想看了他好一会儿才收回视线，勾着嘴角说："其实我到现在依然觉得有点不可思议，我们甚至都没说过话，我连你的模样都没怎么见过，我又不再是以前那个样子，但你还能一直不变……与你的坚持相比，为我这样的人，总觉得不值。"

余宋笑了起来，像个孩子一样，眼眸中波光粼粼，闪耀着异常耀眼的光芒。

他终于开口，声音低沉，缓缓道来："值不值你说了不算，我说了才算。至于你的不可思议，大约也是我最后能够成功的原因。"

当你有了一个梦想，有了一个魂牵梦萦的人，不管那个人是男是女，离你有多遥远，你打定主意要和对方走在一起，从此开始为之努力，这样的旅途里有过数不尽的寂寞和艰辛，你也数次想过要放弃，但最终都挺了过来。

这样的你还有什么追求不到？

那些美好的人和物，都会理所应当地来到你身边。

倪想心中思绪万千，最终只汇聚成一个倾身而去的吻。

这好像是她第一次主动吻他，余宋难免怔忪。

倪想很长时间才结束这个吻，结束后人还一直靠在他身上。

他的身体坚实又柔软，温暖又薄凉，处处矛盾，处处迷人，无一处不让她深陷其中。

她抬起眼，无意间发现司机将车子停下的位置，原本安稳的心又躁动起来。

余宋没送她去酒店，也没帮她重新找房子。

他带着她，回了他的家。

在看见那栋两层别墅的一瞬间，倪想脱口道："不是去酒店吗？怎么到这儿来了？"

她现在还靠在余宋身上，姿态亲密极了，肖楠转过头想说什么，瞧见这一幕立马自戳双目转回了头。

倪想被肖楠那模样弄得有点尴尬，想直起身离开余宋，可结果不尽如人意。

余宋这家伙怎么都不肯松手，直接张开手臂紧紧抱着她，还低下头似笑非笑道："谁跟你说我们要去酒店的？"

倪想噎住了，干巴巴道："我自己想的……你该不会是要我住你家吧？"

余宋隔着车窗望着自己的居所，点头说："我的房子很大，有很多房间，你想住哪间都可以，还不用付给我费用，不比住酒店划算吗？"略顿，他低头在她额头蹭了一下，"而且还有我伺候你，比酒店服务员好很多。"

倪想的脸红得像煮熟的虾子，努力从他怀抱里挣脱。

她欲言又止地还想拒绝，一转眼却发现余宋眼底满是忐忑和雾气，她一愣，不知道自己怎么就鬼使神差地下了车，上了他的船。

这不是倪想第一次来余宋家，但这次来的目的和之前都不同。

倪想站定打量着这套大房子，心里还回想着余宋刚才的眼神——他是故意的吧？一定是故意的。他真的太擅长蛊惑人心了，知道自己什么样子最让人无法拒绝，摆出一副小奶狗的样子让她怎么忍心反驳他？

太过分了，居然套路她。

倪想有些生气，扭头瞪向余宋。余宋从后面走过来，随后摘了挂在衬衫领口的墨镜，脱掉厚重的深灰色大衣，里面只穿着单薄的黑色衬衣和黑色长裤，明明是最简单普通的打扮，在他身上却有一种不凡的清隽贵气。倪想看着他衬衫领口偶尔露出的几片肌肤，大约是有黑色衬托，他的胸膛显得越发白皙无瑕。倪想对这样干干净净的男人一点抵抗力都没有，顿时忘记了自己刚才瞪眼是为了什么。

"谢谢你没拒绝我。"

他从她身后而来，润泽优雅的声音让她仿佛被下了蛊一样，浑身上下酥麻煎熬。

她想活动一下，但身体的扭动促使两人的距离越发靠近了。

"你或许不知道，我等这一天等了有多久，我甚至都想给那些媒体写感谢信了。"

他将手放在她肩膀上，稍稍用了些力道。她隔着厚厚的衣物都能感觉到他手的温度很高。

"我帮你准备了房间，在二楼我的房间旁边，去看看喜不喜欢。如果不喜欢，你可以住我的房间。"他将背对着他的倪想慢慢转过来，看着她微红的脸低沉道，"我们可以……一起住。我保证只要你不愿意，我们可以什么都不做。"

倪想下意识地后撤脑袋，要不是及时后撤的话，肯定会被前倾的余宋给亲到。

余宋有点遗憾地叹息了一声，松开了放在倪想肩膀上的手。

倪想舒了一口气的同时心又提起来了，因为她看见余宋在解衬衫的纽扣。

或许是因为这里只有他们，又或许是因为这地方是某人的家，两人的互动总带着些暧昧的味道，倪想很容易想歪。

余宋解了几颗纽扣，活动了一下筋骨，转过头看了她一会儿，薄唇轻挑道："你在想什么？"他缓缓道，"屋里温度有点高，我稍微解开一下扣子，你不介意吧？"

不介意？

介意啊！

他长成这个样子做这种事，分明就是在撩人，她怎么可能不介意？

这不明摆着要人把持不住吗？

倪想直接提着行李袋往楼梯的方向走，决定眼不见为净。

摆出一副撩人姿态的余宋有点意犹未尽，不甘心地跟了上去，从她手中接过行李袋。

倪想转头瞄了他一眼，余宋这时候已经平静如常了，这让她松了口气。

要知道以前她可以在面对余宋时保持冷静平淡，那是因为两人什么关系都没有，而且她也不喜欢他。但是现在……现在一切都不一样了，他再这么撩她，她怕自己……

倪想用一种无法形容的速度赶到了二楼某个房间门口，停下脚步就犯了难。

看来还是要请教余宋，因为她根本不知道哪个是他的房间，哪个是她的。

她乖乖转过头，看见余宋正一手抄兜，一手提着行李袋，好整以暇地看着自己。

他今天真的很轻松，以前很少见他脸上有那么平静温柔的神采，倪想看着看着心里就特别动容。

她朝他走了一步，挽住他的手臂仰头看他："哪个房间是我的？"

余宋的回答可真是"不走寻常路"。

他松手放开行李袋，行李袋掉在地上发出轻微的响动。他伸出修长的手指在二楼的好几个房间上来回点了点，每次稍微一停顿，倪想就聚精会神地看着，以为那是她的房间，可他很快又会转开，来来回回几次，她都有点挫败了。

余宋见好就收，将手指最终定在了一扇门上。

那扇门就在他们对面，虚掩着，从这个角度看不清楚里面是什么样。

"其实这里所有的房间都属于你，如果你非要我帮你指定一间，那你可以先睡这里。"

他形状美丽的眼睛弯弯地凝视她，低沉富有磁性的声音悠远绵长，她听着，慢慢放开挽着他的手，轻轻推开了不远处的房门。

其实也没什么特别之处，一间卧室而已，里面的装饰也简单直观，但有些东西却让倪想的心一下子就软了。

很久很久以前，倪想还没有经历生病退团一系列事的时候，有一次录节目，主持人问她最喜欢养什么宠物，她那时候脱口而出说想养一缸鱼。

五颜六色的，有大有小的鱼。

她还特别想要一个很大的鱼缸，每天看着鱼儿在自己面前游动，让它们好像在大海里一样舒畅自由，看着它们，她自己的心情好像也就跟着好了。

这样的爱好在她事业最好的时候没时间去实现，在生活改变之后又没能力也没精力去经营。

然而现在，余宋替她实现了这个她从小到大、连自己都已经快要淡忘的愿望。

她情不自禁地看向站在她身后的男人，很难形容现在的感受。

大约最贴切的词语就是庆幸吧。

庆幸自己还有能力遇见这样一个愿意为自己费心思，让自己高兴的男人。

他会记得你很久很久之前说过的话，他了解你的一切喜恶，知道你什么时候需要什么。

他不会让你为难，会疼爱你，这应该是每个女孩子都希望有的另一半。

她遇见了，这是她的幸运，她很庆幸。

即便是和何如墨在一起时那些还算不错的回忆，也没有此刻和余宋在一起让倪想舒服。

那时他们都很忙碌，聚少离多，每次见面时间都很短，恋爱期间除了互相关心和挂念之外也没有更多故事。

而和余宋短短的几个月相处，她仿佛就经历了许多年都不曾经历过的波折。她还要庆幸的是，她得到了一个好的结局。

"为什么那样看着我？"

被倪想那么动容地盯着，余宋从一开始的淡然渐渐变得有些不自在。

他轻轻抬手落在她的头顶，一点点下移，捂住了她好看的眼睛，用缓慢悦耳的声音暗示道："你再这样看着我，我会忍不住做点什么，所以还是把你的眼睛遮起来比较好。"

倪想好像笑了笑，又好像没有，但余宋听见她说："你只遮住了我的眼睛，但是没有遮住我的嘴巴。"

余宋怔了一下："所以呢？"

所以？

所以我还是可以亲你啊。

倪想根本不用说出来，她双臂环上他，紧紧抱着，就这样被他蒙着眼睛吻住了他的唇。

明明不是第一次接吻，今天也不止这一次，但她心中的激动不减反增。

余宋缓缓后退，短促地喘息了一下，留下一句"我先走开一下"便进了旁边的房间。

他的不自然被倪想尽收眼底，思考了一下是原因，倪想失笑。

她整了整心神，目光落在鱼缸里游来游去十分欢快的鱼身上，心中一片清明。

从这一刻起，她是真正的、全新的自己了。

第十七章
你就是我的女一号

CAI ZHE XING XING
BEN XIANG NI

　　既然成了不给钱的免费住客，倪想觉得自己至少得付出一点什么才会比较安心。

　　等她收拾好行李，便动手准备晚餐了。

　　她从房间里出来的时候，余宋还没出来，这有点奇怪，他进去好一会儿了，天都要黑了，怎么还在里面？

　　倪想琢磨了一下，靠近房门伸手敲了几下，低声唤道："余宋？"

　　无人回应。

　　倪想有点担心，又喊了一声："余宋，你在里面吗？"

　　还是没人回话。

　　他没出去过，倪想一直在家，他要是出去了，她肯定知道的。

　　而且他目前的电视剧刚拍摄结束，李戈不会那么快给他安排工作，那他到底在里面干什么，怎么不吭声？

　　倪想有点担心，他该不会出了什么事吧？

　　她尝试去转动门把手，就在要成功的那一秒，门从里面打开了。

　　倪想抬眸，看见余宋站在里面，表情恹恹，口袋里揣着手机，一副烦躁又不安的模样。

　　"你没事吧？"倪想有点担心，她抬手放在他额头上，贴了一会儿又贴到自己额头上，奇怪道，"不烫啊，怎么忽然这么没精神？"

　　余宋没回答她的疑问，只是问了一个意外的问题："你手机呢？"

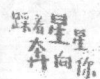

倪想不解，从口袋里取出来说："在这儿啊，怎么了？"

话刚说完，手机就响了一下，她下意识地去看，很快就被余宋抢走了。

"我来帮你看。"余宋低头瞄了一眼，快速将上面的提醒按掉，对倪想说，"没什么，日历提醒冬季注意保湿。"

倪想不疑有他，还是比较关心余宋的颓丧状态："怎么一会儿没看见余宋就变成这样了，被谁欺负了吗？"

余宋撇撇嘴，看上去有点不服气，好像在说："怎么可能有人能欺负我？"然而他并没有反驳，这就说明，他还真可能被谁欺负了。

倪想打算一探究竟，但余宋很快开始转移话题："我饿了，可以做点东西给我吃吗？"稍稍一顿，他感慨道，"真的好想吃你做的东西。"

倪想的一颗心完全被他后面这句好像撒娇一样的感慨给俘获了，瞬间软得一塌糊涂。想来就算他要吃龙肉，她恐怕也会想办法找一条龙来给他炖了吃。

"其实我以前不会做饭。"倪想摸摸头说，"是后来自己一个人住，又没钱再请保姆，才试着自己做饭吃。"谦虚了一下，她马上自信了起来，"现在我要是去考个什么厨师证，估计也能考下来。你想吃什么，我去给你做。"

余宋的心情好像因此好了点，双手揽住倪想的腰将她抱进怀里，贴着暧昧了一会儿才说："只要是你做的，我什么都吃。厨房冰箱里有些菜，如果不够我们一起去买。"

倪想打了个响指，欢欢喜喜地下去做饭了。

余宋慢慢跟在后面，看着她快乐的背影，悄悄拿起她完全忘记的手机，打开她没有密码的屏幕，很快就发现了方才微博上的头条提示，还有娱乐官微@她的内容。

这些东西绝对不能让她看见，不仅是丢脸，恐怕还会给她造成心理负担。

想到这些，余宋往回走去，准备把她的手机藏起来，等风头过了再还给她。

倪想满心都是做饭这件事，压根就没把手机放在眼里，一直在厨房里面忙活。余宋藏好了手机就下来看她做饭，他站在厨房门口，轻轻靠在门边，看着她系着他的围裙，用着他购置的东西，直到这一刻才觉得这些东西是物尽其用的。

这个家，余宋买下来的时候觉得太大了，空空荡荡的，每天除了一楼电视前面的沙发，二楼他住的卧室之外，其他地方都被钟点工打扫得纤尘不染，一点烟火气都没有。

现在倪想来了，这个家仿佛充满了活力，原本他根本不进的厨房也成了难得的好去处，仅仅是靠在门边看着她就已经足够赏心悦目了。

倪想一直在专心烹饪，根本没留意门口的人，等到火上煲好了汤，她回过头打算休息一会儿的时候，就看见门口靠着的余宋。

他用饱含爱慕和欲望的眼神凝视她，有那么一瞬间她觉得自己好像一丝不挂，十分尴尬羞耻。

"一会儿就可以吃了。"她说完又觉得似乎有点不对劲，补充道，"我说的是饭。晚饭一会儿就可以吃了。"补充完才发现过于刻意，即便余宋没想歪，现在估计也想歪了。

看看他的表情，果然，他微微睁大的眸子专注地落在她身上，性感的喉结微微滑动，手指轻轻抚着门的另一边，意有所指道："真的可以"吃"吗？"

"……"倪想不知道该说什么缓和此时的气氛，只好红着脸硬着头皮跑了出去。

余宋站在厨房门口看着她落荒而逃的背影，嘴角似有若无地勾着。

他想，如果以后的生活都是这样，那可就太美好了。他想每天都不工作，就待在家里盯着倪想看，反正他现在赚到的钱也足够他们生活。

但这个想法显然不切实际，即便他的经纪人和粉丝同意，倪想也不愿意每天无所事事地和他待在家里数着彼此有几根头发。

接下来一段时间两人安安静静地等饭吃，甜蜜的氛围始终萦绕在他们周身。

跟着星星奔向你

220

吃饭的时候这样甜蜜的气氛只有加剧，没有退散，余宋不断夸赞饭菜美味，可倪想总觉得他看她的眼神分明在说，其实他更想"吃"她这个人。

或许是他的暗示，让今夜的倪想根本无法进入睡眠。

她翻来覆去睡不着，身上都是余宋用的沐浴露的味道，她思索着此刻对面的他正在做什么，恋爱中少女的心思好像让她都跟着年轻了许多。

晚上一点多的时候，倪想还是没睡着，她终于想起了自己的手机，爬起来开始找，但找了好久都没有找到。

有点奇怪，她想着或许是遗忘在一楼了，于是穿上鞋子出了房间。

夜深人静的时刻，她觉得余宋肯定睡着了，所以动作很轻，十分小心，即便到了一楼依旧保持着轻手轻脚的状态，担心吵醒余宋。

但其实余宋根本没睡着，人也不在卧室，他就在一楼的花园里坐着，通往花园的玻璃门开着，窗帘被外面的寒风吹得翻飞起来，倪想想不发现都难。

她走过去，站在他后面，看见余宋正在抽烟。

他面前的桌子上摆着两部手机，一部是他的，一部……是她的。

对了，她想起来了，她的手机被余宋拿走了，一直没有归还。

他在做什么？

倪想好奇地又往前走了一步，看见余宋低下头，在他的手机上按来按去，好像在打字。

她很奇怪，一步步走过去，渐渐看见了他紧蹙的眉头。

他似乎不太高兴。

想了许久，倪想还是决定表露行迹，为了不吓到他，她抬手敲了敲身边的玻璃门。

声音响起，余宋倏地回过头来，直接掐掉了手里的烟，扔到一边的烟灰缸里，那里面已经有许多烟蒂了。

"睡不着？"他抬手按了按额角道，有点自责地说了一句，"抱歉。"

倪想摇了摇头，没有说话。她往前走了几步，坐到他旁边的椅子上。

这会儿是冬天，这儿又是花园，余宋即便抽了很多烟，烟味也早就被寒风吹散了。

她比较在意的是，手机上不断弹出来的信息。

侧头看了看余宋，他好像知道瞒不住了，所以也不阻止了。

倪想沉默了一会儿，拿起两部手机来一探究竟。

这一看就颇有点哭笑不得。

虽然外界仍然喜欢称呼余宋为小生和鲜肉，但其实余宋也是奔三的人了，和倪想差不多大。他一直在倪想面前表现得非常成熟，她完全没想到余宋会做出和网络喷子对骂这种幼稚的事。

看着那些已经被转发数万条的评论，余宋直接亲自上阵和那些骂她、指责她、污蔑她的人辩论，颇有些"有什么冲我来，别动我女人"的架势，别说是倪想本人了，连旁观者都觉得余宋是疯了。

这算是冲冠一怒为红颜吗？连那些喷子都傻了，他们做梦都没想到余天王会亲自回复自己。更多的人则觉得余宋太爷们儿了，找了一个对自己事业毫无帮助的女朋友也就罢了，甚至还如此维护对方，半点官方套路都不走，熬着夜也要挨个回复喷子，为女友解释，还有比这更让人羡慕的事情吗？

倪想看得心里无奈又酸涩，眼睛不知不觉就红了，有什么东西掉下来，落在桌面上，啪嗒啪嗒的，引起了余宋的注意。

"怎么哭了？"他紧张地上前拉住她的手，"哭什么，不许哭，我帮你骂他们了，他们以后不敢欺负你了。"

余宋是受过高等教育的人，又是公众人物，他说是骂其实也不过是有理有据地解释。

余宋太过斯文，粉丝觉得他很有担当，越来越挺他和倪想，还叫倪想"大嫂"。余宋不会骂人，他们就帮着去骂那些喷子。

然而他们善意的举动成了有心人利用的工具，他们开始借着这些博取关注，这导致倪想即便什么也没回应，什么也没做，余宋的形象还是被她影响到了。

本来一个好好的零差评艺人，就这么毁在了一段恋情里。

倪想自责又难过，不断地掉眼泪，余宋直接将她抱进怀里，哄小孩一样哄她。

"别哭，有我呢，我保证以后不会再发生这种事了，你一哭我都想哭了。"

倪想吸了吸鼻子说："你不要理他们了，你不该回复这些人的，你越是理他们，越是中了他们的圈套。"

看她泣不成声，余宋别提多心疼了，抿了抿唇说："我就是看不下去，我那么心爱的人，我自己捧在手心里的人，我连大声说话都不舍得的人，凭什么让他们那么欺负？"

其实倪想的眼泪本来已经止住了，可听见他这么说，眼泪又好像开了闸一样一发不可收拾了。

这个世界上总会有那么一个人，让你在一个人的时候坚强勇敢，却在看见他之后，听见他的关心与担心之后，哭得泪如泉涌。

倪想这辈子就谈过两段恋爱，何如墨更像是她的感情启蒙者，那时她不专心，不够虔诚，情商也低，他们甚至都没什么时间相处。

但余宋不一样。

他在她最懂得爱的时候出现，让她完全体会到了有人爱、爱着人的感觉是什么。

在这个年岁，这个时刻，能够遇见这样一个人，倪想越想越开心，最后破涕而笑。

很奇怪，余宋最近似乎没有什么通告。

在倪想搬到他家之后，他每天都不怎么出门，除了偶尔去门口拿肖楠送来的日用品，他连大门都不怎么迈出去。

倪想一开始觉得他是在休息，毕竟刚拍完一部剧，天气又太冷，李戈应该没马上给他安排工作。但时间一长，余宋还是每天待在家里陪着她看碟打游戏，这就有点让人发慌了。

　　就算没有马上要开拍的戏约，也应该有其他活动的通告吧？

　　该不会是她的缘故，让余宋的通告数量减少了吧。

　　这种事也不是没发生过，那时倪想的糟糕形象直接导致何如墨被媒体和广告商不待见，倪想最终不得不跟何如墨分手，免得两个人都受煎熬。

　　这次余宋一直不出去工作，倪想很难不往那方面想，这么一想就忍不住摸出了手机。本来她都和余宋说好了，两人谁都不去看那些负面评论，不让无关紧要的人影响他们的生活，可是……人心里一慌，就容易做出傻事。

　　这会儿余宋正在厨房做午饭，他现在每天最热衷的事就是给倪想做好吃的，倪想好不容易减下来的那点斤两全都被余宋给养了回去。

　　她现在无比确定，他其实并不在意她的外表如何，他在意的是她这个人本身。

　　悄悄往厨房的位置看了一眼，倪想拿出手机打开微博，尽管已经过去了一个星期，但两人的恋情热度依旧不减，高高地挂在热门转发排行榜里。

　　倪想深吸一口气，开始搜索关于余宋的消息，当她输入了余宋的名字，下面相关搜索框里就出现了她的名字。她心情很微妙，总觉得好像有一根线把他们串在了一起，从此他们的一切都联系了起来，再也不会分开。

　　幸运的是，在相关搜索中，她并没有发现关于余宋的不好爆料，例如哪些公司或广告商与他解约，又或是他遭到了换角之类。

　　不幸的是，她看到了很多人并不怎么善意的评论。

　　有的粉丝还比较理智，顶多说说"男神你眼瞎了吗［微笑］简直就是一首李X浩的《不配》啊"这类的话，但有的就比较过分了，直接说"坐等分手"四个字，还比较直接地说余宋也许会一时鬼迷心窍和她恋爱，但绝对不会和她结婚。

　　看着看着，倪想就忍不住把手机拿得远了一点，最后干脆直接不看了。

　　她转头，想去看看余宋那儿怎么样了，自己是否被发现了，可她没想到自己一转头就看见余宋趴在沙发后面，没什么表情地看着她。

"呀！"倪想捂着心口朝后一撤，因为做贼心虚，吓得脸都白了。

余宋依然保持着那个姿势，身上还系着围裙，他单手撑头看着她，另一只手里还拿着铲子，应该是从厨房出来时间不久，也不知道发现了她没有。

看倪想眼珠转来转去，好像要糊弄他，他直接起身在她发顶上摸了一下，好像长辈一样循循善诱："来，跟我说说，拿出手机偷看什么了？"

倪想闻言顿时哭丧了脸，很不情愿地把手机藏到身后，转开头不想说实话："没什么。"

余宋微微弯起眸子，笑得悦目温馨，英俊极了。像他这样的男人，当他温柔地笑望你时，好像不管问你什么，你都会全部如实招来。他以后要是不做艺人了，完全可以去做特工，不管面对什么样的目标，都可以用他的美色来俘获人。

"你在说谎。"他回眸看了一眼厨房的位置，大约是还在烧着什么，担心出问题，但还是不死心地又转回头盯着倪想，"不打算跟我说实话？不说也可以，待会儿我亲自检查。"

"亲自检查"这四个字他咬得很重，斯文的面孔上带着讳莫如深的表情，哪怕她不承认，他也能知道她干了什么。

吸了口气，倪想还是决定坦白好了，正好她也需要他来为她解惑。

"我就是好奇你怎么一直不出门，按理说你不是应该很忙吗？"她仰着头神色茫然地望着他，"你怎么可能有时间每天待在家里给我做饭呢？这太奇怪了。"

真挺奇怪。不但倪想感觉到奇怪，连李戈和肖楠都非常费解。

肖楠今天给余宋送完了新鲜蔬菜水果之后，就去见李戈了。

李戈坐在沙发上接电话，不断给各个打来电话的片方或者广告方道歉，给出推迟时间的理由都是余宋最近身体不舒服，根本不敢直说是那家伙压根不想出来工作。

接完最后一通电话，李戈便掐了手里的烟，看看空手而归的肖楠，恨铁不成钢地叹了口气。

如果任由余宋这么折腾下去，他这位当红明星迟早要把自己作成过气艺人，但人家也许根本就不在意。

　　这边，余宋直接关了厨房的火坐到了倪想身边，和她一起看着电视。他好半天没说话，弄得倪想越发觉得是自己影响了他，内疚得不行。

　　见她表情变幻莫测，渐渐开始想歪，余宋抬手按了按额角，终是如实道："接下来的工作要连轴转，事情太多，所以我申请了半个月的假期，这段时间什么也不做，就在家里陪你。"

　　如果说刚才倪想好像被一条绳子给捆得死死的，那现在就是被彻底松开了。

　　她眼睛亮晶晶地看着余宋："真的吗？你没骗我？"

　　余宋歪着头朝她笑。明媚的阳光透过窗子洒在他完美的侧脸上，他那笑容即便他接下来说地球是方的，倪想也会毫不犹豫地认同。

　　"当然，给你看这个。"他从裤子口袋取出手机，递给倪想，把倪想的拇指放到手机屏幕的解锁键上，很快手机就解锁了。

　　倪想瞪大眼睛："是我的指纹？你什么时候设的？我自己怎么不知道？"

　　余宋咳了一声掩饰性道："没什么，就是在你不注意的时候拿来按了一下，不要在意这些。我要给你看的是行程表。"

　　相较于前面指纹的事，倪想还是更关注后面有关余宋的行程，所以她乖乖地开始看他的行程表。

　　果然，在假期之后余宋的工作几乎是连轴转的，直到农历年左右都没有停歇时间。现在临近元旦，他要在深冬里拍一部惊悚电影，然后参加江城电视台的春节联欢晚会，必然没多少时间在家了。

　　看完了倪想就踏实了，可踏实完了又有点心塞。

　　"挺好的，那你这周就好好休息，休息完了就去拍戏。"她抬头看余宋，把手机还给他，眼中满是不舍。

　　余宋直接将她抱进了怀里，凑到她耳边轻声问："舍不得我？我在家你要担心自责，我离开你又要难过不舍，真是让我左右为难。"

的确挺让人为难的，但恋爱这件事本就要经历许多为难和抉择。

倪想靠在余宋怀里闻着他身上的油烟味，觉得自己真是把这个不食人间烟火的神仙给拉下神坛了。如果他的粉丝知道他现在每天都是怎么过的，肯定得恨死她吧。

想到这些，倪想把脸埋得更深了一些，这样突如其来的依偎反倒让余宋有点受宠若惊，本来还打算卖个关子，这下赶紧把所有安排和盘托出了。

"有件事我想问你。"他后撤身子，让倪想和他对视，接着问她，"你和彗星传媒解约的事进行得怎么样了？"

一提到那些跟何如墨有关的事，她就忍不住想起那天夜里何如墨祈求她的样子。

她的确是很冷血的人吧，他都那样了，她却没一丝一毫的动摇，他心里肯定恨死她了。这样也好，两人今后就算互不相欠，好聚好散吧。

"已经收尾了，他很配合，没有为难我。"

倪想回答得很快，话里这个"他"指的自然是何如墨。

余宋听完点了点头，眼神深邃，变幻莫测，不知道在想些什么。

倪想猜不透，干脆直接说了自己的想法："他……之前也的确算是为我好，虽然方式不对。我们以后就不要再为难彼此，各过各的，不要闹得太难看了。"

倪想在担心什么，余宋当然很清楚，他也不希望她挂怀这些事，只是何如墨在她心里至今还算是个不错的人，这让他非常有危机感。

他很了解何如墨根本没打算放弃，不知道什么时候就会来个突然袭击，单是想想，他便冷下了脸。

"你没事吧？"倪想有点担心地看着他，握着他的手一点点地帮他把紧握的拳头松开，低头凝视他好看的手指，心里其实知道他为什么会这样，但没说话。

余宋垂眼望着她沉默的模样，话锋一转说了另外一个话题："我没事。你要是解约完了，未来一阵子可能就要忙起来了。"

倪想抬头："忙起来？"她困惑地皱眉，并不觉得有什么节目和片子会请她去。虽然她现在的知名度因为余宋瞬间变大了，可她一来没了经纪人，二来没了经纪公司，人家要怎么请她？

余宋勾勾嘴角，倾身向前，唇瓣贴着她的耳郭轻声细语道："下个月我要拍的那部电影，说来也挺巧，有我自己工作室的投资在内，所以我内定了女一号。"

倪想猛地愣住。

余宋用他那蛊惑人心的语调说道："你就是我的女一号。"

第十八章
他追到了偶像
CAI ZHE XING XING
BEN XIANG NI

知道余宋要让自己出演女一号的时候，倪想的第一反应自然是高兴。

这么多年了，她压根就没想过自己还能演女一号，也不觉得自己现在的形象适合女一号。毕竟不管是什么电影，女主角即便不年轻也要貌美，倪想目前……还不算太合适。

在人才济济美女如云的娱乐圈里，如今的她真称不上貌美。

要是再瘦个三四十斤，那还可以一战。

想想这些，倪想的激动心情就全都消失了，取而代之的是一些忐忑和抗拒。

她一皱眉头，余宋就知道她在担心什么。他也不着急，先回厨房把饭菜都端到了餐厅，随后在餐厅拍了拍手，坐在沙发上的倪想便非常自觉地起立朝餐厅走去。

余宋站在餐厅门口等她，他穿着黑长裤和白衬衫，单手抄兜，笔直地站在那儿。

他墨黑的短发垂顺地贴在额边，肌肤好得找不到一丁点瑕疵。

他微微抬手，白皙有力的手腕上戴着银色的金属表，不用仔细看也知道价值不菲。但这些奢侈品放在他身上一点都遮掩不了他的光辉，她的视线还是凝在他本人身上。

他这样一个不折不扣的美男子，不管是什么物品在他身上都会变成陪衬。

倪想保持镇静，心静如水地走到椅子边，在他的手搭上她肩膀上后顺势落了座。

如前几天一样，又是一桌子丰盛的午餐，倪想没料到一个男人竟然可以这么平静地醉心烹饪。以前跟何如墨在一起，难得有时间一起吃饭也都是出去吃，他们从没在家开过火，倪想那时候不会做饭，何如墨也是，他坚持着"君子远庖厨"的观念，有点大男子主义。

看着桌上色香味俱全的饭菜，倪想心里面特别感动。好像和余宋在一起之后，她无时无刻不处于一种感慨外加感动的状态。她曾经英雄地想过哪怕就这么孤独终老也没关系，现在想来孤单自然有孤单的好处，但有个人陪在身边，关心你爱护你，到底还是不一样的。

余宋在倪想身边坐下，倪想的视线一点点从饭菜上转移到他身上，他比色香味俱全的菜品更美味，她怎么都挪不开眼睛。

"你不想演这个女一号？"余宋专注地看着倪想，好像全世界在他眼里都不算什么，他只瞧得见这么一个人似的。

倪想抿抿唇点头说："靠裙带关系拿到的女一号，如果我要了，和之前我接受何如墨的帮助去录制综艺节目有什么区别？那时我还可以解释我不知道事情原委，但这次我全都知道了，我没办法说服自己。"

说完这些话，她有些气馁，叹了口气说："你会不会觉得我太矫情了？康庄大道不走，非要自己走颤颤巍巍的独木桥。要我自己说也是有点矫情，可我就是过不了心里那一关。怎么办呢余宋，你教教我吧？"

看她自我厌弃的样子，余宋觉得可爱又心疼。他笑了一下，抬手摸了摸她有点凉的脸，在她期待的视线下慢慢说："我之前说你是我的女一号只是我的想法，你还有一关要过才能拿到这个角色。"

倪想一愣，变得有点不解。她原本以为这是完全内定给她的角色，原来不是吗？

余宋将手臂搭在她身后的椅背上："还记得我之前推掉的那部戏吗？"

倪想开始回忆，很快就说："张敬导演的那部戏？本来该是你的，但是你……"她说着说着便意识到他推那部戏有猫腻，干吗不去演张敬的戏跑来拍言情剧？

倪想微微侧目，正好对上余宋含笑的眸子，她心神恍惚了一下，已经猜到了他那么做的原因。

余宋也没隐瞒，特别坦荡地说："对，就是为了追你才推掉了那部戏。"

倪想这下恨不得把桌布掀起来蒙住自己的脸。

和余宋在一起真是得具有分分钟抵挡甜言蜜语的本领，否则肯定会溺死在他的笑容里。

"我过几天要去拍的那部戏，导演就是张敬。"余宋也不点破倪想的窘迫，直言道，"之前没合作，我一直遗憾，后来我们有通话，我递了本子给他，张导也觉得很好，刚好他手里的戏拍摄已经结束，能抽出一段时间来做这个项目，所以就合作了。"

倪想还是有点懵懵懂懂，余宋很快为她解了惑，将她的手机拿过来，在上面输入了一串数字，头也不抬道："我拿了你在之前那部剧里的样片给张导看，他觉得还不错，这两天会找你去试镜。如果你可以通过试镜，才能确保拿到这个角色；如果不能……"他抬起头，做出爱莫能助的神情，"就算我有心，也没办法了。"

倪想知道余宋说的都是事实。张敬在圈内出了名的铁面无私，即便你是奥斯卡影后，如果试镜的结果让他觉得不满意，也别想上他的戏。

若你是个名不见经传的十八线，只要你能拿出配得上角色的演技，张导也会力排众议地选用你。

毕竟"张敬"这两个字就是电影票房和质量的保障，已经不需要演员的知名度来填补了。

倪想瞬间精神起来，跃跃欲试道："你要陪我去试镜吗，我怕我一个人会紧张。"

余宋微微蹙起长长的眉，黑白分明的眸子稍稍凝着说："你真希望我陪你去？我猜你只是说说而已。"

是啊，以倪想的性格，难保不会担心余宋跟去之后被其他试镜的演员看到，会觉得她是走后门进来的，一个不服气捅出去，又要闹得满城风雨。

她那么担心上新闻的一个人怎么会自找麻烦呢？

但倪想的回答出乎余宋的预料。

"嘴长在别人身上，我管不住别人怎么说，自己问心无愧就行。你是我男朋友，恰好你也没事，为什么不能让你陪我去？"她双眸清明，毫无迟疑，这就是她的特别之处。

她有时候会让你觉得执拗，不懂变通，可有时你又会发现她比任何人都不拘小节。

"好。"他喉结滑动，声调异常性感，听得倪想浑身酥麻，耳尖泛红。

"我陪你去。"

他说："我……求之不得。"

倪想因他最后四个字而心神荡漾，等吃完饭他拿来了剧本才稍稍转开心思。

工作起来，旖旎的气氛便少了很多，两人都是非常专业的演员，讨论剧本时很投入。

余宋选的这部惊悚电影，女一号的角色真像是给倪想量身定做的。

这个角色称不上漂亮，身材也非常一般，是个单亲妈妈，丈夫很早去世，一个人生活在鱼龙混杂的贫民区，贫民区里面住着各色各样的人。

有一天她的孩子失踪了，她发现最可疑的是隔壁以前做医生的邻居，对方不常出门，偶尔出门只会拖着个特别大的黑色袋子去垃圾场，谁也不知道他整天在家里做些什么。

大体上来说，这是一个讲母爱的悬疑惊悚犯罪片。换种说法来讲，这部戏是女主戏，男性角色称得上主角的，就是住在女主角隔壁的变态杀手。

倪想难以置信道："你别告诉我你要演这个杀手？"

余宋直接后撤身子，拿起椅子旁边的白色长外套穿上，就好像穿上白大褂一样。他站起来离远一点朝她一瞥，眼神马上和以前不一样了。

他眼中不再爱意满满，不再温柔宠溺，眉梢眼角都充斥着一股阴柔与戾气。

倪想看呆了，余宋轻声而又阴骛地问她："怕我吗？"

"怕……"

话是这样说，她的人却站起来扑了过去。

余宋赶紧接住她，他没预料到她会是这样的反应，她直接仰头说："其实我不是质疑你的演技，你当然可以演好，我只是……"她踮起脚，在他下巴上亲了一下，有点心酸道，"我只是觉得你这样好的演员，不应该来给我做陪衬。"

她更加不希望他一味地为她付出，而她除了付出更多的爱，什么也给不了他。

有些话即便倪想不说，余宋也可以感觉到。

如果之前他还会因为何如墨曾说的那句"她不是因为喜欢你才和你在一起"而难过，那现在他已经完全不会考虑那些了。

他相信自己的感觉，他知道倪想心里现存的男人是谁。

不会是别人。

只能是他。

这就足够了。

倪想和余宋的恋情在网上兴起了一个话题。

那就是只要你够努力，迟早有一天可以光明正大地搞定你的偶像。

这句话可以两面用，对倪想来说，现今这种条件的她可以搞定余宋，真的让很多女粉丝信心倍增。

而对于余宋来说，倪想真是他的少年女神，偶像妥妥的，他也是努力了好多年才光明正大地搞定了偶像。

当何如墨看到这个话题，刚好转一点的身体立刻感觉不太好。

陆媛坐在一边给他削苹果，见他脸色不好便立刻去拿他的手机，但被他躲开了。

陆媛有些尴尬地笑了一下说："你现在还在生病，不要老是看手机，多睡会儿吧。"

何如墨也不说话，从倪想那儿回来之后，他每天的生活基本上就是吃药、睡觉、看手机。

他不理会任何人，除了偶尔应经纪人几句，其他人他都当作透明的。

没人知道他心里在想什么，也没人知道他接下来要怎么做。陆媛既庆幸又担心，虽然倪想不可能再和他在一起了，这代表着自己有机会了，可他再维持这个状态下去，她倒恨不得他活蹦乱跳地和倪想在一起算了。

至少那样才是她认识的何如墨，现在这个不死不活的人，根本就不是她印象里的那个男人。

越想越生气，陆媛干脆把苹果丢到了盘子里，放下水果刀说："何如墨，你要真想把倪想抢回来你就去抢，你要是没那个本事就老老实实做你的演员。都七年了，再深的感情还能剩下什么？你只是不甘心罢了。你躺在医院要死不活的，可她呢？她有为你担心，有为你愧疚吗？她还有心思去和余宋一起拍电影，两人卿卿我我整天上头条，你现在这样到底值不值得？"

何如墨好像如梦初醒般望向了陆媛，眼神呆滞没有神采，扯着嘴角，问："你说什么？"

陆媛怔了怔，没想到自己会得到他的回应。

就在她发愣的片刻，何如墨继续问："你知道什么？他们一起拍电影？什么电影？怎么我没看到消息？"

陆媛慢慢吐了口气，转开视线说："我前阵子听人说的，倪想去试镜了，张敬的新电影《单身母亲》，倪想试的女一号，男一号是余宋，是他把倪想推荐给张导的。"

何如墨本来毫无表情的脸上慢慢浮现出一点点狰狞，他还没说什么，房外就响起了敲门声。何如墨的助理开门进来，小声说："如墨哥，是顾小姐来了。"

顾小姐。

知道何如墨住院，还姓顾的，就只有顾盼了。

陆媛看向何如墨，他挥了挥手。陆媛多了解他，怎么会不知道他的意思？虽然她不甘心，却还是拎起背包走人了。

在她绕过助理离开之后，何如墨才对助理说："让她进来。"

然后顾盼就被放了进来。

一进来，顾盼就开始发泄她满肚子的不满："何如墨，你是不是出了个车祸就成废人了？你之前的承诺呢？你不是信誓旦旦地说倪想一定会回到你身边吗？怎么她和余宋越来越好了？你到底有没有用？"

何如墨并不生气，事实上他已经不会有什么情绪了。

他连看都不看顾盼一眼，相较于她的歇斯底里，他的反应非常冷静。

他专注地看着眼前的电视，电视正在播放非常平常的广告。

周围的一切氛围似乎都很平静，直到他开口。

他的声音低沉略带沙哑，透露着极强的克制："你会知道的。我原本没想那么做，但似乎你们所有人都在逼我。"

如果你特别爱一个人，而她不但不再爱你，也不稀罕你的一切妥协和付出，那对于一个自尊心很强、掌控欲也很强的男人来说，他会怎么做？

当然是，既然得不到，那就毁掉好了。

毁掉好了。

本来还期望可以抢回她的爱，可顾盼跟陆媛的话让何如墨清醒了过来。

过去式就是过去式，沉睡在这段关系里的人除了他已经没别人了，既然如此，那就让这段关系画上一个句点吧。

看他们过得那么好，自己默默退出，保持风度，这绝对不是他的风格，他要的是天翻地覆，谁也别想独善其身。

顾盼看着他那副模样，忽然有点后悔来找他。

她迟疑了一会儿，吞吞吐吐道："那个什么……你打算怎么做啊？你可别太乱来啊。"

何如墨总算看了她一眼，笑得令人毛骨悚然："让倪想身败名裂再没有翻身的可能，这不就是你想要的吗？怎么叫乱来呢？"

顾盼赶紧挥手说："我可没那个意思！我就是想让她和余宋分开，然后吓唬吓唬她，让她吃点亏。你可别乱来，那些可跟我没关系！"

何如墨根本不想理会顾盼这个废包，很快就让助理送客。而远在保姆车上，正前往拍摄地点的倪想根本不知道将有怎样的风雨等着她。

她觉得她跟何如墨早就结束了，之前的纠缠在那一晚也到此为止了，现在她满心都扑在余宋和新戏上。

试镜那天，余宋早早准备了早餐，两人吃了饭又一起对了戏，余宋从开始到结束都一直在鼓励她，她的表现也没让他失望，荣幸地得到了张敬导演的当场赞美，很快敲定合作。

他们这会儿正乘车前往港城，那里有特别适合用来拍摄这部戏的筒子楼，里面的居民已经大部分都搬走了，只剩下等待拆迁的旧址。

他们到达时是下午，天气阴，港城靠海，气温并不那么低，但风吹着却很冷。

倪想的厚大衣都被冷风吹透了，这样的气候在外面拍戏十分煎熬，让她忍不住想起了前不久拍摄那部言情剧的情形。那时也是这样冷，但那时她还没和余宋正式在一起。

在她思索时，余宋从一侧握住了她的手，抬起来哈了口气给她取暖。张敬导演下了车瞧见这对小情侣，笑着打趣道："小倪这么娇气吗？那这阵子你可要受罪了，女一号的服装可都是单衣。"

倪想饰演的女一号苏丽是个三十来岁的中年女人，孩子七岁，丈夫去世多年，被岁月蹉跎得好像四十岁了一样。

她每天清晨都要去筒子楼外的饭店洗碗、打扫赚钱，穿的都是单薄廉价的衣服。

倪想早就做好了吃苦的准备，想跟导演解释一下，但还不等她说话，余宋便面不改色地坦然清冷道："没关系，有我在她不会受罪的。"

倪想有些尴尬，脸红红的，也不知是冻的还是害羞了。

倒是张导好像习惯了余宋的行事风格，笑了一下，便和副导演去看场地了。

倪想收回视线望着面前的高大男人，试着抽回手，几次都失败了，也就由着他去了。

其实她自己也没想真的抽回来，所以根本没用多大力气……

"明天开始我就要化身变态了。"余宋说着话，似乎从这一刻已经开始入戏了，孤高的眉眼、冷漠的神情、恶劣乖张的语气，"你要小心你的孩子，当然了，还有你自己。"

最后那三个字掷地有声，让人怎么受得了？

真是……分分钟要拜倒在余变态的白大褂之下了。

在戏里面扮演倪想儿子的小男孩叫苗苗，现在刚好下车。倪想转眸瞧见，立刻和余宋分开走上去，伸出手将苗苗抱下了车。苗苗妈妈在后面下车，看着她笑了一下。

倪想也回了苗苗妈妈一个笑容，余宋在这时也走了过来，他笔直地立在那儿，视线若有似无地在苗苗和倪想身上流转。别人或许不明白，但她算是对他有些了解，她知道他那眼神的意思分明是……他也想要一个孩子。

生孩子这件事，倪想真没想过，因为她压根没想过自己还能恋爱，还能结婚。

现如今这种状况，想想这事儿好像也正常。

意识到自己居然真的在考虑生孩子这事，倪想浑身一凛，赶紧快步走开，冲在前面，免得被余宋发现她的心思。他总是能轻而易举地看穿她的窘迫，对她有着连她自己都没有意识到的认知。

余宋在后面望着她离开的背影，嘴角始终挂着饱含深意的笑容。

虽说他以前也对人温和，常常带着笑意，却一直是捉摸不定，神秘疏离的。

他身边的工作人员还有其他演员瞧见他现在的变化，一开始还觉得他和倪想的恋情有些蹊跷，现在却不得不承认，那个肯为倪想不顾自己公众形象的男人是真的陷入爱河了。

陷入爱河的俊朗男人啊，那嘴角斯文清冷的笑，可真是……太性感了。

第十九章
绯闻风波

CAI ZHE XING XING
BEN XIANG NI

筒子楼是那种老旧时期人口密集城市普遍存在的建筑。

其中一户人家大约只有一个房间那么大的居住面积，每一层有多户人家，目前这种建筑仍然存在于人口密度大的城市，港城就是其中之一。

倪想他们拍戏选择的这片筒子楼存在时间非常久远，从进入小区的菜市口那儿开始就残旧破败，倒是符合他们剧本里的设定，就是苦了演员。

张敬是出了名的不走寻常路，为了加快拍摄进度，也为了拍摄起来更方便，他干脆连酒店都不给演员安排了，直接在附近的筒子楼里选了几间相对来说还比较宽敞干净的，收拾了一下给演员和工作人员住下来。

倪想和余宋分别是男一号和女一号，房间自然是挨在一起的，其他人在哪里他们并不关心。

倪想的行李被肖楠提进来，余宋跟在后面，手里也提着个箱子。

他进了屋四处看看，直接将箱子放到了墙边。

肖楠这时也放好了箱子，拍了拍手道："这地方可真吓人，张导怎么就想着让咱们在这儿住呢？洗个澡都不方便。"他皱着眉。

倪想有点累，放好东西就坐到了收拾干净的床上。床上铺的床单和被子都是新换的，还带着暖洋洋的味道，虽说环境的确不算好，但最起码干净。

余宋就近坐到了床边的椅子上，单手撑着桌子望向肖楠，浅淡温和道："你要是害怕，可以去市中心住酒店。"

肖楠立马笑嘻嘻地献媚道："那怎么行呢？余宋哥，我是您的助理，当然要寸步不离地守着您了。我来之前，李哥可是特别交代过我的，千万不能让您在这儿吃苦受累。"

倪想看着肖楠说话的模样，忍不住勾了勾嘴角。肖楠也就二十岁出头，年轻又充满活力，虽然是余宋的助理，按理说该是八面玲珑的，但好多时候都一副懵懵懂懂的样子，看着他的模样，倪想的心情好像都好了一点。

这时，她又不自觉因肖楠想到了另一个人……自从事情败露，大宽就消失得无影无踪，他到底去了哪里，是出了什么事吗？等这里的拍摄结束，或许她该主动找他谈谈，说到底这么多年的朋友，恨也恨了，冷战也冷战过了，总不能真的因此老死不相往来吧。

余宋不经意间瞥见倪想望着肖楠的脸发呆，本来温和的面容缓缓沉下来。

他面无表情道："拿着你的东西回去就是，我可以自己照顾自己。"

肖楠怔住，诧异地看着余宋，感觉到自家老板心情突然不好了，但又不确定是因为什么。

倪想也望向余宋，看到他那副表情也和肖楠一样不解，她权衡了一下说："还是有个助理在身边照顾你比较好，你应该不适应没助理的生活，就让肖楠留下吧。"

余宋特别任性地把脸转到一边不看倪想，固执道："没有谁一开始走这条路就请得起助理的，让他走，我自己可以。"

他这么说是不肯改变主意了。倪想虽然觉得莫名，但也爱莫能助。

肖楠摸摸头，噘着嘴有点委屈地说："那好吧，余宋哥，我先走了，您要是需要我一定要给我打电话啊。"略顿，看余宋不理自己，就跟倪想说，"倪想姐，你给我打电话也行，千万别让余宋哥受苦。"

倪想正要答应，余宋直接站起来挡在了他们中间，扬着嘴角笑得十分危险道："好了，时间也不早了，直接让司机送你去酒店，如果我要用车会联系你的。"

肖楠浑身一抖，立刻转身就走，一边走一边委屈地想，自己兢兢业业伺候余宋哥，一直挺受宠的，怎么今天突然就失宠了呢？这不科学啊！

肖楠走后，余宋脸色好看了不少，他上前把门关上，抬手看看腕表，大约在计算去工作的时间。

这期间倪想一直看着他，一开始还不太理解他为什么突然变脸，现在有点猜到了。

在余宋正思考什么的时候，倪想直接说出了自己的猜测："余宋，你是在吃醋吗？"

这个问题直接扰乱了余宋的心。

几乎是一瞬间，他脑子一片空白，看向倪想时眼神都是黑茫茫的一片。

"怎么会，我为什么要吃醋？"

他矢口否认，但表情已经出卖了他。倪想要笑不笑地望着他闪躲的样子，抬手托着一侧脸颊笑了出来，一脸荡漾。

注视着倪想甜蜜的笑容，余宋本还想坚持自己的说法，却到底还是没说什么，慢慢地叹了口气，低下头按了按自己的额角。

随后他抬起脸，清俊如玉的脸上挂着一些不甘心，沉声说道："我不喜欢你对别人笑。"

倪想本来在笑，听他这么一说就怔住了，好半天没反应。

余宋凝视着她继续说："我这样是不是很幼稚？肖楠只是我的助理，在你眼里他也许只是个孩子，但就算是这样，我还是……"长舒一口气，他有些挫败道，"我还是受不了。"

他看着她时眼睫都在微微颤动："你会不会觉得我太限制你的交际，然后因此讨厌我，甚至和我分开？"

倪想整个人都蒙了。

她不知道仅仅是自己一个单纯的笑容就可以让余宋想这么多。

她没料到自己对他的影响已经这么大了。

抿抿唇，倪想下了床走到余宋身边："你没有限制我的交际。"她放缓声音，带着些安抚意味轻声说，"你别想那么多，其实也就在你眼里我才那么好，在外人看来明明是我高攀了你，我都不怕你跟那些漂亮的女演员跑掉，你为什么还要担心失去我？"

倪想的话让余宋很不赞同，他紧紧攥住她的胳膊认真道："正因为你不担心，所以我才没安全感，我总觉得你是因为不够爱我，所以才不怕我离开你。"

人家都说恋爱中的女人总是患得患失，倪想现在算是明白了，恋爱中的男人也不遑多让。

为了让余宋彻底安心，倪想思索了一下，踮起脚环住了余宋的颈项。

她在他耳边轻声说："我不担心是因为我相信你，不是因为我不爱你。而我之所以这么相信你，正是因为……我爱你。"

即便答应了和余宋在一起，倪想也从未真的将"我爱你"这三个字说出口。

此时此刻，在风景很差劲的筒子楼里，没有鲜花，没有美酒，没有华丽暧昧的灯光，就在这样一个不起眼的地方，余宋听见了这三个字。

他微微凝眸，眼神清明，大脑却一片混沌。

直到后来他们一起去化妆，坐在化妆台前，化妆师在他脸上涂抹时，他依旧有些神思凝滞。

化妆师有点担心道："余先生，是不是我的手法您不太喜欢？如果您不舒服一定要告诉我，我好注意一点。"

余宋回神，视线聚集在化妆台的镜子上，他看的不是他自己，而是透过镜子的折射看着后方正在化妆的倪想。

因为要饰演一个贫穷、被岁月摧残蹉跎的中年女人，倪想本来白皙的脸涂上了深色粉底，她一点点变得苍老沧桑。余宋目不转睛地看着这一幕，他的化妆师一开始闹不明白他为什么这样，着实慌张了一下，等顺着他的视线看过去后，才恍然大悟。

原来是在看女朋友。

本来预计两个小时内完成的妆容和服装，在余宋的走神下三个小时才完成。

当张敬从外面走到摄影棚内的时候，就看见穿着一身做旧西装，坐在黑色行李箱上点烟的余宋。

当然了，摄影棚内禁止吸烟，他肯定不是真的要吸烟，只是因为拍照需要摆造型罢了。

余宋微微抬眼，脸上其实没什么妆容痕迹，有轻微的修容，描了眉，眉尾上扬，高挺的鼻梁上架着一副圆框金丝边眼镜。镜架有些脱色，是故意处理过的，让它有戴了很久的气息，与他身上洗得有些发白的西装相互呼应。

他所扮演的男一号是个落魄医生，已经很多年没有正常收入，从来都孤身一人，没人知道他的过去，也没人知道他是否有什么亲戚朋友，只记得他和老婆刚搬进来的时候还很意气风发，衣服都是高档货，吃的也都是小区里人人称羡的，直到他老婆突然去世，孩子胎死腹中，他又紧接着丢掉工作，一切就都改变了。

倪想化完妆出来站在一边看余宋拍照。余宋正将心思沉浸在工作中，非常投入，甚至都没发现倪想在附近。

他专注地看着镜头，一只手捏着白大褂外套，另一只手握着手术刀，他侧坐在黑色皮箱上，嘴角将笑未笑，表情诡谲莫测。

他保持这个神情看向镜头时，摄影师直接按了十几下快门，然后回看了一下照片，比画了"OK"的手势。

"非常棒，张导您看。"

摄影师把照片拿给站在一边的张敬看，张敬直接道："不必给我看了，我刚才已经看见了。我果然没看错，余宋，你是个可塑性非常高的演员，很可惜你没去拍我上一部戏。"

余宋可能还没从拍照的情绪里走出来，脱了白大褂放下手术刀之后，就径直走到了张敬身边，脸上残留的那个令人毛骨悚然的笑容让摄影师情不自禁后退了一步。

张敬看向摄影师，哈哈笑了一声，戏谑地打趣他胆小，而倪想也在这一刻被邀请过来拍照。

她一靠近，余宋马上就变得不一样了，很快转回头望着她。

倪想的脸变得不再"年轻"了。

如果说她以前虽然身材不太好，但五官和皮肤还是无可挑剔的话，那么她现在算是一点优点都没有了。

衰老的面容，眼角和眼下充斥着人造皱纹，头发夹杂着灰色，黑眼圈很严重，皮肤黑而没有光泽，身上穿着的是过去年代女人才穿的碎花长袖衬衫和黑色裤子，连脚上的鞋子也是做了旧的黑色布鞋。

这会儿是在摄影棚里，温度还算可以，这要是出去了，这副打扮肯定冻得瑟瑟发抖。

余宋看见这样的倪想的一瞬间，感觉时间静止了一样，连呼吸都屏住了。

他不敢相信，如果这些年倪想没有从噩梦里走出来，没有从跌倒的地方爬起来，是否当他终于走到她面前时，她就会变成这样？

或许在某些时刻他应该自责，甚至去感谢何如墨。

至少在他不在的时间里，何如墨替他照顾了倪想，即便那并不是倪想所需要的。

在电影《单身母亲》开始拍摄的前一天，剧组的所有工作人员都深切感受到了男一号对女一号多么情有独钟。

要是谁有急事找男一号，只需要找到女一号就可以了，因为他俩肯定在一起。

这样的内部消息很快就被某些刚入组的工作人员新奇地发到了自己的朋友圈里，然后又转了好几手到微博上，于是倪想和余宋的恋情再次成了热谈。

倪想这会儿并不知道这些，也没时间关注微博热点，她把全副身心都放在了这部电影上。

她非常确定，不管她拿到片约的原因是什么，外界肯定都觉得她是走后门的，甚至那些在试镜上被她打败的女演员也会买点水军来说这件事。

但是没关系，她不会把这些放在心上，她相信只要她把电影拍好，上映之后大家看见她在戏里面的表现就能为她正名。

这天晚上，完成了前三天重要布景和拍摄的倪想回到自己的房间里。

妆已经卸过了，她洗了把脸，正坐在椅子上护肤。空旷的桌上摆了很简单的护肤品，加在一起也就三四瓶。她还没来得及用第一瓶，房间的门就从外面打开了。

倪想并不惊讶，这些天余宋是这里的常客，也许公开关系之前他还会遮掩一点，但公开之后他就彻底放飞自我了。

她按部就班地护肤，一点点将面霜乳化，慢慢按在脸上，闭着眼睛说："坐吧，今天晚上来又是因为什么？"

很奇妙，倪想其实并不介意余宋过来，也不需要他提供什么理由，但余宋每次都会自己先把今晚来的原因讲出来。

他的理由十分冠冕堂皇，或是拿着剧本，或是拿着道具，反正总能让自己的到来显得理所应当。

时间一长，他一进门先自报理由这个程序，就成了倪想每天晚上都很期待的节目。

然而，今天他说完之后，倪想却微微怔住。

"今天没有什么原因，原因好像都被我说完了，我想以后没有理由也能晚上到你这里来，可以吗？"

他的声音很靠近，就在她身后，她披散着长发，身上穿着厚厚的衣服，脸上的老年妆也卸掉了。余宋侧眸看着她年轻美丽的面容，竟然觉得有些恍如隔世。

"当然可以。"倪想回答得很快，笑着将护手霜抹在手上，"既然你都不怕这些行为影响你的公众形象，那我就更不怕了。饿吗？吃过没？"

不住酒店的不方便之处就在于，白天拍戏时吃盒饭，晚上拍完了还得吃盒饭。

偶尔可以用电磁炉和导演一起煮个火锅，那算是吃了点好的。

再加上拍戏辛苦，来了不过几天，倪想在余宋那儿攒的一点肉就全都掉下去了，隐约看出了尖下巴的痕迹。

余宋慢慢蹲下一些，保持着视线与她平行，就那么和她对视了一会儿才说："没吃，不饿。就是想来看看你。为什么我们明明每天都在一起，我却总是很想你。"

谁能受得了余宋这样的美男子分分钟跟你说情话？

倪想可受不了。

她情不自禁地推了他一下，当然力道很轻，根本没法把他推开，反而把自己的手交到了对方的手中。

余宋握着她的手，不像平时那样老实，而是将她的手指一根一根地轻抚一遍。

"别这样。"

倪想尝试着收回手，但失败了。余宋修长白皙的手和她的一比较，她的可真算是小肉手了。

倪想有点脸红，可更让人脸红的还在后头。

倪想恍惚地望向他的眸子，他一点点靠近她，最后将她整个人拥抱在怀中，唇瓣贴着她的耳垂，轻轻亲了一下，才不确定地说："今天晚上……我不走行吗？"

大家都是成年人。

这个"今天晚上不走"，绝对不是说晚上两人一起盖着棉被对剧本。

倪想当然清楚余宋的话究竟是什么意思。

他们现在距离非常近，她只要再往前一厘米就能和他的脸贴上。

他那么温暖，好像全身都沸腾了，而她冻了一天，早就想找个暖和的地方靠一靠了。

如今看来，这个地方除了电暖气和电热毯之外，最佳选择就是自然发热的人体了。

倪想慢慢转开了脸，很庆幸这个简陋的房间里并没有大的梳妆镜，否则此刻在桌子前依偎着的两人映入镜中，她见了不知道要多尴尬。

她并没有很快回答余宋的问题，但她也没有马上拒绝。

这就说明一切都是有机会的。

余宋好像得到了鼓励，直接从身后将她抱住，他用的力道不轻，抱得很紧，她本来就呼吸急促，这下干脆不能呼吸了。

她最终也没能说出拒绝的话。

也许是呼吸不稳定，她憋得脸颊通红，无法开口。

也许是他身上的味道太过惑人，她不舍得推开。

有些水到渠成的事情，似乎在今夜必将会发生。

她被他轻巧地抱起来，放在了离椅子不远的床上。

"你没拒绝我。"近在咫尺的呼吸让他低沉富有磁性的声音越发撩人，"我很高兴。其实我已经忍耐了很久。我想彻底拥有你，不管是外在的你还是内在的你。"

余宋说什么，倪想其实已经听不见了。

她沉醉在他的吻里，理智已经被湮灭了。

或许他们都想过，彼此的第一次一定要在一个美好的地方，即便没有鲜花美酒，至少也要干净舒适。

但此刻他们了悟到，在什么地方其实不重要。

重要的是那个瞬间，他们情投意合。

超级星探：＃余宋片场与女友共度良宵＃张敬导演新电影终与余宋合作，女一号花落余宋女友倪想，两人片场亲密无间、恩爱虐狗，更拍到余宋进入女友房间一整夜，直到第二天两人才一起外出。前绯闻女友＠顾盼机场冷脸拒谈余宋，疑似情伤未愈，更多精彩内容，关注＠超级星探，随时更新。

一大早的，微博上又开始热闹起来。

狗仔跟拍跟到了港城的片场，他们真是有本事，这么偏僻的地方都能找到，还很有毅力，居然在对面楼上一夜不睡就为了逮住余宋几点从倪想房间里出来。

不管怎么说，新闻的噱头是有了，余宋禁欲温和男神的形象因此彻底颠覆了，但有一批理智的粉丝还是会指责媒体，人家男女朋友，合法合理，住在一起怎么了？耽误你回家搂你媳妇儿了？明星难道就不能谈恋爱吗？

倪想是从别人暧昧的脸色里知道这件事的。

上妆时和她关系不错的化妆师小声询问她拿下余宋的方法，看样子是想取经，但她能怎么说？大约就是……不要理他，离他远一点，别人越是在意他你就越不理他，他就会发觉你的特别了？根本不是那样。

缘分这东西不能用言语或者方法来解释。倒是他们好不容易坦诚相见了，还没热乎多长时间，大家就都知道了，这事儿让倪想有点不好意思。

不过她也就不好意思了那么一会儿，很快就把心思放到了拍戏上。

余宋已经到了拍摄场地，剧本放在一边，电影里他这个角色的台词不多，大多时间都要靠他的眼神和表情来支撑人物，是非常考验演技的。

倪想昨晚才感受过他的温柔如水，白天一拍戏就得住在隔壁的"变态"吓唬，看着他披着陈旧白大褂，拖着黑色塑料袋去丢垃圾的背影，她总觉得自己心里也快变态了。

老这样演戏人会不会精神分裂？

摄像机正常运行中。

化着老年妆的倪想正在疯狂地寻找自己失踪的孩子。

她中午下班回来，从饭店里带了客人剩下的没有动过的鸡腿，还有一碗她连一口都不舍得吃的拉面，她把这些留给孩子，想让孩子高兴，但进了屋却怎么都找不到孩子的身影。

"林林？"

戏里面倪想的儿子叫林林，戏里的时间是夏末秋初，孩子每天都自己放学回家，很懂事很聪明，是女主角的精神支柱。但就在这一天中午，一切都不一样了。

倪想好像真的丢了孩子一样，脸唰地就白了，整个人开始在筒子楼里里外外寻找林林的身影。

她敲开了无数邻居的门，楼上楼下地寻找，唯独不敢去敲她家隔壁那扇门。

她打心底里不愿意靠近那个奇怪的男人。

但最后她还是不得不站在那扇门前，手有些发抖地慢慢触碰到那个男人的房门。

她深吸一口气，寻找儿子的执念给了她勇气，让她用力敲响了他的房门。

"陆先生，陆先生，麻烦您开下门！"

倪想害怕又着急地拍着门板，可是很久很久，里面一直没人回应。她以为陆先生不在家，有些失望地后退，无措地思考着孩子还能去哪儿。

距离孩子失踪已经有两个多小时，林林从来没有这样无故不见过，这个满心靠着孩子而活的母亲脆弱得几乎一把稻草就能将她压倒。

在倪想仓皇失落地靠着楼板瘫软下去时，她面前的那扇门慢慢打开了。

穿着陈旧白大褂、戴着白色口罩的男人站在里面，漫不经心地看着她。

其实陆先生戴着口罩，她本不能看清他的表情，但她此刻万分确定，他口罩之下的嘴角一定是笑着的！

他在笑。

倪想身临其境，完全入戏，当时便竖起了寒毛。

她颤抖着爬起来，紧紧咬着干燥破皮的下唇，壮着胆子上前问："陆先生，您有看见我儿子吗？大概这么高，单眼皮，头发到耳朵这么长。"

倪想形容着孩子的长相，她注意到陆先生的眼镜上有红色液体的喷溅痕迹，不多，在边缘角落的地方。倪想几乎一瞬间就朝屋子里冲去，直觉让她恐惧，陆先生站在门里，摘掉口罩，露出了可怕而得逞的笑容。

大门在倪想冲进去的一瞬间被关上，而楼梯处，林林抱着作业本哼着歌正在上楼，有邻居看见他疑惑道："林林，你刚才去哪儿了？你妈到处找你。"

林林说："我去同学家写作业了，学校今天下午放假，我忘记告诉我妈了。"

邻居"哦"了一声，随即，导演喊了"咔"。

房间里，倪想看着余宋，长镜头拍完，倪想浑身哆嗦了一下说："你刚才那样子真是把我吓坏了。"

余宋直接摘掉眼镜扔到一边，又脱掉身上的白大褂。门外面的工作人员还没进来，他就趁机把倪想抱住了。

这会儿他们俩还上着妆，一个变态紧紧搂着戏里沧桑不修边幅的中年母亲，那画面别提冲击力有多大了。

工作人员打开门时，这画面仍然保持着，大家表情莫测地转开头，只有一个人走了进来，是副导演。

按理说戏拍得很顺利，他应该高兴，平时也是个幽默乐观的人，但现在他的脸色有点凝重。

"余宋、倪想，你们俩跟我来一下。"他朝他们招招手，转身往外走。

倪想从余宋怀里挣脱，和他对视一眼，两人都意识到可能发生了什么严重的事。

副导演带着他们去了张敬那里。

张敬这会儿正在自己的房间里看刚才的片子，倪想跟余宋进来时，张敬头都没抬一下，直接挥了挥手，副导演心领神会地出去了。

等张敬关掉了设备，倪想才有点拘束地开口询问："张导，您找我们有什么事吗？"

余宋握住了倪想的手，无声地给她鼓励，这让倪想说话的底气足了一些。

张敬直接拿了一部手机给倪想，等她接过去就说："对你来说是件坏事，对余宋来说也不是什么好事。我找你们来是希望你们能尽快处理好这件事，不要影响到我们的电影，就这点要求。"

这要求真的不高，他甚至都没发脾气，因为倪想戏拍得很好，他对好演员从来发不起脾气。

她和余宋是情侣，一对情侣在戏里面要演死对头，还是惊悚片里那种有压迫感的对手，居然可以演得一点 CP 感都没有，让人完全不出戏，每个镜头都无可挑剔，这样的演员，张敬是不忍心苛责的。

倪想看了看余宋才去看手机，这一看就不能淡定了。

倪想和余宋的恋情被炒得越来越火热，就在这个风口浪尖上，有人出来爆料称，倪想其实是脚踩两只船，她一直都是有男友的，就是七年前在媒体前说过分手的影帝何如墨。

两人其实早就复合了，这么多年来何如墨给倪想开公司，找演出门路，一直为她付出，但她现在傍上了余宋，就跟何如墨划清界限了。何如墨气得出车祸住了院，现在还没从医院出来。总结，倪想真正是现代潘金莲的典型。

小说作者怎么编剧情的，倪想不知道，但这个爆料的人一定会是个非常出色的小说作者。

她咬咬唇把手机递给余宋，她几乎一眼便在新闻的细节里看出来，这个爆料的人很可能是大宽。她前不久才想等事情忙完和他谈谈，想不到如今他就自己出现了，还是以这样一种形式出现。

她是可以骗自己那不是大宽干的，也许是顾盼或者何如墨本人也说不定，但看爆料人的账号，她就做不出这样的假设了。

这么多年的朝夕相处，大宽的微博小号名字叫什么，她最清楚不过。

她一直以为大宽就算是何如墨的人，这些年下来她和他也是有友情的，但现在看来是她太高估自己了，人家才不想和她做朋友。

在倪想克制自己的时候，余宋也看完了内容。

他看起来很平静，表情并没什么明显变化。

张敬瞧见便说："看完了吧？回去找人处理一下，拍戏暂停两天，时间不够你再找我申请，我这两天刚好也有点别的事。"他说完话就挥手赶人了。

倪想心里翻江倒海，走的时候连道别都忘了。

余宋见她魂不守舍，不着痕迹地握住了她的手，安静地给她力量。

在他握住她的手的一瞬间，她就反握住了他的。她目视前方，也不看余宋，用一种让人心疼的困惑语气说："怎么会这样呢？其实我并不是因为有人黑我才生气，我只是气这个人为什么会是大宽？"

余宋没回答，他不想去为她剖析人性，只是将她抱进怀里，替她顺了顺背。

他过了许久，等她平静下来才说："别人我不知道，也不想管，你只要记住，不管发生什么事，我始终不会背叛你，会一直站在你身边。你记住这个就好。"

其实有他一个人就够了。

再多的她也不想奢求。

最初的难受过去，倪想心里渐渐平静下来。

片刻之后，她止住了眼泪深吸一口气道："你说得对。其实这也不算什么大事儿，只是误会而已，想想怎么解释清楚就好。"

她毕竟不再是当初那个脆弱单纯的自己了，一遇到伤害就不停落泪，毫无指望。

现在的她已经可以说不哭就不哭，可以冷静处理那些在别人看来会毁灭演艺道路的新闻了。

余宋看着倪想，深邃的眸子又柔和了几分，好像春季温柔的风吹过了一样。

另一边，大宽坐在电脑前，看着那些对倪想不利的新闻一次次被转发，每一条都带着自己微博小号的标记，他知道倪想一看见就会知道是谁做的。

他捂住了脸，黑暗的房间里，除了电脑屏幕的光芒什么都没有。

他欠倪想一句对不起。

可除了这么做，老天爷似乎没有给他其他的选择。

如果他不这么做，何如墨会让他永无翻身之地。他不能失去这份职业，做一个演员，抑或是做一个经纪人，有朝一日可以在娱乐圈里呼风唤雨，是他一辈子的梦想。

他不想就此放弃梦想。

没人想到何如墨有一天会这么做，包括大宽，甚至是顾盼，他们都觉得他是绝对不会伤害倪想的，他可能会从余宋那边入手，但他们万万没想到有一天他要做的事是完全要把倪想置于死地。

顾盼看见新闻时已经傻眼了，正在吃的饼干从嘴里掉出来，呛得她赶紧喝了一大杯水。

喝完水，在助理奇怪的注视下，顾盼白着脸说了一句："何如墨这家伙……真是疯了。"

《单身母亲》的拍摄刚开始没几天就被迫停止了。

导演给出的理由是他先去忙一些别的事，但大家都知道真正导致电影停拍的是男女主角那边出事了。

倪想跟余宋正赶回江城，为了避免被人打扰，往常都会坐经济舱的倪想跟着余宋享受了一把头等舱的待遇。

虽说少了乘客的烦扰，但多了不少来自空姐的莫名视线。

她有点烦躁，干脆戴上眼罩靠着余宋睡觉。余宋本来正喝水，她的头靠在他肩膀上的时候，他差点把嘴里的水给喷出来。

挺意外的。

虽然他们在一起了，但倪想愿意在公众面前跟他亲密无间的时刻还是很少。

最近这样的次数似乎越来越多了，虽然他们是回去解决麻烦的，但他心里还有些小雀跃。

他其实并不在意那些新闻，在他看来，哪怕不做演员也没什么，他可以继续去学习他热爱的心理学，然后开个诊所。

他唯一担心和放不下的就是倪想，倪想从很年轻时就做这一行，虽然后来一路很多坎坷艰辛，但她依然坚持着往前走，足以见得她多想成为一个好演员，受到观众的认可和喜爱。

他能让一个执着的人放弃梦想吗？肯定不能，更不要说她实现梦想的日子指日可待了。

等新电影一上映，以她优秀的表现，那些说着风凉话的人全都会闭嘴。

这样的倪想是不可能跟着余宋退出娱乐圈，过没有烦恼的平凡生活的。

拉上帘子，侧头注视着靠在自己肩膀上的倪想，余宋好看的眉先是蹙到了一起，随后又慢慢舒展开，嘴角上扬，带着凉薄却又坚定的意味。

既然她不会，那他就一直陪着她好了，左右不是什么大事，他们只要澄清一下就可以。

余宋想得比较简单，他认为这件事真的不复杂。这只是爆料人一方的污蔑之词，只要拿出证据给大众看，解释清楚就行了。但倪想总觉得，即便他们解释了，爆料方那边还是会有后招。

爆料的人是大宽，冷静下来后细想想也知道大宽这么做必然和何如墨有关，他可能受到了威胁，这威胁应该是来自何如墨。虽然有些没料到何如墨会做到这一步，但她了解他，既然他选择走这一步，肯定就想到了如何面对他们的澄清。

她只是想不通为什么他们就这样成了敌人？

大约还是因为她没有处理好结束这段关系，不但拖累了余宋也害了自己。

下飞机的时候，倪想情绪不高，一路蒙着厚厚的围巾，戴着帽子和墨镜，不露出脸色的一丁点痕迹。

然而哪怕这样狗仔还是能认出来，早就守在机场等候的媒体在他们取了行李出来的一瞬间就蜂拥而上了。

还没闹清楚是怎么回事的路人看见这一幕都惊呆了，余宋和倪想被夹在无数人当中，余宋只带了肖楠一个助理，连保镖都没带，就是为了不引人注目，如今可好，还不如多带一些人，至少还能好出去一点。

倪想很久没有受过这样的"待遇"了，她懵懂地感受着推搡与拥挤，

254

记者的问题一个个毫不留情地抛上来，她觉得耳边一阵嘈杂，似乎只能听见那些仿佛质问的提问。

"倪小姐，请问您跟何如墨是不是真的一直都在一起？"

这算是有礼貌的。

有些激进的直接问："倪想，请你回应一下网上对于你脚踩两只船的指责！余宋为了让你跟何如墨的公司解约都做出了什么努力？"

倪想始终保持着沉默，多年前她就经历过类似情形，现在虽然有些恍惚，却也不至于招架不住。

她不回应，就有人更直接地问："倪小姐，你不说话是不是默认了？请问你为什么能做出这种道德败坏的事呢？你打算怎么向余宋跟何如墨的粉丝解释？你又要怎么向喜欢你的人交代？"

她需要向谁交代？

她没有对不起任何人，她不需要向任何人交代。

倪想告诉自己不能发怒，那样就中了他们的诡计，回头在新闻上自己只会被写得更差劲。

她的忍耐全都落在了一直护着她不让她被人群触碰的余宋眼里。

出道这么多年，余宋头一次被媒体冷落。

若是往常，他怕是求之不得，可今天被围攻的是倪想，他不可能坐视不管。

就在记者们愈演愈烈地丢出问题，甚至将话筒捅到倪想脸上的时候，余宋终于爆发了。

记者的话筒直接被他夺了过来紧紧地握在手里，所有人都被这一幕惊呆了。

记者们惊讶地望着余宋，这位在媒体面前总是好脾气的影帝，做了他们进圈子至今都没遇见过的事。没有哪个明星会偏激到抢夺记者的话筒，遇见今天这样的事，他们大多会选择沉默，然后尽快离开。

余宋的表现实在让人无法接受，所以大家都怔住了，没有一个人先打破这个沉默。

倪想也愣在了原地，看着余宋紧握的话筒，想拿过来还给媒体，但在她行动之前，余宋的话成功地让她收起了自己的想法。

他直接握着话筒说："今天在这里的各位应该都认识我。"

他站在她身边，慢慢伸手揽住她的肩膀，以保护姿态将她护在怀中。

这一幕被记者们疯狂抓拍，大家再次开始交头接耳，但声音都不大，他们可不想因为自己的吵闹而捕捉不到余宋的言语。

倪想仰头看着余宋，他并不看她，视线全在不断按下闪光灯的记者那里。

他一个个看过去，将每一个记者的脸都记在心里，随后摘掉帽子、口罩等一系列的遮挡，露出那张如玉一般的脸。

他好看得像画里的人，即便经历了这样一场哄闹，也看不出他一丁点的狼狈。

如果不是他表情冷肃，这场景或许还会被当作是很平常的记者采访。

"我以前没仔细看过你们的脸。"余宋说话时语气很平静，他好像完全不担心自己的行为会被记者如何写，举着话筒拖长音调说，"但是刚才我都已经记住了。"他脊背挺直地站着，似乎没有任何人和事可以让他为之弯腰，"如果各位看得起我，今天就算给我余宋一个面子，回去之后写点平常的东西，以后若有需要我的地方，我也可以略尽绵薄之力。"略顿，他眉眼变得锐利而直接，有着强大的令人无法忽视的冰冷力量，"如果大家不帮忙也没有关系，那么最好可以让我这次彻底翻不了身，否则遭殃的可能就是各位了。"

一直闪烁的灯光忽然停了下来，记者们你看看我，我看看你，没人第一个发表意见。

余宋也不理会他们的反应，将话筒还给记者后便领着倪想离开了。

肖楠跟在后面替他们挡去烦扰，余宋缓缓回眸望向记者，最后说了一句话。

"再有今天这样的事，不要去欺负女性，直接冲我来。是我在追求她，她不曾对不起任何人，所有那些子虚乌有的指责，我都会让律师去解决。"

这算是回应了网上那些有名有姓的爆料。

记者们一边记录下来，一边注视着余宋离去的背影，头一次，这位大明星让他们觉得好像从镜头中活过来了一样。

这群人中不乏见过余宋本人的，他现在正当红，想不知道他的新闻都难。

在他们眼里，余宋这个零差评的艺人很难挖到黑料，在娱乐圈里怎么可能有完全没黑料、完美的人呢？

可余宋就是这样的人。

他的存在让所有人都觉得不真实。

就在刚才，他们终于发现了余宋的软肋，终于知道了这个男人背后最不可触及的底线、最不能触及的逆鳞到底在哪里。

倪想一路都跟着余宋走，他拉着她往哪边她就往哪边，高跟鞋踩在地上发出有节奏的声音，听起来急促又焦灼，就和她的心跳频率差不多。

出了机场大厅，下台阶的时候，倪想因为魂不守舍一脚踩空，险些跌倒，幸好余宋扶住了她，但脚踝还是吃了亏。

"嘶——"倪想疼得轻呼一声，借着余宋的力道站直了身子，靠在了他怀中。

这个男人无条件地爱她相信她，为了保护她甚至不惜和媒体闹翻，他这样好，好到她内疚不已。她好像是个扫把星，之前是，现在也是，喜欢她的人都会跟着遭殃。

可即便她很不幸，会给人带来厄运，她还是不想就此离开余宋。

她不想害他，可她真的不想离开他。

她这辈子懦弱的时候不多，现在就是其中之一。

她其实也会担心，余宋未来某一天会不会感到疲惫？保护她是件辛苦的事，还是在娱乐圈这样的地方，他总有一天会感觉到累吧？

好像感觉到了怀里人的不安，余宋轻轻在她额头上亲了一下，摸了摸她的发顶说："我们现在去医院。"

他还惦记着她脚崴了。

倪想红了眼睛，咬咬唇告诉自己，就自私一次吧。这样好的余宋，她真的不想就此放手，也许她以前可以和何如墨分手根本不是因为爱他不想拖累他，可能只是因为她还不够爱他。

她想逃避，想闪躲，所以她选择了分手，但现在，她不想了。

在他们等待的时候，肖楠已经开车过来了，他从车子上下来，拉开了车后座的门。

余宋牵着倪想让她先上去，体贴地将手遮在车门上方，担心她撞到头。

等她坐好，他才绕到车子另一边上车并关门。

等这一切结束，还在车子外面的肖楠回眸望了一眼机场门口。记者们已经陆续出来了一些，正在搜寻他们的身影，他快步跑到副驾驶的位置，上车关门。几秒钟后，车子快速离去。

记者们在门口一无所获，似乎已经不怎么想再拍些什么了。

不知是在机场里拍得够多了，还是余宋的话起了效果。

总之，风波未平，未来如何，还要看各人的造化。

第二十章
医生的秘密
CAI ZHE XING XING
BEN XIANG NI

为了避风头，倪想的脚崴了，并没去大医院。

他们在路边找了一间并不起眼的诊所，里面没什么人，一个约莫五十来岁的老医生正坐在门口的桌子后面看书，听见响动就抬眼望了过来，推了一下眼镜，朝他们一笑。

"我扶你走。"

余宋朝医生点点头，扶着倪想向前，老医生已经起身走了过来。

她见此，摘掉了口罩和墨镜，只戴着帽子坐到椅子上。

她一坐下，老医生就蹲下开始给她检查脚踝。余宋简单介绍了一下受伤的过程，老医生看过后就起身去拿药了，直到此时，他都没怎么去关注倪想的长相。

因为是小区门口的小诊所，这会儿又是上班时间，护士在隔壁隔间里给人输液，所以外面就他们两人。余宋见老医生走了，便坐到了倪想身边问她："感觉好点了吗？"

倪想点点头："本来事情就多，我还不小心崴了脚，是不是添麻烦了？"

余宋并不用言语回答，直接单手揽住她抱了一下，在老医生拿药出来时就放开了她。倪想好像与他心有灵犀一样，被这么一抱，心情就踏实平静了许多。

反正乱子已经起了，要处理也得一步步来，着急也没用，何不让自己过得轻松一点。

这样想着，倪想放松了心情，老医生一边处理着她的脚踝，一边抬头想说点注意事项，这一抬头便看见了她的脸。

老医生不由得怔了一下，眼睛带着些探究，随后说："你……有点眼熟啊，你是不是倪想啊？"

倪想一怔，仔细看了一眼老医生的脸，惊讶道："吴医生？"

老医生慢慢站起来，扶了一下镜框笑道："还真是你啊小倪，这都多长时间了，没想到你变得这么好看了，和你当初刚住院的时候差不多呢。"

倪想微笑了一下，余宋这会儿墨镜和口罩都戴着，所以倪想看不到他的表情，但从他转过头来的行为她就完全能明白他的意思。

她介绍道："这是我当年生病住院时的主治医师，吴医生。"略顿，她有些奇怪地看向吴医生，"您怎么到这儿来了呢？不是在首都医院吗？"

吴医生解释说："我女儿女婿在这里工作，我也退休了，身体不太好，所以回来在这边开了个小诊所。"

倪想点点头便没说话，吴医生也蹲下去继续给她治疗脚踝，只有余宋的反应不太一样。

他若有所思地凝视了一会儿吴医生。吴医生有所察觉，抬眼看了过来，余宋想了想，摘掉墨镜和口罩，朝对方一笑，轻声道："您好，我是倪想的男朋友。很感谢您当年对她的帮助和治疗，让她可以痊愈。"

余宋这一露面，一开始连倪想都不太敢认的吴医生突然晃了一下神，连包扎的动作都变得不连贯，看上去有点紧张。

余宋目光深邃，嘴角笑意加深，像是想到了什么，但不动声色，又戴回了口罩、墨镜，等倪想的脚处理好了，就和对方告辞离开。

走出了诊所的门，两人很快回到车子上。

倪想坐稳后感慨地说："真意外，竟然能在这里见到吴医生。都这么多年了，他看上去也老了很多，我刚住院那会儿，他一点白头发都没有，没想到现在……"说到这里，她扯了扯嘴角，换了个语气说，"也是，那个时候谁能想到以后会闹成这样。"

余宋沉默地拿着手机，垂眼睨着屏幕，手指飞快地发送着什么，倪想转过头来轻声问："你在做什么？"

余宋快速发送完毕便收起了手机，长臂一伸抱住倪想，面不改色道："没什么，就想到了一点好玩的事。你刚才说的那些话，我就当你没说过，不要再想那个人，你脑子里能想的男人就只有我。"

倪想无奈地笑了笑，肖楠坐在副驾驶和司机对视一眼，两人都是耸肩外加苦笑。

他们在现场的没能逃过人家秀恩爱，远在公司和公关开会的李戈也没能逃过。他正和公关讨论得热火朝天，手机忽然响了一下，他拿出来一看，嚯，当事人终于肯主动和他联系了。李戈还以为余宋真那么有本事什么事儿都能自己解决呢，余宋明明只能把事情弄得更糟糕。

李戈哼了一声，有点生气地打开短信看了一下，一边看嘴角一边不断抽搐，助手瞧见立刻问道："李哥，你没事吧？"

李戈直接扣上手机，歪鼻子斜眼道："我这样像没事吗？真把我当老妈子了，什么事儿都要我去做，这个家伙。"虽然一肚子怨言，但李戈还是吩咐助手说，"去，你去给我查查滨江路荷花小区门口那个诊所的医生，姓吴的，到底是什么来路。"

他朝助手使眼色，助手立马心领神会。

等助手走后，李戈头疼地按按额角，继续跟公关开会，最后得出的结果左右不过是买水军，控制舆论，顺便发律师函，起诉爆料的小号，除此之外也没什么好办法。

哦，当然了，还得拿出一大笔钱去收买媒体。余宋在机场干的那事他自己不在意，李戈却不能不在意，记者的笔堪比杀人的刀，人家要真不给面子他们也没办法。

倪想这时并不知道这一场风波背后有多少人在忙碌，他们的车子停在了一家医院的后门，如果她没记错，这家医院就是何如墨住的那所。

"你真要自己上去？"余宋靠在车子里，今天阴天，有雾霾，光线很不好，他一身黑色大衣，系着围巾，坐在车子一侧，有些隐在昏暗之中。

倪想靠近一些才能看清楚他线条柔和的脸庞，他脸上没有表情，安安静静地看着她，等待她的回答，给予她足够的自由和信任。

倪想学着他的样子抬手轻轻摸了摸他的发顶，他显然有些意外，凤眸微微惊讶地望着她。倪想收回手慢慢拉开车门，小心地看了一眼外面，确定没人之后才下了车。

她站在车门边坚定又认真地说："我很快就下来，事情因我而起，让我亲自去确认。"

到了此刻，他们其实已经把事情的源头与过程猜得七七八八。

再去找何如墨，只是想要一个确切的回应。

他大约不会承认，但人都有眼睛，都会看，他的表情和眼神骗不了人。

一开始余宋非常厌恶何如墨，何如墨做出这样伤害倪想的事实在非常不男人；再后来他又开始觉得这样也好，至少倪想心里再也不会有何如墨的位置了。

那么就算为此辛苦一点也是值得的。

牵起嘴角笑了一下，余宋靠在车椅背上目送倪想离开，他抬眼看看窗外，天阴沉沉的，与天气相反的是他的心情。

他心里倒是一片晴朗，坦坦荡荡。

肖楠以为倪想单独去见何如墨，余宋肯定不高兴，可回头一看，余宋居然还在笑，于是不解地问："哥，您不生气吗？"

余宋轻轻淡淡地瞥了一眼肖楠，拖长音调道："为什么要生气？这是好事，等你有了喜欢的人，你就知道了。"

肖楠懵懵懂懂的，脸有些泛红，真是的，就是问个问题干吗又提人家单身的事，是他想要单身的吗？等着吧，他一定要找个女朋友，就算女朋友是为了要哥的签名照方便一点才和自己在一起也没关系！立刻马上！

倪想之所以知道何如墨住在哪家医院，是顾盼发短信告诉她的。

事情一出，顾盼第一时间就发来短信，表明这件事她没掺和，不想和疯子挂上钩。她还想老老实实拍戏，不想惹那么多是非，最大的愿望无非就想倪想坎坷一点，别那么一帆风顺，让倪想吃点她吃过的苦。

要是倪想能和余宋分手那就更好了。

不过眼瞧着他们那么好，这个可能性估计不大了，她再怎么不情愿，也现实地死心了。

这也许就是倪想即便避讳却从来不讨厌顾盼的原因。顾盼虽然有时任性固执了一点，但本性不坏，做不出彻底的坏事。

"嘀"的一声，电梯到达了她要去的楼层。电梯门一打开，有护士和来探病的人等在外面。倪想也没看他们，戴着口罩径直走出电梯，朝短信里顾盼提供的病房号走去。

越靠近那里，倪想的心情就越平静，要说上楼之前还有点焦躁的话，现在已经完全没有了。甚至，哪怕何如墨当着她的面承认那些事都是他安排的，是他让大宽那么发的，不管她怎么招架他都有后招，目的就是要让她身败名裂，除非跪下来求他，否则绝不会善罢甘休，倪想也不会有什么过激的情绪了。

她心里对曾经那段还算不错的恋情，已经一点记忆都没了。

她走得不慢，很快就到了何如墨的病房门口。已经过去那么久了，如果他一直在住院的话，那伤势真的有点重。

然而当倪想打开房门之后，看见的却是收拾得干干净净的病房，里面一点病人入住的痕迹都没有。

再从门里出来，看看门上的卡片，已经被换掉了，目前这间病房处于无人居住的情况。

那就代表着何如墨出院了，他不在这里。

倪想在原地站了几秒，慢慢转头看着医院走廊上的窗户，外面开始飘起了雪花，她走过去轻轻推开窗，伸出手接了一会儿，凉凉的雪花落在她温暖的手上，稍纵即化。

倪想垂眼看了看，淡淡一笑，甩了一下手抄进口袋，如来时一样平静地离开了。

楼下，余宋以为倪想至少要在楼上待半个小时左右，已经蒙上了毯子准备在车上休息一会儿。这一路他们一直赶着行程，他都没好好休息。

哪料到他刚闭上眼睛，车门就被人拉开了。他稍稍拉开毯子露出半张脸，眯眼瞧着上车的女人，微皱眉头道："这么快？"

"他出院了，不在这里。"倪想快速回答，说完话就搓了搓手，有点冷。

她才刚离开余宋一会儿就觉得浑身发冷，见到他干脆直接把手伸进了他的衣服里。余宋身上真的很暖，肌肤触感也特别好，顺滑又有弧度，倪想这一摸，余宋本来慵懒散漫的表情瞬间凝重起来，皱着的眉头也更紧了，浑身都抖了一下，半响才抿着唇吐出一个字："凉。"

倪想笑了一下，倾身在他耳边小声说："一会儿就好了，你身上真暖和。"

余宋皱皱眉，终究没舍得把她的手拿出去，因为真是挺凉的。

她在他身边时，他总会攥着她的手，让她暖暖和和的，怎么走了一会儿就凉成这个样子？

这女人还真是离不开他了。

倪想这会儿也在这么想。

她对余宋越来越依赖了，时间再长一点，就会彻底离不开他了吧。

这样的感情本该让她这种胆小的人感到畏怯，惴惴不安地想着今后如果失去余宋要怎么办，但她没有。

好的爱情应该就是这样吧，它既会让你沉醉其中，又不会让你因为它的好而感到害怕。

他们都不知道的是，其实倪想刚来医院，何如墨就听到消息了。

他早就猜到了，倪想回到江城的第一件事肯定是来找他，确认爆料是不是他让大宽做的。其实大家都已经知道结果了，只是需要最后确认一下。他不想因为这些再和倪想争吵，既然已经决定毁掉她，那就不要再见面了。否则看她因此伤心难过，他不知道自己还能否继续下去。

"何先生。"大宽这会儿就在何如墨身边，他神情萎靡，这段时间显然过得不太好。

听见他说话，何如墨转头看向他，笑得很温和："怎么了大宽，有什么事吗？"

大宽有些畏惧地立在一边，他抿了抿唇鼓起勇气说："您能不再继续了吗？事情已经爆料出去了，大家已经对此有了议论，不管怎么样，倪想肯定也接受了教训，您就大人有大量，不要再继续下去了吧。"

何如墨看着大宽，好像看笑话一样，等大宽硬着头皮说完所有的话，他倏地站起来走到大宽面前，轻轻拍着大宽的肩膀说："大宽，你也不年轻了，怎么还这么异想天开？你觉得做到这一步还能收手吗？你觉得我是那种半途而废的人吗？我这个人，喜欢她的时候事事都会为她好，可惜她不要我，那我也不能让自己白白被抛弃，总得讨回来点什么吧？"

大宽着急，还想求情，可何如墨根本不把他当回事，说完话就冷淡地转身走出了房间。

不多时，屋子外面传出上锁的声音，大宽几乎崩溃地倒在沙发上，他已经被关在这地方太久，恐怕不把接下来的事情做完，何如墨是不会放他出去的。

肩膀不断颤抖，大宽无声地哭泣，一个男人被折腾成这样，未来还要怎么样，已经没有希望了。他想过和倪想联系求助，可自己已经做了那么多伤害她的事情，有什么资格找她求助？他现在是跟何如墨绑在一根绳上的蚂蚱，他没办法独自逃脱。

余宋带倪想回了他们的住处。

李戈很快也带着公关到了这里。

一行人商量了一下，做出了最基本的回应，首先否认那些传闻，随后给那些爆料博主发了律师函。倪想出示了当初和彗星传媒签约时的文件，上面有体现这家公司的法人并不是何如墨，那网上说何如墨为了她单独开经纪公司的传闻就不攻自破了。

　　大多数人看见这些还是持认可态度的：一方面是觉得倪想真没好到让两大男神争抢的地步，另一方面是对余宋和倪想两人人品的认可。

　　倪想这些年虽说没什么大的成就，但也积累了一些人气，她平时为人真诚，上节目也很负责认真，大家都能看出来，并不觉得她真能做出那种过河拆桥的事。

　　只是，尽管暂时平息了舆论上的喧闹，还是有很多杂音充斥着他们的生活，表面上这些平静不晓得可以持续多久。

　　这天晚上，倪想和余宋收拾了行李，打算回到剧组继续拍戏，两人一站一蹲，配合得很默契，余宋放在床上的手机忽然振动起来。

　　倪想抬眼一瞧，接过余宋递来的毛衣随意说道："你电话响了。"

　　余宋还沉迷于给倪想递东西这种温馨居家的"游戏"当中，对电话毫不在意，他本来想忽略的，但倪想直接点出来了，他只能依依不舍地坐到床边拿起了电话。

　　他也不看号码，直接接了起来。

　　"你好。"

　　简单礼貌，疏远地问候。

　　余宋刚说完，就被骂了。

　　"你小子真是长大了，赚钱了，翅膀硬了，在国内闹得风风雨雨，天都快被你翻过来了，找了个女朋友，我们居然一丁点都不知道。要不是媒体的电话都打到你爸那儿去了，我们还被蒙在鼓里呢！"

　　余宋一听这声音先是微微一怔，随后又看向倪想。倪想疑惑地望过来，余宋直接抬手遮住自己半张脸，压低声音道："妈，我现在不方便，你一会儿……"

他想让母亲一会儿再打过来发泄心中怒火，但对方根本不听这一套。

"甭跟我来这套，是不是那个叫倪想的姑娘在你身边呢？新闻我都看了，你小子似乎是认真的，我和你爸一琢磨一合计，得，我们得回去看看到底是怎么回事。飞机马上起飞了，航班号是BA039，准备接机吧，小伙子。"

语毕，余妈妈直接挂了电话。

看余宋的表情不太对，倪想放下行李站了起来，在他身边坐下问："怎么了？是不是又出什么事了？"

余宋侧过头，沉默许久才叫了一声她的名字。

"倪想。"

倪想愣了愣："我在，到底怎么了？"

余宋握住她的手沉声说道："我知道这可能太快了，我也不想吓到你，但是……我爸妈要回国了，你愿意见见他们吗？"

见公婆？

他们的新闻闹得满城风雨，倪想的爸妈一直没发表过意见，那是因为自上一次何如墨的事之后他们早就习惯了，对倪想在娱乐圈的事也不敢多过问。

他们都是老老实实的普通人，这会儿可能还在好奇她和余宋是不是真的，又或者只是经纪公司在炒作，他们不懂，所以不好来问，但余宋的父母可不一样。

他们要是在国内，估计早知道了，也早就来过问了。

现在他们突然回来，估计是刚得知消息。

倪想保持着沉默，神情有些凝重。余宋一直看着她，不曾错过她一点小表情。

还好倪想的表情只凝重了一瞬就有了缓和，她难得有些焦躁紧张，站起来道："完了，我还没减肥成功就要见他们了，你看我身上这赘肉，我穿什么衣服去见他们比较好，你给我点意见？"

余宋本来还在猜测她会不会拒绝，看她开始担心见面的穿着，他情不自禁地笑出了声。

男人清朗的笑声像孩子一样干净无瑕，那双好看的凤眸好像缀满了星星的夜空，白皙如玉的脸上萦绕着淡淡的红色，白衬衫的领子随着他放松地朝床上后仰的动作而浮动着。

第二十一章
大宽

CAI ZHE XING XING
BEN XIANG NI

倪想最近的生活可谓精彩纷呈。

首先是被自己信任的人闹出了那么泼脏水的新闻。

随后便是丑媳妇要去见公婆了。

余宋的父母乘坐航班到达江城机场，她和余宋是公众人物，如今又在风口浪尖上，所以余爸爸余妈妈特许他们俩在车上等着，肖楠去接人。

在停车场等候的时候，倪想依然有些紧张，余宋坐在她身边，看她那副屏住呼吸的样子，长眉微挑轻声说："呼吸，再不呼吸我该送你去医院了。"

倪想闻言试着呼吸了一下，发现还是有点困难，她苦笑了一下说："不是我不想呼吸，是塑身衣实在太紧了，我根本没办法正常呼吸。"

今天是第一次见余宋的爸妈，为了给他们留下好印象，倪想特地穿了最小号的塑身衣。

虽然特别不舒服，但不得不说效果真的不错，她脸上肉不多，就是腰上肉多点，这样一勒，还真瞧不出她胖胖的身材。

只是为了美付出的代价有点大了，这么冷的天，倪想被勒得额头都出汗了。

余宋注视着她难熬的样子，果断地将她整个人转了过去，不顾她的阻拦解开了她的大衣。

倪想惊呼一声道："做什么呀？你爸妈该出来了，今天飞机没晚点。"

余宋面不改色道："帮你把塑身衣脱掉。"

倪想后撤身子说："不要！"她一脸坚持，好像不管余宋怎么说怎么做她都不会妥协。

余宋看看自己被躲开的手，其实塑身衣这东西怎么脱下来他也不懂，见她仍不肯妥协，他薄唇轻抿，如玉般的脸上浮现出几分自责的神色。

"是我给你太大压力了。其实你不用担心你的身材，我觉得你身材很好。"

要是和倪想刚出院时的样子比，现在的确是非常好了，但距离倪想的理想身材还是差距很远。

为了给未来公婆留下好印象，倪想是豁出去了，不管余宋怎么说都不肯脱掉塑身衣。就在两人展开拉锯战的时候，千呼万唤始出来的余爸爸余妈妈终于到了。

肖楠是首先出现在附近的，余宋第一个看见了他，倪想察觉到余宋的视线就顺着看过去，瞧见肖楠拉开了车门，侧过身给后面的人让路。

倪想这才看见了未来公婆的样子。

要说能生出余宋这样英俊偶傥的儿子，他的父母相貌当然是不会差的。

有句话说得好，有其父必有其子，余宋的父亲个子很高，和余宋差不多，穿着一件灰色的厚重大衣，即便已经不年轻了，但一根白头发都看不见，脸上皱纹也很少，斯斯文文地戴着一副金丝边眼镜，手里提着 LV 的行李箱。

走到车子边，余爸爸将行李箱放到地上，肖楠马上和司机一起拿起来放进后备厢。

这地方不宜久留，倪想本来想下车和长辈打招呼，但余宋拉住了她，压低声音说："一会儿在车上打招呼就行，不用下去。"

倪想权衡了一下就照办了。今天为了接人，他们特地开了加长的车子过来，所以余宋父母上车之后，四个人是面对面坐着的。

他们中间有托桌，上面摆放着一些饮料、红酒，还有小食。

倪想的对面刚好坐着余宋的母亲，和未来婆婆一见面，就靠得这么近

270

坐着，本来就呼吸不顺畅的倪想脸越发红，她低下头，尽量保持镇定地给长辈倒水。

"外面天气冷，伯父伯母先喝点热水。"

车子平稳地行驶在路上，余妈妈的视线从上车开始就一直盯着倪想，眼神意味深长。

余爸爸就好很多，和倪想简单打过招呼后，就和余宋说一些生意上的事。

倪想端起自己的水杯抿了一口，借此来掩饰紧张，对面穿着旗袍和长大衣的余妈妈一直绷着脸，瞧见倪想如此之后忽然笑了出来。

余宋听见母亲笑了，抬手按了按额角颇为无奈道："妈，你就别玩了，你吓到她了。"

余妈妈闻言哼了一声说："这孩子胆子可真是小，看我不高兴就不敢和我说话了，连我的眼睛都不敢看，跟你没法比。"

余宋温和地笑，与在外人面前不同，在家人面前他特别随和自在，笑容也温暖真诚。

倪想转头看他，他伸手握住她紧张得发冷的手，无声地鼓励她。

好像是这温度起了作用，又好像是他鼓励的眼神起了作用，倪想忽然就不紧张了，再次看向余宋父母时也大方了许多。

余爸爸微笑了一下，解释说："叫倪想对吧？小倪，你不要紧张，你伯母人很好，就是特别爱玩，一颗孩子心，一直长不大。"

余爸爸说话的声音悠长又温和，听起来让人很舒服。看见他，仿佛就看见了未来的余宋的模样。

倪想扬起嘴角，诚恳地笑着说："伯母可以一直保持童心，也是因为有伯父一直在身边陪伴，你们一定很恩爱。"

没有女人不喜欢别人夸赞自己的丈夫，外加说自己和丈夫恩爱，尤其是露出那种羡慕眼神的时候。

余妈妈成功地被倪想的眼神取悦了，骄傲地说："那是当然。这老家伙年轻时家境贫寒，但长得实在好看，为了这张脸我就义无反顾地嫁。

还好他没让我失望，不但长得好看，脑子也好使，在国外陪我儿子念书这些年就把生意做到国外去了，这些年我们一直在外面忙事业，都没怎么关心儿子。"

说到这里，余妈妈有些失落，余爸爸赶紧拉着她的手安慰，那动作简直和余宋安慰倪想时一模一样。肖楠泪流满面地坐在车子副驾驶座上，听着身后两对"夫妻"虐狗，默默拿出手机打开微信，搜索附近的人，见到头像还算五官端正的女孩就疯狂加好友。

余宋小时候家境不算富有，只能说是一般家庭。他去留学的学费还是外公帮忙付的。后来外公去世了，留下一笔钱给余宋的母亲，余宋的母亲便把这笔钱拿来给丈夫做本金，在国外一边陪儿子念书，一边做起了生意，这一做就是十来年。

车子开了一路，倪想就听余妈妈说了一路他们年轻时候的事。一聊天，她发现余宋的话是对的，她真没必要这么勒着自己的身材，余妈妈反而比较喜欢有点肉的女孩，因为以老一辈眼光看，这样比较健康。

余宋的父母人真的很好，一开始余妈妈故意端着就是想看看倪想什么反应，她根本不是那种苛责儿媳妇的婆婆，甚至她可能还会和儿媳妇一起玩。有很多地方她比倪想还要不成熟，这大约也是余爸爸一直保护她宠爱她的原因。

说了那么多，似乎事情都在朝好的方向发展，可倪想心里仍然有点不踏实。

这份不踏实源自余宋的父母从未提过那个最关键的问题。

他们在国外听到的关于倪想跟何如墨之间的事。

他们会不会和外人一样，认为她真的是那种攀龙附凤、过河拆桥的女人？

他们会不会以为她和余宋在一起，真的如新闻所说，只是因为余宋未来发展的可能性要比何如墨好？

倪想全都不得而知。

因为他们根本就不提这件事。

越是不提，她心里越是不安，总觉得事情不会这么简单。

不安的念头似乎总会成为现实，就在余宋父母回国的第二天，他们一家其乐融融、平静无比的时候，网络上再次出现了关于倪想的新闻。

对于倪想以及余宋公司发出的解释和律师函，她的前经纪人大宽联系到了超级星探的人，打出来的旗号是要亲自揭穿倪想道貌岸然的假面具。

倪想看到这些内容时正准备出门买菜，李戈急急忙忙地从门外闯进来，看见她就开始求证她是不是真的做过那些事，可千万别撒谎，那样会坑了自己也坑了余宋。

倪想当时就愣住了，倒不是因为李戈的不信任，李戈和她本就不熟悉，会怀疑她也在情理之中。她之所以惊讶，是因为没想到大宽会做到这种地步。

七年来两人扶持走过的一幕幕浮现在倪想的脑海中，她之前还会错愕和难受，现在已经只剩下了麻木。

"你倒是说句话啊？你给我交个实底，免得让我们一而再再而三地被人家当猴耍。你要真是那样的人，你承认就行了，左右余宋现在喜欢你，我们也会帮你把这件事搞定的。我就一点要求，你可千万得说实话。"

李戈一着急就有点口不择言，话说得很难听。

倪想站在那儿一个字都不说，李戈正要再次催促，就听见不远处响起了一个低沉而富有磁性的男声。

李戈茫茫然望去，见到余宋侧身站在那儿，一只手握着手机，另一只手抄在口袋里，面无表情地说："你有什么话来跟我说，不要打搅她。你要是不信任我们，这件事你可以不管，我自己来解决。"

余宋这话直接把李戈激怒了，他跳上台阶道："我的祖宗！我的摇钱树！你到底是哪根筋不对，怎么遇见跟这个女人有关的事，你就连脑子都没了？你小心被人家卖了，还给人家数钱！"

但不管李戈说什么，余宋都不为所动，李戈看见他嘴唇动了动似乎还要反驳自己，心已经凉了半截。

不过余宋的话还没说出口，倪想先开口了。

"李哥，您不要生气。"她这会儿甚至还能大大方方地微笑，"我没有说谎，您不相信我也要相信余宋，您看到的我就是真实的我。我很感谢您一直以来为我处理那些麻烦，如果不是我，你们可以一直安安生生地赚钱，这些都是我不对，但我向您保证，这是最后一次。"

李戈没料到倪想会是这种态度，迷茫地注视着她问："你要做什么？"

倪想嘴角笑意加深，歪了歪头说："其实也没什么，超级星探说的那个发布会，您一定知道会在哪儿举行吧？那您能不能帮个忙，让我也进去听听，看我的前经纪人要怎么揭露我的假面具？"

看着倪想现在说话的模样，李戈忽然哆嗦了一下，莫名觉得害怕。

他望向余宋，余宋也正看着倪想，但她没有回应他的眼神。

李戈抿抿唇，在心里盘算了一下，眼神变了几变，保持了沉默。

而沉默，有时候就等于默许。

江城今年的冬天格外冷。

从车上下来时大宽拉紧了外套，用墨镜遮住自己黑青的眼圈，默默地在别人与其说是陪伴，不如说是押解的情况下走进了发布会的举办地点。

他是从后门进去的，所以不知道前门是怎样的人山人海，但只需想一想他也能猜个七七八八。

"愣着干什么，快走啊。"

后面的人不耐烦地催促着，为了避嫌何如墨没直接露面或者让他身边的人押着大宽过来，只花钱找了个不相干的人。

大宽回头看对方，隔着墨镜，对方也能感觉到他有些神经质的视线，不免心头跳了一下。

他紧张地往大宽的腰上一推，焦躁地说："赶紧的，发布会结束咱们就各奔东西了。别怪我不好好说话，拿人钱财替人消灾，我这也是为你好，你这事做完了不就解脱了吗？"

大宽没说话，好几天没好好休息和吃饭了，他的身体非常虚弱，被人一推差点摔倒，好不容易才稳住身形。

他咳了一下，视线瞥见不远处的大门，进了那扇门就是发布会现场了。

现在距离发布会开始还有十来分钟，为了不被堵截，说多错多，何如墨掐着时间让大宽过来，为了发布会万无一失，他还亲自写了发言稿，让大宽背了好久。

想起自己出门前何如墨最后的嘱咐，说直白点就是威胁，大宽到现在仍然觉得通体生寒。

他不知道自己为什么会走到今天这步，一开始他答应跟何如墨合作，不是抱着好的想法吗？何如墨和倪想曾经相爱，他帮着男方照顾女方，等他们和好时，他就是大功臣啊……可惜生活不是剧本，和他想象的根本不一样，已经分开那么多年的人注定回不到过去。

前面那扇门，走进去就可以毁灭一个人，也可以让自己摆脱这种痛苦。可大宽，你扪心自问，七年了，倪想是怎么对你的，你真要做出伤害她的事吗？

等待的人被大宽磨得受不了，无奈地说："大哥，你就快进去吧，难道你想一辈子都抬不起头吗？这是你唯一的机会，何先生要是知道你这么磨蹭会不高兴的。"

"何先生"这三个字就好像魔咒一样，是大宽不敢违抗的东西，只要一提起来，他就会下意识地往前走，盲目服从。

然而，他不该这样的。

不该这样的。

推开那扇门的时候，大宽脑海中一直回响的都是这句话。

不该这样的。

满目的闪光灯不断闪烁，他曾经梦寐以求的热闹现场在这一天终于实现了，却是为了诽谤和伤害与自己共同奋斗了多年的好友。

大宽忽然觉得特别悲哀，他低下头，泪水从墨镜底下流出，场下的媒体立刻抓住这一点不断地拍照，而在外面布置好发布会现场的工作人员则上前扶着大宽朝座位走去。

大宽有些抗拒，他们的动作看似轻柔，其实很用力，几乎是强迫他坐到了椅子上。

临走，还有人弯腰在他耳边说："这么多媒体都在这儿，说话之前可千万要想清楚后果，何先生就在家里看直播，别让他失望。"

大宽屏住了呼吸，看着身边的工作人员一个个地撤走，面前的桌上摆着话筒，闪光灯还在不停闪烁着，幸好他戴了墨镜，要不然眼睛都会受不了。

时至此刻，发布会算是正式开始了。

倪想这个时候已经乔装打扮隐藏在一众媒体里了。

她盘起了头发，戴了假发和墨镜，也举着台摄像机，装作是某家媒体的记者。

她进来的时候余宋想过要劝阻，但他最终还是没说出口，也许有些事他们都插不了手，得让倪想自己解决。

主持人宣布发布会正式开始，大宽不得不抬起头面向所有媒体，就在这时候，七年的默契让他一眼就发现了人群中伪装的倪想。

她怎么会在这里？

记忆似乎回到了许多年前。

那时他还只是个群演，拿到的大部分上镜机会都是在古装戏里演太监。

时间长了，很多人就开始叫他"太监王"，有段时间他都忘记自己还是个正常男人，也忘记了自己其实叫王大宽，不是什么见鬼的太监王。

后来呢？后来是怎么了，他可以不用一直演太监了？

好像是那天他躲在片场一根柱子后面哭，被当时演女主角的倪想看见了。那时的倪想太过完美，难怪余宋第一眼看到她就再也没能忘记，那时的她真的灿烂夺目到无人可比。

大宽没见过天使，如果真的有天使，就该是倪想这样的。

再后来，倪想觉得他人有意思，唯唯诺诺却不失正义感，便偶尔给他介绍一些有台词的侍卫角色。

再再后来……倪想出了事，走了。他时刻关注着新闻，希望可以帮上一点忙，但他又算什么呢？

忽然，大宽心里面涌出了很多难以言喻的情感。

面对不断闪烁的摄像机镜头，想到接下来他要说的污蔑倪想的话，大宽猛地摘掉了墨镜，露出自己憔悴萎靡的样貌。

他直面那些闪光灯，深吸一口气道："你们好，我叫王大宽，是倪想的前经纪人，今天开这个发布会，我要告诉你们一件事。"

台词有点不对，但错得不离谱，应该是没记清楚，在场的工作人员这样想。

然而在家中看直播的何如墨多聪明啊，他仅仅是从大宽决绝的眼神里就能看出来，这小子要反了。

他必须马上拦住大宽，可惜现在打电话过去完全来不及了。

大宽站了起来，朝所有媒体鞠了一躬，拿起话筒激动地说："倪想是个好人！她是个好姑娘！我请大家一定要相信倪想，前些日子网上那些爆料根本就不是真的，全是何如墨逼我发出去的！倪想跟他七年前就分手了，之后一直没联系，是他委托我想要追回倪想！瞒着倪想注册了公司把她骗进来工作。倪想是直到和余宋在一起之前才知道这件事，她什么都没做过，她是最无辜的人！是何如墨逼着我发那些东西来污蔑倪想！他追不回来的人，就想要彻底毁掉，他不愿意看着倪想幸福，可是我……我做不出那样的事！"

说到这里，大宽泪流满面，他推开上前阻拦他继续说下去的工作人员，在媒体人的帮助下站稳，绕到桌子前面掷地有声道："我王大宽在这里用我的人格用我的未来发誓，倪想是无辜的，这一切的罪魁祸首都是何如墨。我希望何先生你听见我今天说的话，可以及时醒悟，不要再继续错下去了。倪想已经不会再回到你身边了，你为什么不能放手呢？你们曾经那么好，如果你真的爱她，就祝她幸福啊，为什么一定要伤害她呢？"

这一声声质问全都被直播出去，何如墨坐在家里，看似姿势还保持得很好，情绪也很冷静，但从他握着遥控器的力道来看，他已经接近暴怒了。

大宽可真能忍，装得那么懦弱，在今天这样的时刻把事情做得那么绝，该说真是好手段吗？这下子不但倪想和余宋洗白了，成了最无辜的人，而他何如墨怕是今后出门要被人人喊打了吧。

何如墨直接关了电视，将面前茶几上的所有东西全都推了下去，整个空荡荡的房间里充满了瓷器摔碎在地上的声音。

发布会外面。

余宋慢慢收起手机，直播已经进行得差不多了，结果如此明显，不必再看下去。

其实一开始他还有些担心，一直在心里想着，如果大宽真的说了伤害倪想的话，他要如何让她逃脱舆论的污蔑与压力。

现在他知道，很多人大约都是有弱点的，他们可能有时候会懦弱，会走错路，但在最关键的时候，人性的正直与善良会战胜一切黑暗。

车门被人从外面打开，肖楠蒙着脑袋钻进来，把自己的手机递给车后座上的余宋："哥，李哥的电话，说您之前让他查的那个医生有消息了。"

医生。

吴医生。

倪想曾经的主治医生，他身上还有一些有待解开的秘密。有很多事他们这些外人不知道，但吴医生是当年的当事人，他比任何人都了解内情。

余宋接过电话，听着电话那端的叙述，一直平淡如水的精致面孔上慢慢浮现出一丝兴味。

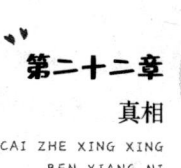

第二十二章
真相

CAI ZHE XING XING
BEN XIANG NI

娱乐圈是个分分钟就能发生大转变的地方。

有的人一直站在高台上，看似无懈可击，但一条丑闻处理不好可能就会被拉下来。

一场发布会原本要毁掉的是倪想，但后来剧情神反转，所有看直播的人都没想到他们一直以来都以为非常悲情的英俊男神何如墨，竟然是那种因为得不到就想要毁掉对方的人。

何如墨，事业如日中天的男演员，和张导合作的戏早就拍完了，已经进入宣传期的他想找什么样的女人会没有，为什么要做出这样的事情？

或许只能说一句遗憾吧，万事不过是执念在作祟。

事已至此，发布会现场的工作人员都心知肚明何如墨会怎么样，对大宽的管束也就放松了，甚至有的人干脆直接走了。

记者们一拥而上，问东问西，大宽强撑着精神将何如墨对自己、对倪想的事全都爆料了出去，倪想站在角落看着他摇晃蹒跚的身体，既不离开，也不上前。

等到一切结束，大部分媒体都离开了，倪想依然站在角落，安静地看着瘫坐在地的大宽。

身后传来响动，不回头也知道是余宋带人上来了。发布会现场的大门已经关闭，现在他们在这里说什么、做什么，都不会有人知道了。

"要走吗？"

低沉而富有磁性的男声在身后响起，倪想望着朝她看过来的大宽，他的眼神自责而内疚，最后直接捂着脸低下了头，看上去仿佛一把稻草就可以将他压死。

倪想慢慢地舒了口气，并没转回视线，只是摇了摇头，算是回应了余宋。

随后她抬起脚，一步步地走到大宽身边，当大宽放开捂着脸的手时，就看见了倪想干净的鞋子。

他一点点将视线上移，目光彷徨地看着倪想，嘴唇动了动想要说什么，但最后什么也没说。

倪想长长地吐了口气，她到了现场后，直到此刻都没什么表情，现在她慢慢摘了墨镜，蹲下来与大宽对视，安静的气氛持续了良久，她才开口说："地上那么凉，你确定不要起来吗？"

大宽没料到她还会关心自己，关心这个曾经伤害和欺骗过她的人，有点惶恐地说："不、不冷。"尽管话是如此说，但他还是努力地想要站起来，然而多日没怎么吃饭，心情又压抑，被软禁在某个地方，他的身体状况已经很不好了，每次想站起来又都跌倒在地。

倪想看了两次，在第三次的时候，她伸手帮着他一点点站了起来。

等他站稳一点，她还转身给他拿了椅子让他坐下，他全程都受宠若惊。

等一切做完，倪想就在他对面坐了下来，沉默了一会儿，望着别处说："我最讨厌的就是别人骗我，你是知道的。最可恨的是，骗我的人还是我最信任的那个。"她这样说，大宽脸上顿时满是失落，但她这时忽然看向他，话锋一转道，"但这次你也吸取到教训了，到最后时刻你还是没有让我失望，我原谅你了，王大宽。"

大宽错愕抬头，难以置信地看着倪想，声音颤抖地说："你真的肯原谅我？倪想，我真不是故意的，是何如墨逼我的，我也不想那么做，我……"他说话颤颤巍巍，很难连贯起来，倪想耐心听着，还拍了一下他的肩膀。

"我今天来这里之前，余宋一直欲言又止的。我知道他是想问我心里怎么想的，有没有什么计划。我那时没有主动说这件事，因为我根本就没计划。我就是想来现场看看你，看看我一直信任的人到最后一步是不是真的会完全辜负我。"

倪想从椅子上站起来，回眸望向不远处的余宋，轻松地笑了一下说："结果你还是没有让我失望，我就知道我印象里那个直来直去的大宽，那个跟我拜了把子的人怎么会狠心把我推向深渊呢？现在好了，皆大欢喜，所有问题都解决了，那个逼你的罪魁祸首不会有好下场，你也不用再受他的威胁了。"脸上的笑意慢慢敛起，她冷漠而毫无感情道，"那个人以后再也没办法威胁到任何人了。"

这个任何人里面当然也包括倪想。

她想，从此刻起，何如墨在她心里，是真的彻彻底底不存在了。

今后不管他再做什么说什么，她都不会往心里去了。

余宋远远看着倪想决绝而坚定的神情，本来还不确定是否要把那个消息告诉她，现在则很自然地有了决定。

他们很快离开了这个是非之地。

倪想和余宋把大宽送到了医院，大宽躺在病床上，看着倪想给他找的护工乖乖站在不远处听着她事无巨细地嘱咐，大宽在那一刻觉得，自己这一仗打得太值了。

幸好他最后做对了选择，否则未来所有的日子他都将在自责和悔恨中度过。

这下好了，顾虑没了，以后或许还可以再次合作，好朋友也原谅了自己，就算身体上有点亏损，大宽也无怨无悔了。

安排好一切，倪想从医院离开了。

她和余宋乘车回家，发布会结束后各界的反应会怎样她已经无须关注了，总归事情不会再朝着无法控制的方向发展，而何如墨会因此变得怎样，已不在她关心的范围内了。

她现在比较上心的是："这会儿都晚上了，元旦没能回家陪爸妈，我们干脆今天晚上补一个节日好了，包饺子吃？"

倪想坐在车上琢磨着今天的晚餐，在她看来这才是眼下要急需解决的事情。

余宋看了一眼街边的超市，门口有不少情侣挽着手走进去，或是提着东西走出来，看他们那么甜蜜温馨，他也很想像他们一样，和倪想简单地牵着手在街上漫步。

可身为公众人物，这样的生活只能想想而已。

收回视线，他对坐在前座上的肖楠说："肖楠，你和张师傅去超市买点材料，晚上到我家吃饺子。"

肖楠惊喜地回头道："我也有份吗？"

倪想笑着说："你今天表现那么好，当然有份了。"说完话，想起余宋爱吃醋的性格，立马收起笑容。

余宋瞄了她一眼，满意地对肖楠说："你速度快一点的话是有的，慢了可就没了。"

这是在催促了。

肖楠立马笑呵呵地和张师傅一起下了车，两人冲进超市开始大采购。

车里只剩下倪想和余宋，倪想看了看窗外，随后眼神落在余宋身上，勾着嘴角道："说吧，你想跟我说什么。"

余宋意外地看着她："你知道我有话跟你说？"

倪想弯起嘴角笑得十分美丽，余宋猛然发现，这段时间倪想因为心里有事吃得少，人越发瘦了，尖下巴那么明显，脸上一点多余的肉都没有，身上哪怕不穿塑身衣，也能看见凹凸的线条。

她此刻这个笑容，与他记忆里那个富有活力元气的少女几乎一模一样。

"看什么呢？怎么不说话？"

倪想抬手摸了摸余宋的脸，触手的肌肤那么细腻，比她的都好。

她放下手后，余宋不自觉地抬手轻抚被她触碰过的地方，专注地凝视着她说："我的确有件事要跟你说，我觉得你现在听了大约也不会太激动了。"

倪想歪了歪头好奇道："是什么事？"

余宋拉过她的手握着，轻轻按着她的指腹，他错开视线低下来看着她的手，侧脸雅致而悦目。

他用略微压低的声音对她说："你还记得那个吴医生吗？就是你曾经的主治医生。"

倪想点头说："记得，怎么了？怎么忽然提起他？"

话说到这里，余宋慢慢抬起头，眼中映着她求解的模样，轻而慢地说："我的人问了吴医生，其实当年你的治疗中后期完全可以避开激素药物使用保守药物治疗，效果虽然不如激素药物快，但至少不会让你的身材走形那么严重。"

有那么一瞬间倪想以为自己听错了，掏了掏耳朵说："你说什么？"

余宋换了个更直白的说法，干脆直接道："你本可以不必吃那么多激素药，是何如墨以你另一半的身份拒绝了吴医生为你换保守药物的建议，继续给你用激素药。你父母当时不在，吴医生见你们感情好，认为他的说法就是你的想法，所以没有怀疑。"

倪想怔怔地听着，此时脑子里的第一个反应竟然是……

她对何如墨能做出这样的事来，即便不知道原因是什么，却丝毫不感到惊讶。

第二十三章
对不起
CAI ZHE XING XING
BEN XIANG NI

何如墨家里一片狼藉。

不断有电话打进来，一直放在桌子上的手机不停地响着，画面那么明亮，从制片朋友再到经纪人和工作室的工作人员，不管是谁打来，他都只是坐在沙发上安静地看着，丝毫都没有要接起来的想法。

他一直没有表情，看着手机屏幕不断亮起又灭掉，他点了一根又一根的烟。最后，他忽然笑了起来，那笑容激进而极端。

倪想。

倪想！

倪想……

何如墨的脑子里翻来覆去就只有"倪想"这两个字。

他的事业完了，因为一场原本要毁灭他挚爱的发布会，他自己的事业反而毁于一旦。

但他一点都不伤心，一点着急的想法都没有。

他心里只有倪想。

一直以来，在这段沉寂了七年的感情里，他们没有联系，或许偶尔会见面，抑或是在电视上看到对方，但都仅仅只是看着。

他们从不对话。

即便如此，何如墨依然自信地以为，以他们当年的感情程度，以倪想愿意为了他的事业而放弃他的真心，即便他们之间再缄默七年也没有关系。

是他太高看自己了，也太高看他们那份感情。

七年的时间足以改变很多事情，握着这条线一头的人始终都只有他一个人，线那一头的人早就走开了。这条线他独自握了七年，时至此刻，他终于开始感觉到累了。

深吸一口气，烟的味道贯穿整个身体，何如墨慢慢闭起眼。拉紧了窗帘的偌大房间里，他沉默了许久，静默地坐在沙发上，直到烟蒂烧到了他的手，他才慢慢睁开眼。

他盯着已经被烫红的手指，掐了烟拿起外套，站起来朝外走。

他居住的是高档小区，安保系统比较好，那些记者想要进来围堵他还得费点心思。他现在出去，可以避免被人围堵。

他没带手机，也没带钱包，只拿着车钥匙，到车库开了一辆不起眼的旧车，转动方向盘，面无表情地朝小区门后出口行驶而去。

另一边，一天之内了解到太多爆炸性消息，倪想自然也需要一段时间将顺自己的思绪。

她坐在床边，手里端着热水杯。余宋是特别懂她的人，他知道这种时候她需要一个人静一静，便带着父母到他设在江城的工作室去参观了。

家里的空间完全留给了倪想，有段时间倪想也会抽烟，也曾酗酒，那是她最难熬的日子，香烟和酒精陪伴她熬了过来。

现在她已经不需要那些东西了，就像过去最珍重的那段感情，现在她也不需要了。

她想过很多可能，由于何如墨的固执，他们已经不可能再保有对彼此的美好回忆，只能兵戎相见、你死我活。事情也的确照此发展着。

然而在余宋说出那个秘密的时候，倪想发现，其实一直以来都是她太傻。

那份她自以为完美无瑕的感情其实早就不存在了。

那只是一个见证她愚蠢过去的错误而已。

开始是个错误，结果也是个错误。她自以为是地愧疚，一而再再而三地向何如墨妥协，而何如墨看在眼里，说不定还在笑话她太傻。

下午三点多的时候，倪想从卧室里走了出来，给余宋发了短信，说自己要出去转转。

余宋这时正和父母一起聊天，事情都朝着好的方向发展，余爸爸余妈妈都很高兴，余妈妈甚至已经开始安排和倪想爸妈的会面，催着他们结婚了。

而余宋本人呢？

他低头看着手机上的短信，很清楚即便是深爱对方的情侣，也不可能任何事都陪在对方身边，他们总会有不在一起的时候。

哪怕他们未来结了婚，他和倪想始终都会有属于自己的小秘密，由他们自己单独享有。

一如此刻，她独自出门，他待在此处，只能心中牵挂。

察觉到儿子走神，余妈妈问他："看什么呢？现在还有什么比终身大事更重要的吗？我和你爸可是着急抱孙子，我就不信你不着急。你在英国的房间满是倪想的海报，还有她年轻时出的写真集，保存得跟新的一样。她的形象贴纸，你贴得到处都是，你可别告诉我，你不想赶紧把她娶回家。她现在可是越来越漂亮了，你就不怕再有人来跟你抢？"

余妈妈长篇大论了一番，每一句都说在了点子上。

余宋抬手按了按心口，莫名有些不安。

他的不安并非毫无缘由。

可以说，他的预感非常准，他的不安来自于倪想遇见了何如墨。

倪想倒不惊讶。她去的不是什么特别的地方，是个很偏僻的小湖边，那是一片没什么人知道的湖泊，有几年还干涸了，而今年又有了水。

有芦苇围绕在湖边，密密麻麻，形成很好看的屏障。

在这里拍照的话，倒是不错的风景。

这里靠近高速口，很少有人知道，倪想知道这里，是因为何如墨。

那时他们刚在一起没多久，可以约会的时间本就不多，自然不希望被媒体打搅。

在一次外出工作的时候，何如墨上高速之前发现了这个湖，于是这里就成了他们每次约会的秘密地点。

比起去什么公园、餐厅之类的地方约会，这里要安全得多。

倪想到达的时候，天色已经不早了，冬日的天黑得早、亮得晚，四点左右天边已经开始渐渐黑下来。

她走进已经枯萎的芦苇中，没有屏障的遮掩，她就看见了站在湖边衣着单薄的何如墨。

今天天很冷，气温在零下五六摄氏度，何如墨只穿着简单的西装，但他好像一点都不冷，丝毫没有颤抖或者畏寒的样子。

倪想停在原地，她没有继续朝前走，也没有出声，毫无声息地站在原地。何如墨却好像有感应一样，很快转回了头，与她对视。

隔着挺远的距离，几乎都看不清对方脸上的表情是什么，但能感受到他们彼此的心。

他们再也回不到上次在湖边约会时的状态了。

"你果然来了。"

何如墨开口说话，呼出白色的雾气，灰色的衬衫搭配黑色的西装外套，脖颈和手腕都露在外面，一点保暖措施都没有，整个人都冻得苍白萧索，可他根本不在意这些。

倪想往前走了几步，缩短了两人之间的距离，沉默了许久才回答说："你知道我会来？"

何如墨微笑了一下，掐了手里的烟，单手抄兜淡淡道："我知道有人去找了吴医生，猜测应该是余宋的人，所以你现在大约什么都知道了吧？"

倪想缄默不语，只是看着他。

何如墨凝望着面前的女人，这也许是他最后一次见倪想了，从今往后，她会有她辉煌的未来，会实现她早该实现的梦想。

而他呢？彻底退出娱乐圈的舞台，去一个没人认识他，也没有人再能打搅他的地方。

从此，两个人毫无牵连地过完一生，就算到死也不会再见上一面。

听起来好像是不错的未来，可这样的未来，何如墨直至此刻也完全不想要。

他原以为这个世界上除了生死之外，任何事情即便做错了，也都来得及弥补。

但他现在发现，哪有那么多人和事会一直等着你去弥补，你唯有把自己变得更好，才能得到那难得的等待。可惜的是，他一直在变坏，根本没有变好。

往前走几步，何如墨在与倪想相距一米远的地方停住脚步，牵起嘴角说："你知道了也好，免得我一直把这件事记在心里，总是害怕你会知道。"

大约倪想对他已经无话可说了吧。

她现在的状态就是他最害怕的状态。

尽管他一直喋喋不休地说话，可她对他的反应只有沉默，甚至连视线都是冷的。这场景那么熟悉，曾经无数次出现在他午夜梦回的时候，他一直努力地希望这些不要成真，很可惜它还是成真了。

"你一定很好奇我为什么那么做？"他微垂眼睑，加深笑意，从口袋将手取出来，轻轻拍了一下自己的腿，"倪想，你有没有听过一句话。如果你想要一个人一辈子都依赖你，离不开你，那你就得把她的腿打断。"

说到这里，他有些激动地抬起了头，说不清那眉眼之中萦绕的是悔恨还是兴奋，他很快继续说："那时你太耀眼了，我跟不上你的步伐，你甚至马上要去拍陈锋的电影。我很清楚一旦你真拍了那部电影，我们之间的距离会更大了。不止一个人问过我，有你这样优秀的女朋友压力大不大，担不担心你离开我。我每次都表现得很淡定，其实我一点都不淡定。"

他握着拳头："在你面前我一直都很自卑，我很怕你真去拍陈锋的电影，很怕你彻底远离我，成为我难以匹敌的存在。我更不希望在我们这段感情中，一直都是你强我弱。我想你依赖我，想改变别人眼里我靠你而红的现状。说得直白点，我不希望别人觉得我在吃软饭，我希望你可以留下来，不要飞得那么远，恰好这个时候你生病了。"

他笑了起来，笑得诡异而压抑："我那时候就想，这或许就是天意吧，连老天爷都帮我。我一直陪着你，看着你接受治疗，看着你重新站起来。陈锋那时竟然还愿意等你出院，继续请你去试镜，我想不能这样，这样岂不是糟蹋了老天给我的机会？所以后面的事情你都知道了。"他摊了摊手，站直身子。

话至此，倪想终于有点听不下去了："你可以不必再说了，我来这里不是为了听你再把那些事重复一遍。"

她不想听，可惜何如墨已经停不下来了。

他很清楚这是他可以和倪想说话的最后时刻，既然注定无法再成为陪伴彼此度过余生的那个人，那就让他成为她这辈子最恨的那个人吧。至少她恨着他，说明她心里还有他。

"我要说下去。"何如墨执拗而快速地说，"倪想，你知道吗，那个时候你因为那些人对你身材的评判而难过，我一方面替你生气，一方面却变态地感觉到快乐。我庆幸我那么做了，没那么多人喜欢你了，没人和我抢你了，你不再有工作，所有的时间都给了我。我每天活得好像做梦一样，我庆幸我做对了，我觉得自己一辈子都不会后悔。"

倪想看着他，忽然笑了一下，问他："那现在呢，你后悔了吗？如果给你一次重来的机会，你还会那么做吗？你知不知道你差点毁了我的未来？你知道我是什么感受吗？"

隐忍了那么久的抱怨终于到了可以发泄的一刻，她却只剩下简单的疑问。

连质问都不是，是丝毫不想得到答案的疑问，问完了就再没别的了。

何如墨沉默地与她对视，她此刻的冷静让他再次感到物是人非。

许久许久，他才好像终于找回了自己的声音一样，面无表情地说："我很抱歉。对不起。"

他道歉了，这个欠了七年的道歉他终于说了出来，说出口后，他前所未有地轻松。

他再次朝前一步，与她拉近距离，低头看着她的脸，一字一顿道："但是倪想，我不后悔，如果再给我一次机会，我还是会那么做，但我会很小心，不让你再离开我。我会像余宋那样，只要别人来指责你，我就马上指责回去，我不会再让你受一点委屈。"

他说完苦笑了一下："可我没有机会了，我已经失败了，你们今后和乐融融，而我这个失败者，没人会来关心我的死活，就算是你也一样。"

其实时间不会停止，它会一直不断流逝，即便退出娱乐圈，何如墨已经赚到了足够多的钱，可以锦衣玉食地生活下去。在时间的长河中，他会淡忘痛苦，这些痛苦在几年或者十几年后都会化作尘埃。

望着倪想言尽于此的样子，何如墨深呼吸了一下，寒风吹得他仿佛随时会跌倒，他握紧了拳头，又专注地看了她一会儿，轻声开口说："倪想，不管怎么说，我希望你知道，你是我这辈子唯一走进心里的女人。不管今后你变成什么样，我都希望你不再有烦恼。我会消失在你的生活里，从今往后，再也没有何如墨这个人。"

说完最后一句话，何如墨单手抄兜与倪想擦身而过，黑色的西装衣袂擦过倪想垂在身侧的手指，带着冬日冷风的寒意，冻得倪想浑身发抖。

时间一分一秒地过去，身后的脚步声一点点远去，倪想直视前方，始终没有回头。

而在她身后，何如墨远远地回过头来，看着她坚决漠然的背影，扯开嘴角伤心地笑了。

他按了按心口，好像有什么东西碎在了那儿，再也拼不起来。

他走的时候路过高速路边的农田，有正在种庄稼的农民，他们并不认识什么明星，只是觉得路过的男人英俊又高贵。

可他们又发现他满脸水迹，他没有表情，也没有出声，眼泪却一直流，怎么都停不下来。他们忍不住将目光停滞在他身上，直到他上了车子扬长而去。

看着车窗外的道路，何如墨机械地驾驶着车辆，他知道自己不可能真的把倪想忘记，他知道自己还是会不受控制地想起她，也会发疯一样地想要联系她，去寻找关于她的一切消息。

但他不会再那样去做了。

他会忍住。

忍忍，总是会过去的。

为了保持清醒，何如墨打开了车窗，任由车子行驶起来后凛冽的寒风吹进来，将他的西装和衬衫吹得猎猎作响。

恍惚间，他似乎闻到了倪想身上的味道，甜甜的，带着美好的味道，他忽然觉得鼻子很酸，透过后视镜往后看，别说是人了，连一辆车的影子都看不见。

错觉，都只是错觉。

要是时间真的可以倒流就好了。

倪想刚才问的问题，他骗了她。

如果上天真的再给他一次机会，他一定不会再那么做。

他不会再错过，不会再伤害她……而此时此刻，天色渐渐暗了，风越来越大，身体越来越冷，倪想，你还在芦苇湖边吗？我真的后悔了，我认错了，你还能回来吗？

第二十四章
求婚

CAI ZHE XING XING
BEN XIANG NI

余宋和父母一起回到家的时候刚好是晚上。

三人一进门就闻到了一楼大厅里弥漫的香味，余妈妈鼻子最灵敏了，立刻笑着说："是不是小倪回来了？这是饺子味，光闻着味道就好馋，我儿以后有口福了！"

余宋一开始并不认为是倪想，但除了她，没人知道家里的密码，还会包饺子。

他放下车钥匙跑到一楼的厨房，一到门口就看见了虚掩的门内倪想忙碌的背影。

饺子馅已经调好了，她脱掉了大衣，穿着长长的毛衣裙，外面系着围裙，头发松松散散地扎成丸子头，初见时腰部的一些赘肉也找不到痕迹，现在的她瘦了太多太多，和他印象里那个太阳一样的女孩已经没什么区别了。

倪想听见响动回眸望过来，笑意盈盈的眼睛里映着他倚在门口的样子，心情不错地道："躲在那里鬼鬼祟祟干什么，回来了就进来帮忙吧。"

从她发短信说要出门散心开始，余宋心里就种下了不安的种子，这会儿种子已经发芽长大了，甚至绽放出了难看的花朵。

相较于倪想的轻松，余宋的表情就不太好看了。

他西装革履，穿着厚重的大衣，但他很听她的话，直接走进来洗了手打算帮忙擀面皮。

倪想在包饺子，已经包好了一些，料理台上摆着两块案板，一块上面擀面皮，一块上面摆着包好的饺子，每一个都皮薄馅多，整整齐齐，画面好看极了。

余宋情不自禁地拿出手机拍了张照片，悄悄发了个朋友圈。

内容是：【老婆包的饺子，附图】。

倪想正在忙活，当然不知道他发了什么，也不知道他在朋友圈里怎么称呼自己。

她只是偶尔回头，看见他还穿着昂贵的大衣，无奈地摇了摇头说："一看就没做过家务，穿着这件衣服怎么能进厨房呢？快去换了。"

于是余宋进去没几分钟就被倪想给赶了出来。

余妈妈站在外面笑眯眯地看着儿子手足无措的模样，得意地笑道："你小子从小就跟我作对，想不到也会有今天，我可真是太高兴了。"

余宋僵着脸说："你儿子被嫌弃，你就这么高兴吗？我要叫爷爷过来，让他看看你现在多嚣张。"

想起自己那位固执地不肯出国，一直在国内开着小饭馆的公公，余妈妈赶紧正了正身形道："少拿你爷爷威胁我，你都拿你爷爷威胁我多少年了，你以为我现在还会害怕吗？既然你被赶出来了，那就让我进去帮忙好了。"

说着话，余妈妈撸胳膊挽袖子就要进去帮忙，走到门口了，还是被余宋拦住了。

"怎么了？嫉妒我？"余妈妈挑高眉，笑眯眯地说。

余宋直接脱掉大衣搭在母亲身上，面无表情道："你离远点，等着吃就行了，不要打搅我们。"他说最后一句话的时候牙咬得特别重，余妈妈耸耸肩，目送他进厨房，还被他用很不放心的眼神警告了一下。最后，余宋为了确保万无一失不被打搅，干脆把厨房门从里面反锁了。

倪想满手是面粉地回过头来，看见余宋的动作奇怪地问："锁门做什么？"

余宋面不改色道："风大，我怕门被吹开，你会冷。"

倪想睁大眸子道："风大？窗户都关着，哪儿来的风？"

余宋面不改色地胡言乱语："空调风大。好了不要再问了，我帮你擀面皮。"

倪想一脸茫然地看着余宋的侧脸，心里还在纳闷空调风怎么会大到能把厨房门吹开，再说那又不是立式空调，而是中央空调，怎么会有这种问题？

不过看余宋擀面皮的笨拙姿势，倪想还是收起了这些不足为道的思绪，上前认认真真地教他怎么擀皮。

"你要这样，均匀用力，不然擀出来的面皮不是厚就是薄，吃起来口感会很差。"

倪想很有老师做派地教着余宋，难得余宋竟然听得很认真，他那么聪明，如果真心要学一件事情很快就能学会，这次也不例外。

只不过教了一次，余宋擀出来的面皮就已经有模有样了。

"擀得不错。"倪想拿着余宋擀出来的面皮笑吟吟地把馅料包进去，捏出好看的形状。

余宋一直在她身边看着，虽然他什么都没说，但倪想知道他心里在想什么。

他那一脸心事重重、故作轻松的模样，她想忽视都难。

当包完了最后一个饺子，余宋侧身去洗手时，倪想一边开火上锅，一边轻声说："我今天出去见何如墨了。"

余宋洗手的动作一顿，刚挤出来的洗手液没接住，全都掉在了水池里。

他皱皱眉，没说话。倪想一边等着锅里的水烧开，一边转过头，瞧见了他僵硬的面孔。他站在那儿，停住了洗手的动作，没有表情地看着掉落在水池里的洗手液，乳白色的液体一点点滑落到下水口。倪想走到他身边拉着他的手朝前，挤了洗手液放在上面，然后打开热水，试好了水温，开始替他洗手。

余宋一开始有些反应不过来，等回过神来，视线已经定在她美好的侧脸上移不开了。

耳边有水流声、烧水声、火苗燃烧的微弱声音，但他的耳中只能听见倪想一个人的声音。

"我去见了何如墨，算是天意吧，我去的地方他恰好也在。我们简单聊了一些事，你告诉我的那些，他都承认了，也解释了原因。我想我们没必要互相记恨了，要是我还恨他，只能代表我始终没忘记他，他说他今后会消失在我们的生活中，我想这应该就足够了。"

她的手指一点点地抚过余宋的手，他的手一开始很凉，但被她抚过之后开始变得温暖。

她慢慢地抬起头与余宋对视，他黑白分明的眼睛里流露出一丝丝不确定，她有些心疼，她握住他的手，一起在温热的流水中冲洗着。

她缓慢又柔和地说："你跟我在一起以来，因为我遇见了很多本不该遇见的麻烦。但我相信，这次是最后一次。以后我们好好在一起，我的心就那么大点，只能容下你一个人，不会再有别人，你能明白我的意思吗？"

能明白她的意思吗？

当然能明白。

她在自责，也很惭愧，到了这个时候还要见何如墨，余宋多少会意难平。

可其实余宋并没有很在意，虽然难免会有些吃醋，却不会怪罪她。她能说出这样的话，他更加不会再用无关紧要的人和事来打扰他们难得的甜蜜相处。

他拿来毛巾，将两人的手包在一起，一边擦一边说："何如墨不像是会轻易放弃的人，我担心他这次也不是真的放弃了。"

倪想直接按住了他的手，阻拦了他继续擦手的动作。

余宋抬眼看她，她凝望着他的眸子，仿佛看穿了他的心。

"不管他这次是不是真的放弃，"倪想坚定地说，"他都不会再成为我们之间的磕绊，再没有谁能破坏我们的感情，他对我来说已经是个不相干，甚至讨厌的人了。"

余宋回望倪想，他没说话，但用行动给了她回应。

他反握住两人交握的手，身子前倾，低下头，吻在她的唇上。

因为动作太快，身边案板上的面粉蹭到了他身上，"啪嗒"一声，案板掉在地上，面粉飞扬起来，余宋一身黑衣服瞬间全部被面粉染白了。

倪想愣了一下，两人的嘴唇还贴着，眼睛却都朝下看，谁也没说话，锁着的厨房门这时被人从外面打开了。

余妈妈挥舞着钥匙得意道："好小子，你以为锁住门，我就进不来了？左右不过费了点时间，我还不是能打开？"

余妈妈的声音好像有魔力一样，立马分开了倪想和余宋亲密无间的唇瓣。

两人眼观鼻鼻观心地站在一边，倪想除了脸红之外没什么不对劲的地方；而余宋满身的白面粉，再好的相貌也架不住这么折腾。

余妈妈被余宋这副样子弄得一愣，回过神来捂住嘴笑出了声。余爸爸闻声赶来，看妻子这么高兴，很好奇她看见了什么，他探头一看，瞧见儿子那形象，嘴角不受控制地抽搐了一下。他克制着笑意说："赶紧出来收拾一下，身上那么多面粉，像个雪人一样。"

余宋低头看看自己，真是悔恨不已，赶紧转头离开了厨房去换衣服。

余妈妈目送儿子离开，又看向厨房里的倪想。倪想紧张地转过头去下饺子，仓促地说道："伯母，今天吃饺子，三鲜馅的，我选了很大的虾仁，一会儿就可以吃了，您去外面等着就行。"

余妈妈笑吟吟地转了转眼珠，"嗯"了一声就出去了。

等饺子煮熟了，一家人聚在餐厅里时，倪想发现要吃上今晚这顿饺子着实有点不容易。余妈妈和余爸爸那架势明显不是单纯吃晚饭的。

余宋和倪想落座，对视了一眼，余宋问道："妈，你那副表情是要做什么？"

余妈妈庄严极了，手放在桌子下面，好像拿着什么东西，余宋一说话她就拿了出来，是一条非常漂亮但有些旧的旗袍。

"瞧见这条旗袍了吗？"余妈妈的话是对倪想说的，堪称和蔼可亲，"你去一楼客房换上给我看看，这是我嫁给你伯父之前余宋的奶奶传给我的，我现在把它给你了，我的意思，小倪你明白了吧？"

听余妈妈说完话之后，倪想有些激动。

和余宋在一起到现在，她从未想过什么时候结婚，"结婚"这两个字好像离她很远，但她着实已经不年轻了。

她有些紧张地望向余宋，余宋看了一眼母亲便牵起她的手一起去了客房。

那间客房有些门道，门半掩着，进去之前倪想看不清里面有什么。

等走进去她才发现，相较于其他房间，这里的温度明显高很多，本该放置家具的房间里布满了鲜花，各种各样都有，有好多花倪想连名字都叫不出来。

她惊呆了，诧异地望向余宋，他拉着她走到屋子中央，地板上铺满了花瓣，他站定之后，转过来与她面对面。

倪想这时候才细细打量余宋刚换上的衣服。

难得的正式，甚至还系着领结，这副打扮可以直接去走红毯了。

"你……"

倪想只说了这么一个字，后面的话还没来得及讲出口。

只见余宋单膝跪在地上，仰头虔诚地看着她。他修长白皙的手从西装里侧口袋取出精致的首饰盒，朝着她慢慢打开。璀璨夺目的钻戒躺在里面，仿佛已经等待了很久，迫不及待地绽放它的光彩。

"这个房间，从买下这栋房子我就开始准备。"余宋仰头注视着倪想，字字用心道，"我想让我的女孩在万物复苏的春天，在漫山遍野的鲜花里接受我的求婚，但我又担心求婚的时候是冬季，所以布置了这个房间，一直让人妥帖地照顾这些花草。"他有些惭愧地笑了笑，"早上我妈发现了这个房间，问我要用来做什么，我告诉了她，我原本想等一等再求婚，害怕把你吓跑。但她跟我说，真正爱我的人是不会被我的爱意吓跑的。"

说到这里，他的眼神变得异常专注，他深吸一口气说："倪想，我想跟你求婚，我想跟你生活在一起，我想看你穿婚纱的样子，想每天早上起来就能看见你的脸。我想一辈子不和你分开，一辈子对你好，你愿意给我这个机会吗？"

你愿意给我这个机会吗?

答案是毋庸置疑的。

倪想根本不需要思考就能回答他。

她甚至都不需要言语。

此刻的她便是最好的她,此刻的他也是最好的他。

他们在遇见彼此之前,或许都曾遇见过这样那样并不适合自己的人。他们经历过恋爱、分手、伤痛,再愈合。当他们真正站在一起之后才发现,过往的恋人离开都是必经之路,那些人能让他们在遇见真爱之后更加珍惜。

我们不必因此记恨怨念,我们要做的只是安然等待那份属于我们的美好缘分。

倪想直接扑到了余宋的怀里,将他扑倒在地。他们倒在了铺满花瓣的地板上,仰起头便是被鲜花围绕的吊灯,侧过脸便是未来妻子比花还娇艳美丽的容颜。

人生四大乐事——久旱逢甘霖,他乡遇故知,洞房花烛夜,金榜题名时。

他马上就要体会其中最重要的一项了。

周围的景象似乎开始扭转,一圈一圈,转得他头晕,连最初的画面都忘记了。

唯一记得清清楚楚的,就是倪想的脸,漫天的鲜花,还有她戴上戒指的左手无名指。

真好,能拥有现在真的很好。

她或他,一生最幸福的时刻,无疑就是此刻。

哦对了,他们还有无尽的未来,未来的他们会更好,看到此刻的你们也是。

-The End-

跟着星星奔向你